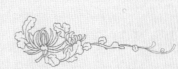

夫人請保持距離

3 完

拾全酒美 著

目錄

第五十一章

大半個時辰後，眾人總算可以吃上美味的燒烤。

蕭暻玹想到秦汐愛吃蝦，直接將最大的幾隻蝦挾到了自己的面前。

蕭暻煜瞪眼抱怨。「四哥，你怎麼可以這樣？」太過分了啦！這些蝦都是他挑出來烤的，他打算自己吃。

「你小嫂子愛吃蝦。」蕭暻玹頭也不抬地回了一句，開始剝蝦。

秦汐看了他一眼。她什麼時候和他說過她愛吃蝦？雖然她確實愛，可是上次吃怕了。

蕭暻煜聞言立刻道：「小嫂子愛吃蝦？那我再挑幾隻大的來烤，多烤幾隻蝦給小嫂子吃。」

「不用！」秦汐忙道。

蕭暻玹將一隻剝好了殼的大河蝦放到了秦汐的碗裡。「小心燙。」

秦汐想到上次那滿滿的一碗蝦，嚇得挾了起來轉頭便放到傅熙華的碗裡。「不，我不愛吃，我表姊愛吃。表姊，這蝦夠大，給妳。」

蕭暻玹便看了傅熙華一眼。

傅熙華看著碗裡的蝦覺得可怕。她哪裡敢吃暻郡王剝的蝦？

根本不用看蕭暻玹的方向她也知道他又投來死亡視線了，她忙將蝦挾回給秦汐。「不用！我今天不想吃蝦，我要吃魚。」

傅熙傑也忙道：「表妹，姊姊要吃蝦，我來剝就行了。」

邱露見了心中一喜。

這兩個商戶女簡直太不識好歹，當著這麼多人的面竟然敢嫌棄暻郡王剝的蝦，暻郡王該生氣了吧？

顧長軒和顧長軍先是驚訝蕭暻玹竟然會親自給秦汐剝蝦，畢竟以前他很少吃蝦，因為嫌剝殼麻煩。可現在他親自動手給秦汐剝蝦，而秦汐竟然給了別人，那個別人也不吃，兩人還一副嫌棄的樣子。

兄弟多年，他們太瞭解蕭暻玹，這人小氣得很，小小事便會生氣，生氣就愛擺一副臭臉，甚至身邊的人都要遭殃，有時候還會罰你操練操到你懷疑人生。因此大家都順著他，無人敢惹他生氣，看見他生氣便繞道走。

兩人此刻心都提起來了，擔心蕭暻玹給秦汐擺臉色，也擔心他們會被殃及，連蝦鬚都吃不到一條，今天的遊玩便直接結束。

表姊不吃，這蝦秦汐便只能自己吃了，她對蕭暻玹道：「我只吃一隻蝦就夠了，你不用給我剝了，我還想吃點其他的，不然吃不下。你也自己吃吧！不用管我。」

蕭暻玹一聽就明白了，大概是上次剝了太多蝦嚇到她了，他清冷的雙眸染上了笑意，低聲道：「好。」

然後，他便將剩下的大蝦給了眼巴巴看著的蕭暻煜。

顧長軍和顧長軒下巴都快掉下來了。

剛剛蕭暻玹是笑了？沒有生氣，反而笑了？這就離譜了！

更離譜的是，接下來他們看見那個清冷的，對女子避如蛇蠍的，生人勿近的暻郡王，只要秦汐的眼神落在一樣東西上，他便立刻挾起來放到她的碗裡，這還是他們認識的那個蕭暻玹嗎？

邱露見了心裡酸酸的，冷冷地看了秦汐一眼。矯情！手是斷了嗎？她還沒吃，就被噁心飽了。

除了開心吃蝦的蕭暻煜，其他人都覺得他們飽了，吃狗糧吃飽的！

看來，他們要再次更正一下秦姑娘在暻郡王心中的地位。

蕭暻煜可沒有眾人那麼多心思，四哥對小嫂子好不是應該的嗎？小嫂子那麼好的一個人，誰不喜歡？他高興地又剝了一隻大蝦，直接放到了嘴裡。「好吃！可是和小嫂子的海蝦比還是差了點，沒有那麼鮮美。」

他又挾了一塊魚肉嚐了嚐。「嗯，好吃。只是我還是覺得小嫂子家的海魚烤出來更香，更鮮，更好吃！」

顧長軍見他每吃一樣就說沒有海魚、海蝦好吃，他忍不住道：「這些魚蝦都是剛釣上來的，怎麼可能沒有海蝦、海魚鮮美？」

在座的人都是非富即貴，什麼山珍海味沒有吃過，舌頭都養刁了。魚吃的就是一個鮮，這與水質有關，湖魚要比塘魚鮮，河魚又比湖魚鮮，海魚又比河魚鮮，但是所有的魚，都是以新鮮宰殺為最上乘。

在這古代保鮮技術落後，吃到的海鮮，真的不算新鮮，有時候甚至是將要變質的，如何會好吃？

顧長軒點頭。「海鮮雖然好，可是海鮮一出海基本都死了，除非在海邊，不然吃著總覺得不夠新鮮。」

顧蓉蓉也跟著點頭。「吃魚和蝦就是吃個鮮，我還是喜歡河鮮或者湖魚。新鮮宰殺，才夠鮮甜，比那些死了半天或者好幾天的海魚、海蝦好吃多了。」

蕭暻煜洋洋得意地道：「那是你們沒有吃過我小嫂子家的海鮮，吃過你們就不會這樣說了，而且我小嫂子的海鮮就是鮮活的。回城後，去我小嫂子家的酒樓嚐嚐吧！」

不過蕭暻煜覺得，海鮮酒樓的魚，有些也沒有小嫂子家裡的好吃，但是也很好吃，就是吃完的感覺有點不一樣。

他不知道魚意樓的海鮮，秦汐並沒有全部用海島裡的海鮮，有外面收購的，只有一部分是海島的。

就算是海島裡的海鮮，也是新繁殖出來的那種，而不是大海送來的，大海送來的那些海鮮在海洋深處吸收了足夠的靈氣，味道自然不一樣，甚至功效都不一樣。所以大海送來的海鮮，秦汐都是留給家裡人吃。

邱露想到什麼笑道：「不知五爺說的是哪家酒樓，生意一定很好吧？昨日我路過長壽街，看見那裡居然開了一家海鮮酒樓，聽說裡面賣的都是海鮮。昨日剛開張，我聽見許多路過的人都說店家人傻錢多，竟然在長壽街開海鮮酒樓。我看見大中午的午飯時間，大堂裡面一個客人都沒有，根本就沒有人進去吃。」

邱露說完看了秦汐一眼，她當然知道長壽街那邊的海鮮酒樓其實是秦汐開的。秦首富大手筆的買下了一整條街的鋪子，給她做嫁妝一事她也聽說了，不過她可以裝作不知道，她相信顧長軍他們不知道，畢竟他們才剛回來。

顧長軍前幾天才從邊疆趕回來，這幾天都忙，的確不知道這一整條街的鋪子都是秦汐的嫁妝，聞言便道：「長壽街是舊城那邊，在那裡開海鮮酒樓誰會去吃？不怪有人說店家人傻錢多啊！」

顧長軒皺眉。「不會是專門賣一些死魚、臭魚的吧？那一帶都是普通百姓行走為多，可別吃壞了人。」

邱露笑道：「這個不用擔心，根本沒有人去吃，應該大家都是這麼想的，反正我是不敢進去吃。」

蕭暻玹淡道：「那是因為不是所有人都有資格進去吃，至少妳便沒有資格。」

氣氛一時有些凝滯。

邱露臉色都白了，她沒想到蕭暻玹會在這麼多人面前，如此不留情面。顧長軍和顧長軒都是在軍中出生入死的戰友，他這麼對自己就不怕寒了兄弟們的心？

蕭暻玹卻像是什麼話都沒有說過一般，給秦汐挾了一筷子魚肉。

到底是一起上過戰場的，有著出生入死的情誼，顧長軍忙出來打圓場道：「原來是郡王妃開的海鮮酒樓，那一定非同一般。剛才我們不知道，請郡王妃莫怪！」

秦汐根本不在意。「沒關係。邱姑娘說得也是事實，酒樓的確沒什麼人。」

昨天開張只有秦庭韞帶了商場上的人去吃飯，坐的是雅間，大堂的確沒人。那些人是中午去吃的，晚上的時候又帶了家裡人去吃。她聽掌櫃說那些人離開的時候又訂了雅間，說今天會再來。反正吃過的定會繼續當回頭客，口碑傳下去，她不愁沒客人。

顧長軍立刻道：「回城後我就去嚐嚐，五爺的嘴巴嚐過說好吃的，那絕對是好吃。」

顧長軒附和。「衝著這些魚餌，我就相信郡王妃開的海鮮酒樓非同一般，再加上五爺的嘴可是最刁的，他說好吃一定好吃，必須去嚐嚐。」

蕭暻煜道：「信我不會錯！這些烤魚是不是比以前你們吃過的都好吃？那是因為這些烤魚的調味料都是我小嫂子拿出來的。你們快嚐嚐，回城後，我帶你們去魚意樓，你們請我吃海鮮，就知道我有沒有吹牛了。」

顧長軍幾人聞言便紛紛開始吃烤魚。一口下去，的確比以往烤的要好吃，忍不住讚口不絕，吃個不停，剛剛的尷尬氣氛便散去了。

唐修忍不住道：「五爺你太小氣了，帶我們去魚意樓還要我們請，不應該是你請才對嗎？」

蕭暻煜聞言便丟了一隻蝦到他碗裡道：「請你多吃幾口河鮮，海鮮我請不起，你們要請我，不然你們都別跟著我去。」

那些海鮮都是一吃便停不下嘴的，他一個月只有二十兩月銀再加上五兩俸祿的人，每個月銀子剛到手，第一天花一半，第二天就開始負債，要拿樹葉去請嗎？

顧長軍道：「唐兄你就別欺負五爺了，他年紀最小，要請也是你這個當兄長的請。」

唐修指了指蕭暻玹。「錯！我不是最年長的，暻玹才是老大，論年長的話，暻玹請。郡王妃新店開張不是應該請我們去吃飯的嗎？你們夫妻二人欠我們一頓酒席啊！兄弟們對不對？」

「對！」其他幾人聞言也紛紛跟著起鬨讓蕭暻玹和秦汐請。

蕭暻玹被夫妻二人這四個字說服了，他看向秦汐道：「我們成親這麼久都沒請大家吃飯，這次我們夫妻二人一起請？」

秦汐風中凌亂了。他們成親很久嗎？她怎麼不知道？最重要的是夫妻兩個字在他這個新婚夜便和自己約法三章的人口中說出來，她感覺怪怪的。

蕭暻煜開心地笑鬧著。「四哥和小嫂子一起請。」

其他人跟著起鬨。「四哥和小嫂子一起請。」

秦汐不會小氣到一頓飯都不請，便道：「可以，大家喜歡吃什麼海鮮就報上來吧！我儘量滿足大家的要求。」

蕭暻煜聞言眼睛一亮，毫不客氣地道：「我要吃大藍龍、帝王蟹、黑金鮑、鮭魚刺身、烤鰻魚……」

蕭暻玹黑沈著臉，這些他都沒有吃過。「每人只能點一樣。」

蕭暻煜眼睛一轉，便慫恿其他人跟著自己剛剛說的點。

眾人聽了都笑他太貪心，帝王蟹、大藍龍這些一聽就很貴。

談笑間，畫舫一直前行，來到了一個小碼頭靠邊停了下來。碼頭上有士兵把守，從這個碼頭下船，一路往山上走，可以登上天元國香火最盛的國佛寺的後山。

國佛寺後山有一片杏林，每年這個時候會開滿杏花，甚是美麗。今日他們除了遊畫舫欣賞兩岸的春光，便是來這裡賞花。

國佛寺東南西北都設有入口，其中南面的入口和碼頭上這個小入口是專供皇家成員使用的，普通人不能靠近。

畫舫停穩後，眾人紛紛站起來準備下船。若是論身分的話，該是蕭暻玹和秦汐先下船的，可是因為蕭暻玹和秦汐是坐在最裡面的主位，四周都是炭爐，禮讓就太麻煩了。

蕭暻玹便道：「船尾的人先下畫舫。」

於是大家便排著隊紛紛走下畫舫。

「走吧！」待到大半的人都走下了畫舫，蕭暻玹對身邊的秦汐道，然後自然而然地拉住了她的小手。

秦汐身體一僵，詫異地看向他想抽回手。

他微微用力握緊。「船不穩，我拉著妳下船。」

「不會啊，很穩。」

秦汐話音一落整艘畫舫卻突然劇烈地搖晃起來，她一個不察，差點撲到他身上。

蕭暻玹穩住了她，兩個人才沒撞在一起。

另一頭，這時正好輪到傅熙華下船，她剛踏出一腳，還沒落地，畫舫便劇烈地搖晃，害她差點跌倒。

「小心！」一隻大手穩穩地抓住了她的手臂，穩住了她的身體。

傅熙華抬頭，便看見一個高大威猛，皮膚黝黑，濃眉大眼，一臉凶相的男子正抓著她的手臂扶住了她。傅熙華心跳漏跳了一拍，是被他這高大的身軀和粗獷的外表嚇的，還以為遇上海匪了。

「沒事吧？」男人問道。

傅熙華回神，發現他穿著一身類似侍衛的衣服，應該是侍衛首領，不是海匪。

她鬆了一口氣，低著頭紅著臉道：「沒、沒事。」

這氣質凶得傅熙華說話都不敢大聲。

「下船吧！」

「哦。」傅熙華嚇得乖乖地下了船。

待她下了船，站穩後，男人這才鬆開了手。

秦汐和蕭暻玹這時也下了船。

男人立在一旁恭敬地見禮。「臣見過郡王，郡王妃！」

秦汐不著痕跡地掙脫了蕭暻玹的手，點了點頭。「羅大人有禮了。」

秦汐認得他，這是安平伯府的世子羅奕，而且是五軍中軍都督斷事，總治五軍刑獄，是蕭暻玹身邊一名得力左右手。

別看這人身高一百九十公分以上，長得凶神惡煞，像土匪、山賊、黑社會，其實為人一身正氣，正義凜然，疾惡如仇。

蕭暻玹點頭。「都安排好了？司空大師在嗎？」

「回四爺，安排好了。司空大師在。」

「上山吧！」這話蕭暻玹是對秦汐說的。

秦汐立刻走上前去挽住傅熙華的手臂。「表姊，我們一起上山。」

傅熙華笑道：「好啊！」然後便拉著秦汐走快一點。

她還是有點怕羅奕，心臟怦怦直跳，便想和表妹待在一起。她不明白怎麼有人長得這麼凶，長得一臉凶神惡煞又高大，簡直像隻大黑熊一樣，嚇死人了！

蕭暻玹和羅奕便跟在兩人身後往上走。

蕭暻玹的目光落在秦汐身上，羅奕的目光則落在傅熙華身上。

山路陡峭，可是兩邊的杏花很美。

傅熙傑、秦晟文和顧長軍等人對賞花沒有興趣，幾人兵分幾路比試誰最先爬上國佛寺。

邱露被蕭暻玹下了幾次面子，不想看見秦汐，也加入了。現在上山的小道上，只剩下顧蓉蓉和唐婧、秦汐和傅熙華，還有殿後的蕭暻玹和羅奕。

顧蓉蓉和唐婧走在最前面，因為唐婧個性溫柔嫻靜，所以兩人只顧著賞花，這一路便剩下傅熙華最多聲音了。

「表妹，妳看，前面那棵杏花全開了，我們上去看看。」說著，便拉著秦汐拔腿往前跑。

傅熙華性子活潑，時不時探身子出去聞聞杏花的香氣，有時候就會像現在這樣，看見前面的杏花開得茂盛就不管路況，拉著秦汐就往上跑。

蕭暻玹跟在二人身後看得心都提起來了，眼睛就不敢從秦汐身上移開，就怕她被傅熙華不管不顧地拉著，磕到碰到了。

秦汐卻是很習慣這樣的傅熙華，彷彿永遠無憂無慮，遊玩時心裡就只裝著遊玩，做事時就一心做事，很專注，對人對事也一樣。傅熙華對林勝中很好，愛屋及烏，對他的家人也很好，無條件的付出所有，但收回來時也很決絕，什麼都收回來，一文錢也不給他們占便宜。

傅熙華伸手摘了一朵杏花，直接插在秦汐的雲鬢間，欣賞了一下。「好看！表妹怎麼這麼好看呢？皮膚怎麼還像小時候一樣，別人都長痘，妳就一直保持嬰兒的肌膚，又嫩又滑，粉白粉白的，像水蜜桃一樣，讓人忍不住想咬一口！」

傅熙華忍不住伸手摸了一把秦汐的臉，又捏了捏，一臉羨慕。秦汐笑咪咪地邊誇邊反捏了回去，她喜歡表姊這般開心的模樣。

蕭暻玹見了心裡有點酸。

羅奕忍不住對身邊的蕭暻玹道：「表姑娘和郡王妃的感情真好。」

蕭暻玹沒說話，他無法理解這種又摸又捏，動手動腳的姊妹情。

第五十二章

羅奕的眼睛一直落在傅熙華身上，他只覺得這個姑娘長得真美，笑起來真甜，在這杏花叢中就像一隻歡樂，不知憂愁的蝴蝶。讓身邊的人都被她的快樂感染，不自覺放鬆下來。

姊妹倆放開彼此的臉後，秦汐也摘了一朵杏花插到了傅熙華的髮間。「表姊的皮膚底子也很好啊！就是有點乾，用點補水的護膚品就好。現在春天來了，百花盛開，回頭我給表姊做一套護膚品，再多吃點我給妳的水果，皮膚就會像我一樣了。」

傅熙華的皮膚以前也是很好的，現在只是有點乾，估計是嫁人後憂思過度，睡不好造成的，補回來就是。

「表妹要做護膚品？什麼護膚品？」這個詞好新穎，但不難理解，一聽就知道是什麼意思。

秦汐乘機將此行目的說出來。「就是像雪花膏、珍珠膏之類的面脂，不過我打算做的護膚品種類更多，功效分得更細，譬如專門美白補水的、美白祛斑的，或者祛黑眼圈的、祛皺紋的……我還打算開一間美容院，表姊要不要和我一起做？」

傅熙華從來不知道雪花膏還能分成這麼多種類做。「做，我和表妹一起做。美容院這名字好，比脂粉鋪子好聽多了。」

「因為它並不是脂粉鋪子。美容院除了賣胭脂水粉和護膚品，還給人做美容護理、皮膚保健、皮膚護理，而且是專門針對每個人的皮膚問題進行護理，例如淡斑、祛斑、祛痘……」

每個女孩子都有一顆愛美的心，皮膚好能提升人的顏值，皮膚白的人甚至更顯氣質，可是青春期會長痘，生完孩子後會長斑、長皺紋、長妊娠紋、掉髮等等問題。

秦汐想將她在現代研究出來的各種護膚配方分享出來，給同為女性的朋友解決各種皮膚問題。她剛穿回來的時候是冬天，可以用的原料有限，現在春天來了，百花盛放，萬物復甦，這件事就可以做了。

長壽街那些鋪子，她打算打造成一條女人街，她會在那條街開脂粉鋪子、香料鋪子、美容院、養髮館、美甲鋪、成衣鋪、布莊、繡坊、首飾鋪、藥鋪……想做的很多，其他的一樣一樣來，現在先開美容院，這個是表姊的興趣之一。

「聽著很不錯，我們試試。」傅熙華蠢蠢欲動。

幾年前她就想開一家鋪子賣自己設計的東西，可是她聽見林勝中話裡話外不喜女子拋頭露面，不喜女子經商，爹娘也不同意她開，她才作罷。現在她已經休夫了，這輩子也不再打算嫁人，她可以無所顧忌地做自己喜歡的事了。

傅熙華覺得秦汐這美容院比單純的脂粉鋪子好太多了，然後她開始興奮地計劃著。

雖然只聽秦汐解釋了一下美容院是幹麼的，但傅熙華很快就掌握了開美容院的要領了。

秦汐心想，大概是遺傳吧！傅熙華很有經商頭腦，在現代絕對是稱霸一方的商業女強人。

羅奕走在二人身後，聽著傅熙華像春日枝頭上的麻雀吱吱喳喳的說著自己的計劃。他不太懂這些，但是卻覺得郡王妃和她說得很好，很可行，秦、傅兩家能成為首富不是沒道理的。

不就是一家賣胭脂水粉的鋪子，聽聽她們搞得多有新意。但他也有點不明白，身材嬌小，看似柔柔弱弱，讓人一眼就生出保護慾的她，怎麼會如此活力四射？

真是一個外表和性格相反，卻又將活潑和柔弱完美揉合的女子！

唐婧和顧蓉蓉聽見了秦汐和傅熙華的討論都來興致了，不過她們想的不是開鋪子。除了家裡人不許之外，她們也不懂，她們想瞭解的是秦汐口中的各種護膚品。

沒辦法，暻郡王妃的皮膚實在是太好、太好了！

唐婧的娘親臉上有雀斑，那是遺傳的，她外祖母也有，所以她擔心自己成親生子後也會有，聽見秦汐說能祛斑，就很想知道是不是真的。

顧蓉蓉最近臉上時不時就會長痘痘，還會留下疤痕好一陣子才消失，她還見過有人長滿一臉痘，那些痘印深深的，因此她每次長痘就害怕，想知道如何祛痘。

於是，兩人忍不住加入話題，四個女孩子熱鬧地討論了一路。

半個多時辰後，幾人才爬到了半山腰的國佛寺。

傅熙華一看見國佛寺前那棵掛滿紅綢緞的許願樹，立刻道：「表妹我們去許願。」

蕭暻玹需要去見一見司空大師，便對秦汐道：「妳去許願，我去找寺裡的高僧。」

蕭暻玹示意羅奕和蕭暻煜照顧好秦汐，他便去找司空大師了。

而秦汐則和傅熙華去許願。傅熙華興致勃勃地拉著秦汐來到一張長桌旁，添了二百兩香油錢，然後向小和尚取了十條紅色的錦緞。

羅奕要保護秦汐，跟在兩人身後，看見傅熙華手中一大捆紅錦緞，忍不住嘴角抽了抽。

傅熙華將其中五條遞給秦汐。「表妹，給！快寫下妳的願望，然後拋到許願樹上。記得要拋高一點，拋得越高，願望實現得越快。」

秦汐看著一小捆錦緞傻眼。「表姊，妳有那麼多願望嗎？」

這會不會太貪心了？而且她也沒有那麼多願望許啊！

「當然有！沒有也沒有關係，多寫幾個，拋上去，菩薩才看得見我們的誠意，不對嗎？」

有道理，她竟然無法反駁。

秦汐只取了一條。「我不需要這麼多，表姊妳多寫幾個願望吧！」

傅熙華接過來，又塞了一條給秦汐。「那妳寫兩個，一個實現的機會太低了。」

羅奕忍不住失笑。這位傅姑娘實在有趣。

蕭暻煜不信這些，但是他也想玩玩，見此便道：「小嫂子沒有那麼多願望，給我一條，我也想許願。」

傅熙華便給了蕭暻煜一條，又遞給羅奕一條。「羅大人，給你一條，謝謝你剛才救了我。」她有點不敢看羅奕那張凶凶的臉，但是剛才下船的時候他扶了自己一把，她想起剛才太害怕忘記道謝了。

羅奕笑著接了過來。「如此，在下便謝過傅姑娘。」

羅奕並不相信許願樹能實現願望，但是他樂意陪小姑娘玩玩。

拿到許願的紅錦緞後，幾人便走到一旁的長桌寫願望。

羅奕不知道是有意還是無意的走到了傅熙華的身邊，看了一眼她寫的內容，不由莞爾。什麼願家人長命百歲、平安健康，願家中生意興隆，財源廣進，願弟弟早日成家立業，生個大胖小子給她玩。願表妹的願望實現，願表妹夫妻恩愛，白頭偕老。還有願國泰民安、風調雨順的。管得真寬。

羅奕也寫下自己的願望：願覓得良緣。

蕭暻煜也很快就寫下了自己的願望：願天天有魚吃。

秦汐現在唯一的願望就是願家人長壽安康，她非常認真虔誠，一筆一畫的將這個願望寫好。第二個願望她不知道寫什麼，抬頭間無意中對上一道熟悉的視線。

蕭暻玹來到了二樓司空大師的屋子，此刻正坐在窗前看著秦汐的一舉一動。

沒想到她會無意中抬頭發現自己正在看她。

兩人的視線在半空中相會。他勾唇，對她笑了笑。

秦汐突然便想到第二個願望是什麼了，她迅速提筆將第二個願望寫了下去。

蕭暻玹心中一動，總覺得她寫的願望和自己有關。

畢竟她寫完第一個願望之後，便突然抬頭，就發現自己在看她，心有靈犀一般。

然後她就提筆寫下第二個願望了。

所以蕭暻玹很篤定秦汐第二個願望和自己有關。

她會寫一個什麼願望呢？夫妻恩愛，白頭偕老？早生貴子，永結同心？

蕭暻玹覺得每一個都很有可能，想到這裡，他嘴角上揚的弧度都大了一些。

他決定，今晚他要夜訪國佛寺，看看她的願望到底是什麼。

司空大師看了一眼對面的人，摸了摸鬍子，一臉高深莫測地道：「郡王的緣法很快就到了。」

蕭暻玹聞言心中一凜，他收回視線，看向對面道骨仙風的老者。「不知如何破解？」

「患難見真情。」

蕭暻玹皺眉，患難？誰的難？她的，還是他的？他並不希望是她的。

「誰的難？」

司空大師搖了搖頭。「老衲修為不夠，窺不破天機。」

司空大師又轉頭看了一眼許願樹下的秦汐。「那位女施主是個大福氣之人。」

司空大師還有半句沒有說出口，後福無窮。

若是熬過那一劫，後福無窮。不過積德深厚之人，天不絕也！

蕭暻玹勾唇。「確實。」

小丫頭生在首富之家，從小就被爹娘嬌寵著長大，又嫁給了自己，當然是個有大福氣之人。前半生的福氣是父母給的，他會讓她後半生福氣綿綿。

蕭暻玹的視線忍不住又落在窗外。

此時，許願樹下的幾人都寫好願望了，正準備將許願的錦緞拋到許願樹上。

傅熙華忍不住又叮囑秦汐。「表妹，記得要拋到最高的樹枝上，這樣菩薩才看得清。」

秦汐失笑。「好！」

她笑著應下，一個用力，便將寫著第一個願望的錦緞往樹頂拋去。錦緞是綁著沙包的，紅色的錦緞在天空劃出一個優美的弧度，然後落在樹頂之上，那個沙包穩穩的卡在樹枝中間。

傅熙華見此忍不住高興得跳起來。「表妹拋得好高，妳的願望一定會實現的。表妹繼續，第二個！」

秦汐勾唇。她相信世間的願望都是靠自己去實現的，但是她也高興有個好兆頭。

秦汐笑著將第二條許願錦緞拋了出去，一樣拋得高高的，這一次卻掉了下來。

傅熙華見此便道：「沒關係，再來，這次一定能行的。」

秦汐便去撿了起來，又拋了一次，這次她是瞄準一根樹杈來拋的，果然，卡住了。

傅熙華見此高興地道：「哈哈，這次表妹的願望一定能實現。」

蕭暻煜也高興地道：「小嫂子的願望一定能實現，接下來看我的了。」

他也用力一拋，然後那許願錦緞便掛在高高的樹枝上了。

蕭暻玹記住了秦汐拋的那兩個許願錦緞的位置，然後便收回了視線。

司空大師也收回了視線。「郡王爺陪老衲下一盤棋？」他可以從棋局中預判吉凶。

「好！」

許願樹下，羅奕也認真地將他的許願錦緞拋到了樹上。

傅熙華是最後一個拋的，因為她的願望比較多，她非常認真地一個個拋，竟然每一個都穩穩地掛在樹上，高興得她直接蹦了起來。

幾人許完願後，又進了國佛寺上香，祈福。

秦汐還給傅氏和秦庭韞求了一個平安符。

傅熙華見她只給傅氏和秦庭韞求忍不住道：「表妹，妳不給暻郡王求一個嗎？」

蕭暻玹這時正好走下來，聞言腳步一頓，然後他便聽見了秦汐道：「他今天也來了，自己求更有誠意。」

傅熙華一聽覺得有道理，便沒再說什麼了。

「汐兒說得是。」蕭暻玹走了出來。「如此汐兒便陪為夫一起再求一個吧！」

秦汐想說點什麼，卻又無法反駁。

蕭暻玹上前拉著秦汐來到大佛面前，他一撩衣袍跪了下來，抬頭看著還站著不動的秦汐，一副等她的表情。

傅熙華看見表妹和暻郡王感情如此好，笑道：「表妹，妳發什麼呆，趕緊跪下啊！」

秦汐沒有辦法，只能跟著又跪了下來，或者她的確需要求一求大佛，求大佛保佑身邊的人正常點，不然他一會兒讓自己離他遠點，一會兒他自己又湊上來，陰晴不定，太難伺候了，這日子無法過了。

蕭暻玹拉著秦汐虔誠地求了兩個平安符。

他接過國佛寺的和尚遞過來的平安符後，給了秦汐一個。「幫為夫繫在腰間？」

秦汐傻眼，她忍不住指了指自己，一臉難以置信。「我幫你繫？」

蕭暻玹一臉理所當然。「郡王妃幫我求的，當然是妳幫我繫，如此才更靈驗。」

蕭暻玹說完看向一旁的傅熙華。「表姊，妳覺得本王說得對不對？」

傅熙華使勁地點頭。「郡王說得對極了！表妹，妳趕緊給郡王繫上啊！」

秦汐深吸了一口氣。

嗯，她在心裡告誡自己，她需要在表姊面前和他扮演恩愛，暫且忍忍。

於是秦汐接過他手中的平安符，給他繫在腰間的玉珮上。

蕭暻玹滿意了。「為夫也幫妳繫上。」

秦汐立刻奪過他手中的平安符。「不用了，我的塞進荷包便行。」

蕭暻玹沒有強求，知道她已經在忍無可忍的邊緣了，他識趣地轉移話題。「那邊有一個很大的杏花林，要不要去走走？表哥和顧將軍他們幾人應該都在杏花林賞花。」

秦汐點了點頭。「走走吧，逛完杏花林就回去了。」

於是幾人又去逛了一下杏花林，直到遇到了逛完整個杏花林回頭找他們的顧長軍幾人，一行人才打道回府。

回程順風順水，大概需要一個時辰左右，晚膳同樣是在船上吃的河鮮，只不過不是烤的，而是畫舫裡的廚子做的。

一個時辰後，眾人才進城，這時家家戶戶都已經開始掌燈了，城門也快關閉了。

各人各回各府。

蕭暻玹、秦汐還有蕭暻煜三人一起去鎮遠堂給晉王妃請安，正巧晉王也在。

三人行過禮後，晉王忍不住道：「老四、老五，你們今天去哪裡了？」

總覺得他們去吃好吃的，沒有帶上他。

蕭暻煜笑道：「今天我們去遊畫舫，沿河賞景，還吃了美味的烤魚！」

成親沒幾天，秦汐天天出去，晉王妃到底是有些不滿了，再加上今天府裡個個都下田春耕，只有他們幾個出去踏青，其他幾房人都有點意見了，再不說一說，個個都像老四兩夫妻一樣，整個王府都亂套了。

蕭暻玹是庶子，又是郡王，她平時不好管束，免得晉王不喜，但是晉王在，她只要站得住理，晉王妃就敢當著晉王的面子管束一下。

今日正好趁著晉王在，晉王妃道：「陽春三月，百花齊放，你們年輕人喜歡踏青也是正常，可是一年之計在於春，朝廷正是最忙的時候，你們兩兄弟也別顧著玩，耽誤了政事。」

晉王點頭。「你們母妃說得是。」

蕭暻玹道：「兒臣曉得。今日游畫舫也是帶秦氏去京江看看她之前設計的軍艦是否適合在京江航行。」

蕭暻煜也忙道：「兒臣曉得，定不會誤了正事，兒臣是跟著五哥去視察航線的。」四哥太聰明了，面不改色地將遊玩說成了視察河道。

晉王覺得老四在胡說八道，汐丫頭就算懂得設計軍艦，也不一定會懂得視察河道，再說軍艦是在海上航行的，而不是京江。不過他沒有拆穿他，估計是老四自己去視察河道，順便帶汐兒出去遊玩，疼愛自己的王妃，這完全沒有問題。

他便道：「老四是個有分寸的，本王很放心，回頭你們兩兄弟將視察的情況寫一份摺子給本王。」

蕭暻玹應道：「是！」

蕭晎煜的表情頓時垮了。

為什麼還要寫摺子？他寫什麼好？難道寫河裡的魚很鮮甜，兩岸的景色很美，國佛寺的杏花開得很好，還有許願樹很靈驗嗎？早知道就不跟著四哥一起來請安了。

蕭晎煜欲哭無淚。

第五十三章

兩兄弟這麼說，晉王也這麼說，晉王妃雖然不信，但也不好多說什麼，便道：「沒有耽誤正事便好。」

晉王擺了擺手。「好了，時辰不早了，你們退下吧！」

於是三人行了一禮後，便退下了。

夫妻二人和蕭暻煜分開後回到了瞻遠堂。

蕭暻玹看了一眼正房，然後才道：「明日王妃要出門嗎？」

秦汐搖了搖頭。「明日不出門了。」

明日依然出門的話，晉王妃該有意見了，她還是乖乖在府裡待一天吧！

蕭暻玹知道她是顧及晉王妃，擔心晉王妃不喜，便道：「妳若想出門，本郡王還是可以帶妳出去的，不必顧慮太多。母妃那邊有本郡王去說，妳儘管按妳的心意去做便是。」

成親前她活得如何自由自在，嫁給他之後，他也會讓她活得自由自在，沒道理讓她越活越回去。

秦汐心中一動，第一次覺得嫁給他也不賴。

她笑道：「好，不過明日我真的無須出去。」

蕭暻玹點了點頭。「現在住在晉王府，多有不便，等以後搬去我們的府邸，妳就可以隨心所欲了。」

秦汐聞言眼裡閃過詫異。「搬出去？」

「皇祖父冊封我為郡王的時候，賜了一座府邸，只是那時候我尚未成親，而且常年在邊疆，便沒有分府出去。現在我們成親了，可以分府出去住，等那府邸修繕好，我們就搬過去。我已經吩咐長平找人修繕了。」

在王府裡，上有晉王妃，下有妯娌，規矩甚多，她經常需要出去，晉王妃也不可能總是為她破例，壞了府中規矩。

蕭暻玹又不想約束她，所以他已經想到了，分府出去，如此她就是當家主母，行動會方便很多。

長平在二人的身後笑道：「回王妃，是的，已經找好日子動工了。」

秦汐心裡微微觸動，上輩子蕭暻玹一直沒有搬出晉王府，這一世他會搬出去，這改變顯然是因為自己。作為一個古代的夫君，如此為她著想，他做得真心不錯。

秦汐福了一福。「謝郡王！」

蕭暻玹看了正房一眼。「今天在外面走了一天，郡王妃早點歇息。」雖然還想和她說說話，但是他一會兒還要去一趟國佛寺，看看她許了什麼願望。儘管身上的紅疹有點癢，但吃了烤魚和水果，比起以前根本是小意思。

秦汐點了點頭。「郡王也早點歇息。」說完她便轉身回屋了。
秦汐回房後，蕭暻玹又出門了。
夜裡，國佛寺突然發出一聲巨響，國佛寺的許願樹倒了。
第二天，蕭暻玹黑著臉從外面回來，一踏進院子便看見秦汐坐在梧桐樹下石桌旁用早膳。
看在他為了自己打算分府出去的分上，秦汐看見他回來，正想問他要不要一起用早膳，可是蕭暻玹冷著臉，眼神都沒有給秦汐一個，推開門直接走進西屋。
他怕控制不了自己，對她做出什麼不好的事。
秦汐一頭霧水。大早，誰又惹到他了？
長平這時也匆匆地跑進來，看見秦汐欲言又止。
唉，郡王妃到底許了什麼願望，主子怎麼會氣成這樣？他第一次看見主子如此生氣，氣得竟然一掌就將許願樹劈成了兩半。被司空大師趕走後，又獨自在船上喝了一晚上悶酒。
秦汐見他有話想說的樣子，便對他招了招手。
長平看了一眼緊閉著門的書房，想了想還是走了過去。
「郡王妃有何吩咐？」
「你家主子又病發了？」

長平眼裡閃過驚訝，郡王妃竟然知道主子有病？

不過，這次主子可不是病發，他搖了搖頭。「回郡王妃，主子是心情不好。」

秦汐更詫異了。「一大早誰惹他了？」

長平看著秦汐一言難盡。

長平好想問問秦汐，她到底許了什麼願惹主子如此生氣。

不過，他還是知道分寸的，郡王妃的願望豈是他一個下人能問的，因此他並沒有問。

他搖了搖頭。「屬下也不知。」

不過長平想到既然主子是因為郡王妃而生氣，郡王妃拿點東西出來哄哄主子，主子定然會高興了。

「郡王妃知道主子不能近女色，不然身體便會過敏，渾身起紅疹，奇癢無比。郡王妃上次配的治療過敏的藥材，可以再給屬下幾包嗎？還有郡王妃的水果和吃食，主子很喜歡吃，而且吃了主子也不用泡藥浴了。」

秦汐的重點在前半句。「你家主子不能近女色，不然身體會過敏？」

這不僅僅是心理反感，還引起生理反應，這就有點嚴重了。

長平傻眼。「郡王妃不是知道了嗎？」

「不知道。」或者說知道得沒那麼清楚。

秦汐不由想到第一次和蕭暻玹見面時，他們一起救了小世子，然後他迫不及待地離開，接著是晉王府花園那次，他也是一樣，再來是施粥那次。施粥那次他身上的紅疹就很明顯，她還以為是西戎國探子的藥粉所致。

難怪他避女性如蛇蠍，全身紅疹得多癢？

「這病是如何得的？」

長平搖了搖頭。「屬下不知，只知道主子七歲之後便染上這怪病，而且外面的人不知道，郡王妃千萬不要洩漏出去。」

長平看了一眼緊閉的書房門，也有點怕。

不過主子沒有出言阻止，想來是不介意郡王妃知道的。

秦汐當然知道其中的利害。

蕭暻玹是武將，要是他這病洩漏出去，敵軍找一群女兵上戰場，就夠他難受的了。

「放心，我不會說出去的，再說我已經和他成親了，誰還會覺得他不能近女色？」秦汐知道，這院子的守衛極嚴，院子裡的下人都是嘴嚴的，院子裡的消息半點都傳不出去，不然她和蕭暻玹分房睡的事，根本瞞不住晉王府的人。

長平也覺得有道理。尤其是主子現在不怕郡王妃了。

秦汐想了想，放下了筷子。「你家主子還沒用早膳吧？」她決定再給他把一下脈。

秦汐站了起來。「我去請你家主子陪我用膳。」

「好咧！」長平鬆了一口氣，他覺得他和郡王妃在這裡說了半天話，主子都沒有出聲阻止，應該是想郡王妃進去哄哄他的。
十月的芥菜啊！一旦開花了，蜜蜂就會想來撩。
秦汐來到西屋敲了敲門。
「何事？」裡面傳來了冰冷的聲音。
「聽長平說你還沒用早膳，正好我在用，你要不要出來陪我一起用？」
裡面沈默了一下，秦汐聽見了腳步聲，然後門便被打開了。
蕭暻玹冷冷地看了她一眼。說真的，他真的非常生氣！這個該死的丫頭竟然想踹掉他，然後另覓良緣，還說他是渣男！
可是在敲門聲響起那一刻，他就沒那麼氣了。
秦汐想試探一下他是不是真的會過敏，直接拉上了他的手，將他拉出來。「一個人吃早膳太悶了，郡王陪我吃吧！」
蕭暻玹順勢被她拉了出來，心底的怒火變成了小火苗，只是身體不爭氣地開始過敏。
秦汐擔心只是拉手，藥力不夠猛，於是她摟住了他的手臂。
不過，這人的手臂好結實，秦汐忍不住捏了捏。
蕭暻玹愣住。
秦汐又擔心隔著衣物沒有效果，她伸手摸了摸他英俊的臉。「你這裡有髒東西，我幫你擦擦。」

秦汐抬頭細細打量一眼他臉上的皮膚，看看有沒有過敏，然後發現他的皮膚真好。

一個大男人，一張臉乾淨得竟然連黑頭粉刺都沒有，這還是男人嗎？

她忍不住又摸了摸。

蕭暻玹抓住了她不安分的小手。「我自己擦。」

被她再這麼調戲下去，他的紅疹冒得更快了。

他知道她是想試探一下他是不是過敏，可是他的紅疹主要出在身上，露在衣服之外的皮膚是看不見的。不過心裡的小火苗被她這麼一弄徹底滅掉了。

蕭暻玹拉著她，迅速來到梧桐樹下的石桌旁坐下。

秦汐沒有發現他身體起紅疹，想來應該沒有發作得那麼快，她便道：「玉桃，郡王和我一起用早膳，妳再去取一雙碗筷，順便去大廚房裡再拿些早膳過來。」

不能讓他吃太多海島裡的食物，不然一會兒把脈把不出來。

「是！」玉桃一聽便明白了。

大廚房裡的吃食，可沒有秋菊做得好吃，郡王妃這是不想給郡王吃這些早膳。

長平這時將一套碗筷放到了蕭暻玹面前。「不用，不用，碗筷我已經取過來了。」

蕭暻玹拿起筷子便要吃，渾身已經起紅疹了，難受得不行。

「等等！」秦汐握住了他的手腕，指尖搭在脈搏上。

蕭暻玹看向她。

秦汐見他脖子上的青筋凸起，她直接捋起他的衣袖，看見紅疹後，便道：「我先幫你把把脈。」

蕭暻玹便沒有動。

半晌，秦汐收回手，皺眉。脈象沒有問題啊！

「如何？」

秦汐正想回答，這時天空飛來了兩隻信鴿。

一隻落在窗櫺前，一隻落在蕭暻玹的腳邊。

蕭暻玹想到什麼看了秦汐一眼，然後他才彎腰捉起信鴿，將綁在鴿腳上的小竹筒取下，拿出裡面的紙條看了一眼，眼底閃過一抹殺意。

秦汐看見信鴿心中一凜，長平已經將信鴿抓住，然後取下裡面的紙條來到秦汐面前。

「郡王妃，給。」

秦汐接過來打開看了一眼，捏著紙條的指尖發白。

該來的還是來了！

太子穿上一身便服，正準備出東宮去找紫月姑娘，這時，一隻信鴿落在窗櫺上。

看見信鴿，太子心中一動。「去將信取下來。」他對身邊伺候的太監道。

太監立刻應了一聲，去將信鴿上的信取了下來，恭敬地呈給太子。

太子看了一眼頓時心花怒放。

秦家商隊總算出關了。三月十五日，就是明天。過了明天，秦家的金山銀山就是他的。有了秦家的銀子，他的大事何愁不成？過了明天，她也是他的。

只要想到秦汐那絕美的面容，婀娜的身段，太子便熱血沸騰。

「來人，更衣，擺駕坤寧宮。」大事要緊，紫月姑娘那裡，太子也不去了。

太監很快便伺候太子換回了衣服，太子興奮地大步往坤寧宮走去。

「母后！」人未到，聲先到。

坤寧宮內伺候的太監和宮女都感覺到了太子的興奮。

太子大步走進殿內。「兒臣給母后請安！」

皇后正在用早膳，桌子上只擺了一碗小米粥，一份白菜豬肉餃和一個肉夾饃。從皇后成為皇后那天，她便素來節儉，從不浪費吃食，數十年如一日。這也是為何皇上敬重她的原因之一，勤儉節約，母儀天下。

皇后聽見太子的聲音，她微不可察地皺了皺眉頭，但很快便鬆開。她若無其事地擺了擺手，坤寧宮伺候的宮人便都退下了。皇后的心腹嬤嬤是最後一個出去的，她順手帶上了門，並且守在外面，以防有人偷聽。

皇后這時才開口道：「本宮說過多少次了，太子乃一國儲君，喜怒須不形於色。」

要是平時，太子便會覺得渾身熱情瞬間被潑了一桶冷水，可是今天他太高興了，高興到被皇后訓兩句，他也覺得沒有關係，他湊到了皇后身邊。「母后，秦家商隊明日便出關了，我們什麼時候將秦家抄了？」

皇后淡淡地看了他一眼。「越是這個時候，太子越不能急，越需表現得若無其事，除非你想讓人察覺到秦家的事與你有關。」

太子聞言，這才坐了下來，收起臉上的興奮，正了顏色，一臉威嚴。

他知道這件事要成，還需要靠皇后。等登基吧！登基之後，他就可以隨心所欲了。

皇后見此才道：「好了，太子今天繼續去春耕，此事太子半點也不知情，懂？」

太子是她唯一的兒子，是天元國的儲君，絕對不能參與到其中。

「是，母后！」

「陪本宮用過早膳，你就去向你父皇請安，然後便去春耕吧！」

待太子離開東宮後，皇后的心腹嬤嬤才走了進來。

皇后對她道：「明日便是十五了，去請敬事房的主管太監過來。」

敬事房的太監很快便捧著一托盤的綠頭牌來到了皇后跟前。宮裡每個宮妃侍寢的時間和侍寢的日子都是皇后安排的，每隔半個月，皇后便會重新給後宮的妃子排班。

數十年來，皇上很少偏寵某一位妃子，都是按照皇后的安排前去後宮。雖然皇上年事已高，比之年輕的時候已經很少回後宮，但是萬一皇上有那個需要呢？總不能當天是誰侍寢都不知道。

因此敬事房的太監被皇后叫過來，便知道皇后今天要給後宮的妃子安排侍寢的日子。

皇后看著寫著後宮各個妃嬪名字的綠頭牌，她的視線最先落在淑妃的綠頭牌上。淑妃的兄長是戶部尚書，現在皇上很少召喚宮妃侍寢了，但是每次回後宮，幾乎都是挑淑妃侍寢的日子。淑妃侍寢的日子也正好在那天，簡直天時地利。

除了四妃侍寢的日子按照慣例是有定下先後順序的，其他宮妃侍寢的安排皇后平時都是隨意的，因此她將淑妃侍寢的日子排好後，又將貴妃的綠頭牌排在了淑妃之後。

其他的綠頭牌，皇后便隨意排了一下。有些事，太子不能去碰，她也不能去碰。

「好了，退下吧！」

敬事房的太監也沒覺得有什麼不妥，恭敬地應了一聲便退下了。

敬事房的太監退下後，皇后又對心腹嬤嬤道：「這天氣一天比一天暖了，司制房那邊的春裝也趕出來了，給各宮的主子送去吧！還有這個月的月銀和香料也一併送過去。」

「是！」管事嬤嬤恭敬地應下。

「咳咳……」皇后咳了兩聲，然後道：「現在天氣雖然暖和了一些，可是夜裡依然有些涼，各宮再送一些銀絲炭過去吧！免得各宮的主子夜裡著涼。」

「皇后娘娘仁厚！」

「咳咳……」皇后揉了揉太陽穴，然後擺了擺手。「本宮有點睏，歇一會兒，妳下去安排吧！」

心腹嬤嬤見皇后咳了兩次，心不由得提了起來。「皇后娘娘是不是身體不適？老奴去請太醫？」

皇后擺了擺手。「沒事，昨晚沒睡好，本宮歇一會兒便行了。妳去忙妳的事吧！」

皇后讓身後的宮女伺候自己歇下，心腹嬤嬤見此便去完成皇后的安排了。

待心腹嬤嬤安排好皇后交代的事後，再回來，便發現睡著的皇后額頭滿是汗，喚了她幾聲都沒有叫醒她，她嚇了一跳，忙傳太醫。

皇后傳太醫，很快便傳到了皇上的耳中。皇上正好剛下早朝，得知後，便直接來了坤寧宮。這時，太醫院院正剛好幫皇后把完脈，輪到李太醫把脈。

「皇上駕到！」

一聲皇上駕到，驚動了整個坤寧宮的人，大家紛紛跪下來行禮。

李太醫的手才剛搭在皇后的脈搏上，聞言只得收回手，先給皇上行禮。在他收手之際，皇后迅速往他的手中塞了一樣東西，他面不改色地將手中的東西藏入袖口中。大家都顧著給皇上行禮，無人發現二人的小動作。

屋裡跪了一地人。「皇上吉祥！」

皇后手撐在床上作勢要起床。「臣妾……」

「免禮！」皇上大步走到皇后身邊，將她按回床上。「皇后身體不適，這些虛禮就免了。」

皇后聞言一臉虛弱地笑道：「臣妾沒事，只是受了點涼，是嬤嬤們大驚小怪。」

皇上沒聽皇后的，問太醫院院正。「皇后怎麼了？」

第五十四章

太醫院院正忙道：「回皇上，皇后應是近日操勞過度，又感染了風寒，吃幾劑藥，休養幾天就無礙了。風寒之症李太醫最擅長。」

皇上又看向李太醫。

李太醫道：「臣這就給皇后娘娘把脈。」

皇上點了點頭，然後李太醫便上前給皇后把脈。

李太醫看了皇后一眼，皇后眨了一下眼。

半晌，李太醫對皇上道：「回皇上，皇后確是勞累過度，又不慎染上風寒，吃幾劑藥，休養幾天就無大礙。」

皇后身邊的嬤嬤這時開口道：「兩位太醫，剛剛皇后娘娘出了一身汗，也是因為風寒嗎？」

皇后娘娘虛弱地擺了擺手。「本宮那是夢魘了。」

李太醫回道：「應是勞累過度導致夢魘。」

「這幾天春耕，皇后娘娘打理宮中的事務本就繁忙，皇后又事事親力親為，才會累倒，奴婢勸都勸不住。」

皇上聞言看了老妻一眼，皇后雖然比自己小兩歲，自己之前每天批閱奏摺也是累得夠嗆，他是因為吃了汐丫頭的海鮮才有力氣的，皇后沒有汐丫頭的海鮮吃，後宮諸事繁多，難怪會累倒，他便道：「皇后辛苦了！這幾日後宮的事務便交給李貴妃打理，皇后好好休息幾日。」

皇后躺在床上一臉感激。「謝皇上體恤！」

皇后每次病倒，都是李貴妃打理宮務的，皇后從不會拒絕。所以後宮許多妃嬪，包括皇上都認為皇后不是一個戀權的皇后。皇后不戀權，但是皇后又將後宮打理得井井有條，沒有哪個後宮妃嬪代皇后打理後宮事務時，有皇后做得好的，因此皇上非常信任皇后，皇后之位穩坐了幾十年。

待到兩個太醫開好藥方，宮女煎好藥，皇上親自餵皇后服下，他才回御書房處理國事。

而李貴妃得知皇后病了，由她代管宮務幾日，為了表示自己對皇上和皇后的關心，她吩咐御膳房親自燉了參湯給皇上和皇后送去。

傍晚的時候，皇后的心腹嬤嬤將李貴妃燉的參湯放到了桌子上。「皇后娘娘，貴妃娘娘又給您和皇上燉參湯了。」

皇后看見李貴妃送來的參湯淺淺地勾了一下唇。「貴妃她有心了，拿過來本宮喝了。」

皇后自然知道李貴妃每次在她生病，不能處理後宮事務的時候，都會給皇上燉參湯，順便給她也燉一碗，不然她為何會裝病？

後宮妃嬪燉的湯，除了她燉的皇上一定會喝，還有就是四妃燉的皇上也會喝。當然要是她和四妃一起給皇上送湯，皇上只會喝她的。

但是這些年，她們幾人早就形成了一種默契，那便是她們五人中誰給皇上送了湯，其他幾人便不會再送了。因為她們都知道就算送了，皇上避免她們爭風吃醋也只會喝位分最高的那位妃嬪的湯。

傍晚的時候，皇上剛剛忙完幾份重要的奏摺，林公公便將一碗參湯呈給皇上。「皇上，貴妃娘娘命人送來的參湯。」

皇上看了一眼參湯笑道：「貴妃是不是也給皇后娘娘送了一碗？」

林公公笑道：「皇上英明！」

皇上接了過來。「不是朕英明，是貴妃歷來如此。」

皇上說完便直接將參湯喝下，喝完後他皺了皺眉頭。奇怪，最近喝的兩次參湯為何都有點苦？

皇上喝完參湯，正準備將另一堆不太急的奏摺處理一下，然後才用膳，這時小太監快步走了進來。「啟稟皇上，郭侍衛求見。」

「宣！」

很快郭驊一身血跡的走了進來，直接單膝跪在地上。「請皇上治罪！屬下沒有保護好官銀，五十萬兩官銀在運送到百里外的泰和山被山賊劫了！」

皇上聞言傻眼。「泰和山那裡怎麼會有山賊？」

自從他登基以來，在剿匪上面可是下過苦功夫的，可以說近五年來，天元國各地都沒有什麼山賊和土匪敢打劫商隊，更不要說官銀了。

「屬下也不知道，那些山賊大概有數十人，個個武功高強，訓練有素，我們的士兵不到十招便被殺了，屬下是冒死回來稟告此事，只想求皇上給屬下一個機會，帶著禁衛軍前去追回官銀，將那些山賊一網打盡，免得再有路過的百姓和商隊遭殃。」郭驊說完忍不住吐了一口血。

皇上覺得這事處處透著詭異，這一批官銀他本來是打算送去北疆那邊修水利的，護送這一批官銀的可是禁衛軍。禁衛軍不是普通的士兵，十招之內就將禁衛軍殺了？什麼時候山賊、土匪個個都是武林高手了？一般山賊都是烏合之眾。

皇上心裡有疑惑，決定派人去追查到底。

「佛跳牆，你派人送郭護衛回府，再請何太醫給他看看。」

「是！」林公公應了一聲。

「皇上，屬下護送官銀不力，求皇上治罪，並且給屬下一個將功贖罪的機會，讓屬下去追回官銀。」郭驊一臉急切地道。

皇上擺了擺手。「你放心，丟了官銀你的懲罰少不了。現在你傷勢重，還是先養傷吧！退下吧！」

皇上是一個賞罰分明的人，他從來不會因為官員辦不好一件事就立刻降罪，他會先弄清楚事情的來龍去脈，等查清事情真相才會去追究到底是誰的責任，然後該如何罰便如何罰。

林公公立刻示意兩名御林軍將人帶下去。

待郭驊被帶下去後，皇上又道：「傳晉王進宮。」

林公公道：「皇上，晉王殿下昨日下午就奉命出海測試軍艦了。」

測試的軍艦是許陌言設計的，還沒全部完成，但是船身的主體部分已經完成，晉王想試試船身他最欣賞的改造是否實用，要是實用就和秦汐設計的結合在一起。

皇上這才想起晉王不在，他揉了揉發脹的太陽穴。「傳暻玹進宮。」

五十萬兩官銀必須馬上追回來，拖得越久，越難尋！

蕭暻玹剛從外面回府，秦汐著急地迎上去。「東西交給我爹了嗎？」

「嗯，給了。」

「明天我要回秦府住幾天。」秦汐始終不放心，她要待在爹娘身邊。

蕭暻玹搖頭正想勸說，這時長平走近。「主子，皇上宣您立即進宮！」

聞言，秦汐和蕭暻玹對視了一眼。

突然被召進宮，蕭暻玹立刻想到他會被支開。

父王出了海，他又被支開，只剩下宮裡的皇祖父。

蕭暻玹心中一緊，生怕皇祖父出事。

蕭暻玹掏出自己的權杖給了秦汐。「我估計馬上就要奉命出京辦事。妳不要回秦府，明日一早妳拿著權杖和五弟一起進宮一趟，然後讓五弟留在宮裡過夜。」

秦汐一想便明白了，接了過來。「好！」

上上輩子，秦家出事的時候，皇上病重，太子監國。這輩子皇上的身體健朗，不可能會突然病重，除非有人下毒。

秦汐知道，只要皇上沒事，秦家就沒事。

蕭暻玹忍不住再次叮囑。「不管西北那邊有什麼消息傳回來，不用擔心，不要害怕，我都安排好了。還有如果妳要出門，就拿著我的權杖和母妃說妳去造船司看看，她不會阻攔妳的，長平也會留下來聽候妳的差遣。」

這話他早上已經說過了，但是他怕她擔心。

「我知道了，你進宮時幫我帶些東西給皇上。」

「嗯。」蕭暻玹匆匆交代了幾句，便帶著秦汐給的一個包袱和一些海鮮等吃食進宮了。

半個時辰後，蕭暻玹讓長平回王府保護秦汐，他直接帶著一隊兵馬前去泰和山追查官銀的下落。

長平回到了府中向秦汐覆命。「郡王妃，主子奉命去追查官銀的下落，他讓屬下回來聽候您差遣。」

「追查官銀的下落？官銀丟了？」

「嗯，有一批官銀在泰和山附近被山賊劫走了，皇上懷疑此事有蹊蹺便派主子去追查。」

官銀被山賊劫走？秦汐聞言冷笑。

上輩子蕭暻玹和晉王都在西北邊疆打仗，這輩子因為抓到了西戎探子，事先破了西戎國聯合幾個小國攻打天元國的陰謀，戰事很快就結束了。

晉王和蕭暻玹都留在京城，所以他們便弄出了山賊劫官銀一事，來個調虎離山，真是好算計。不過泰和山……

「玉桃，去將泰和縣的輿圖取來。」

「是！」玉桃應了一聲立刻去取輿圖。

長平吃驚。「郡王妃連泰和縣的輿圖都有？」

秦汐點頭。「秦家的商隊經常經過泰和縣，而泰和山附近十年前是山賊經常出沒的地方，有輿圖更方便商隊行商時趨吉避凶。」

長平感嘆。「難怪秦首富將生意做得如此之大！」

玉桃很快便將泰和縣的輿圖拿了出來，秦汐將輿圖攤開。

長平看了一眼，發現這輿圖是羊皮做的，而且和衙門收藏的輿圖不一樣。這張輿圖上面的地名、村落、村裡的小道都標得清清楚楚。整個泰和山，哪裡有水源，哪裡有山洞，哪裡有小路，哪裡曾是山賊的據點，哪個方向通往什麼地方，都標得清清楚楚，比泰和縣地方衙門呈上來的輿圖都清晰詳細。

「官銀是在什麼地方被劫的，你知道嗎？」秦汐問道。

長平答。「好像是泰和山山腳下的一處峽谷叫……」

「燕子谷？」

「沒錯，就是燕子谷。」

秦汐指著地圖。「你看這裡，出了燕子谷有兩條路，一條是通往碼頭，一條是官道，通往泰亨縣。一般來說若我是劫匪，劫走官銀後，定然會走水路，到了碼頭，上了船後，官府就追不上了。」

「沒錯，是這個道理。」

「可是，你有沒有想過，或許那些山賊劫走了官銀後，並沒有將官銀運走？」

「郡王妃是說那些山賊將官銀藏在山裡？」

秦汐點頭，又點了點輿圖上的某個位置。「這裡有溶洞。我爹曾經經過燕子谷時遇到土崩，他為了避難，無意中發現的。」

長平臉色變了變。溶洞？溶洞可以很大，迂迴曲折，九曲十八彎都有可能，用來藏官銀最適合不過。畢竟帶著五十萬兩官銀，無論是走陸路還是走水路，都是有風險的。最沒有風險的是，將官銀留在原地，等風聲過去了之後，再分批運走。

「屬下這就寫信去通知主子！」

「等等，那個溶洞不僅僅只有一個出入口……」秦汐又將她知道的都告訴了長平。

長平聽完後，迅速退下去寫信。

亥時初，皇上揉了揉眉心。「奇怪，今天晚上朕怎麼心神不寧，無法集中精神批閱奏摺，總覺得腦袋有點昏昏沈沈。」

要是平日亥時他都批閱完所有奏摺，可以歇下了。

林公公回道：「皇后娘娘都病倒了，皇上也需要注意身體，睏了就歇下，這些奏摺不急，待明日再批也不遲。」

皇上擺了擺手。「今日事，今日了，汐丫頭今天不是送了些茶葉給朕？給朕泡一杯。」

林公公知道皇上的性子，不批閱完今天的奏摺他是不會睡的，只能下去泡茶，並且取了一些秦汐做的點心給皇上吃。「皇上，這是郡王妃親手做的藥膳點心，暻郡王說能強身健體，皇上您要不要吃一些？」

因為暻郡王進宮的時候，已經是晚膳的時間，他說給皇上晚上批閱奏摺的時候吃，所以當時林公公並沒有拿出來給皇上吃。

皇上聞言立刻擱下毛筆。「汐丫頭親手給朕做的強身健體的點心？當然要吃！」

亥時末，皇后躺在床上，無論如何都睡不著。「何嬤嬤，皇上歇下了嗎？」

何嬤嬤搖了搖頭。「御書房的燈還亮著，皇上還在批閱奏摺呢！」

皇后沈默了一下。「貴妃娘娘的參湯皇上喝了嗎？」

「喝了。」

皇后莫名的煩躁，心底也隱隱有點不安。到底是哪裡出錯了？皇上為何喝了那麼重分量的參湯都沒有倒下？現在她也不敢親自再送一碗參湯過去。再等等，等明日淑妃侍寢吧……

皇后娘娘又問道：「皇上今天吃什麼？」

「回皇后娘娘，皇上吃了暻郡王送進來的海鮮和水果。」

「皇上最近的吃食似乎都是暻郡王妃的海鮮和水果？」

「是的。」

皇后有點不明白，總不會海鮮和水果還能解毒吧？

「本宮餓了，妳去取一份皇上今天吃的海鮮和水果來。」

「是！」何嬤嬤應了一聲，便退下了。

只是很快她就回來了。「回皇后娘娘，御膳房的大廚說，那些海鮮和水果皇上說過，任何人都不能碰。」

皇上說不能碰的東西，皇后斷然是不會去碰的，尤其是在這特殊的情況下，她向來非常謹慎，不過皇后也不覺得那些海鮮和水果能夠解她下的毒，只是懷疑皇上是否在吃什麼養生藥丸，正好將毒解了。

如此大的分量竟然也沒有讓皇上倒下，昏迷不醒，難道要加重藥量嗎？若是加重藥量，那便不是病重那麼簡單了……

皇后的眼裡閃過一抹狠戾。

一不做，二不休，要怪就怪皇上太偏心了，雖然封了自己的兒子為太子，可是兵權卻給了晉王；然後又封蕭暻玹為郡王，甚至賜了一個封號，壓著自己的皇孫襄郡王一頭。就是因為皇上偏心，讓晉王和蕭暻玹的聲望在滿朝文武百官中比太子和襄郡王的聲望都要高。

皇上到底最愛的還是那個賤人，對她的孩子也是寵愛有加，只給了太子一個虛銜，卻給了晉王和蕭暻玹實實在在的兵權，讓一對雜碎騎在太子頭上。

皇上無情在先，就別怪她無義！

三月十五日，晴。天剛剛大亮，秦家上百輛馬車的商隊浩浩蕩蕩拉著貨排隊出關。

李富貴掏出一個荷包遞給守城的將領。「諸位將士們戍守邊疆辛苦了！這是咱們商隊小小的心意，請大家喝茶，感謝諸位將士們英勇無畏地守護邊境，讓老百姓安居樂業，讓我們這些商隊能夠平安經商。」

何勇傑並沒有接荷包，他看了一眼長長的商隊，視線不經意地對上商隊裡某個人的視線，見對方微不可察地點了點頭，他才一臉剛正不阿地道：「出關需要搜查貨物，請配合。」

李富貴笑道：「大人說得是，請儘管查。」

何勇傑面無表情地一揮手，十幾個士兵立刻上前檢查，每人負責一輛。

秦家商隊的人不是第一天出關，早就習慣了，大家都表情輕鬆地在邊上等著。每次守城的將領都不一樣，因此每次出關接受檢查的時候，有時候會比較寬鬆，稍微看看有什麼貨物就放你出關了，但有些將領做事比較嚴謹，所有貨物都要仔細檢查。今天顯然是遇到比較嚴厲的守城將領了。

不過商隊的人也沒慌，他們送出去的貨物並沒有什麼違禁品，秦家商隊經營的東西都是合法合規的。

秦家商隊一共有百餘輛拉貨的馬車，一時半刻也檢查不完，李富貴本來以為要等很久的，沒想到這念頭剛起，一名士兵將一封信交給守城的將領。「何將軍，我們搜到了一封通敵信函。」

守城將領接過了信函，又看了某個士兵一眼。

那士兵立刻跑開去傳信回京了。

第五十五章

整個商隊的人都傻眼，懷疑自己聽錯了。「啥？」

「剛剛那位將士說什麼信函？」

「好像說的是通敵信函。」

「通敵信函是什麼？誰家家屬叫通敵？」

「搞錯了吧？誰的家書混進了貨物裡，趕緊出來認領！」

開什麼玩笑？他們秦家商隊出了名的愛國。

商隊的人沒有一個人意識到危險到來，都覺得是搞錯了，直到守城的何勇傑大手一揮。

「關城門，將秦家商隊的人都拿下！違者格殺勿論！」

四周的士兵立刻上前將商隊的人抓住了。

有士兵直接一腳踹在商隊的人身上。「走！」

大家這才知道了害怕。

「將軍，冤枉啊！我們秦家商隊絕對不可能通敵叛國！」

「誰家的家書，趕緊出來認領一下啊！這是想死嗎？」

「放開我！冤枉啊！我們秦家的商隊不可能通敵叛國！」

李富貴走到守城的將軍面前，恭敬地道：「何將軍，這當中是否有什麼誤會？我們秦家向來愛國，絕對不可能通敵叛國，那封信我可以看看嗎？」

商隊的人紛紛附和。「冤枉啊！那封信一定是假的！我們商隊的人不可能通敵叛國！」「對啊！我們商隊行商多年，給邊疆的將士們送過多少糧食、藥材，還有棉衣，我們絕對不可能通敵叛國！」

何勇傑揚了揚手中的信函冷哼一聲。「罪證確鑿，輪不到你們狡辯！所有貨物扣起來仔細檢查，全部人帶下去！如有反抗者格殺勿論！」

一名士兵迅速上前將李富貴抓住，將他拉下去。

李富貴怒了。「何將軍是什麼意思？這封信你拆都沒有拆開看過，如何確定是通敵信函？你這是誣衊！我們秦家商隊沒有通敵叛國，商隊的貨物我出發前才檢查過，並沒有什麼信函，我們是冤枉的！一定是有人想要害我們商隊！」

「逆賊！自己通敵叛國竟敢反過來咬士兵一口？誣衊忠良，簡直死不足惜！」何勇傑直接拔出了大刀，一刀捅過去。

「鏘」一聲，何勇傑的手腕被石子打中，一痛，手一鬆，大刀便掉在地上。

長安和長河騎著馬跑到了他跟前，兩人的身後，還跟著一隊士兵。

長安居高臨下地看著何勇傑。「何副將，這是發生何事？」

何勇傑捏著手腕，心中咯噔了一下，不明白這兩人怎麼會出現在這裡。不過想到手中這一封通敵信函，罪證確鑿，就算長安和長河在，也改變不了什麼。

他忍著疼，恭敬地拱手行禮道：「末將見過兩位將軍！」

蕭暻玹的幾名親信，跟隨他在戰場拚殺多年，每一個都是四品以上的將軍。

李富貴忙道：「兩位將軍救命啊！何將軍在我們商隊搜出了通敵叛國的信函，可是咱們秦家商隊忠君愛國，絕對不可能做出通敵叛國的事，一定是有人陷害我們商隊，求兩位將軍為我們作主！」

何勇傑冷哼一聲。「兩位將軍明鑒，這是在秦家商隊搜出的通敵信函。」

李富貴喊道：「兩位將軍冤枉啊！我們沒有，這是有人想陷害我們秦家商隊，這信函是假的，一定是有人乘機放進去陷害我們商隊。」

何勇傑冷哼。「逆賊還想狡辯，這封信的署名可是敵軍將領的名字。無數將士們在這裡吃不飽、穿不暖，冒著性命危險，流血又流淚地戍守邊疆，保家衛國，讓百姓能夠安居樂業，讓你們能夠安全經商，你們竟然和敵軍私通，簡直死一萬次都難以告慰那些被敵軍殺害的將士們！」

長安將那封信接了過來。

長安看了一眼信封上面的落款，也沒有拆開信函看裡面的內容，他冷冷地看了秦家商隊的人一眼。「通敵叛國？確實是死罪！」

何勇傑不由得鬆了一口氣，他跟著一臉憤慨地道：「可不是？這種叛國的逆賊五馬分屍都不為過，不然如何對得起千千萬萬戰死沙場的英魂？末將這就將他們關起來押送進京，讓刑部好好的審查。」

長安點了點頭。「是該好好地審查一番，正好我們要回京覆命，這些逆賊就交給我們吧！」

何勇傑慌亂地道：「怎麼可以煩勞兩位將軍？」

怎麼能交給他們押送進京？他說的押送進京也是假的，這些人一個都不能留，只能留下那封通敵叛國的信函和一個證人，如此才能死無對證。若是讓暻郡王的人押送進京，壞了太子的大事，一萬個他都不夠死！

長安淡道：「不麻煩，順便而已。」

何勇傑冷靜下來。「謝謝長安將軍的好意，只是這些逆賊是末將抓到的，事情的經過只有末將清楚，末將押送他們進京才能交代清楚，免得他們狡辯。」

長安聞言一副被他說服了的樣子，點了點頭。「何副將說得是！」

何勇傑聞言鬆了一口氣。

只是他這一口氣才鬆半口，長安又道：「那便一起吧！」

何勇傑傻眼。「一起？」

長安淡淡地看了他一眼。「嗯，既然何副將要將這些逆賊押送進京，我和長河將軍也要進京，正好順路，避免這些逆賊半路逃脫，一起押送，路上有個照應，豈不是更穩妥？怎麼？何副將不樂意嗎？是擔心本將軍和長河將軍搶了你的功勞？」

長河聞言冷哼一聲。「放心，這麼一丁點功勞，本將還看不上，武將的功勞該是在戰場上拚出來的。」

何勇傑心裡有十萬個不願意。可是這話能說嗎？不能！

他強笑道：「沒有的事。兩位將軍打了勝仗，自是看不上這丁點功勞的，末將半點也不擔心。現在有兩位將軍率領長鷹軍護航，末將更是樂意至極。只是末將還有些事未交接好，恐怕沒這麼快上京，怕耽誤兩位將軍的正事。」

長安道：「無事，我們也不急，等等何副將便是，將逆賊安全押送進京是最重要的。」

何勇傑還能說什麼，只能道：「如此末將便謝過兩位將軍！末將這就去安排好一切，盡快進京。」

長安點了點頭，然後他對手下的士兵道：「將這些叛國賊看好，別讓他們跑了。」

「是！」長鷹軍立刻上前，接替了原來那些士兵，將秦家商隊的人「抓」住。

長安又對何勇傑道：「何將軍可以去安排了，這些叛國賊有長鷹軍看著。」

何勇傑心中慌亂無措，他對著長安和長河行了一禮。「末將這就下去安排。那這通敵的信函？」

何勇傑怕長安銷毀證據，長安將那封還沒拆封的信交回給他。何勇傑接過信，一把塞進了懷裡，便匆匆離開了。

他得馬上傳信通知太子殿下。

何勇傑回到了大帳內便匆匆地寫了一封信，交給自己的親信讓他立刻用信鴿傳回京城，然後他又跑去和頂頭的將軍報備，並且提出須調走一支隊伍押送逆賊進京。

營地大後方的林子裡，一名士兵鬼鬼祟祟地四周打量了一眼，見沒有人，他才將懷裡抱著的信鴿放了。信鴿撲騰了幾下翅膀，便飛上了半空中，往某個方向飛去。那士兵擔心被人發現，放完信鴿就迅速跑出林子回去覆命。

此時林子深處，一支利箭穿過層層疊疊的樹葉，破空而出，精準地沒入了飛過的信鴿腹部。

信鴿淒厲的叫了一聲，便直直地往下掉。

馮毅高興地跑出去，撿起掉落下來的信鴿，一臉羨慕。「長河將軍，你的箭術實在厲害！」

「你想學以後教你。」長河接過信鴿，取下竹筒上的紙條，打開看了一眼，直接將紙條塞進他早就準備好的信鴿裡放飛。

他將射下來的信鴿給了馮毅。「馮兄，將牠烤了，咱們回京的路上有下酒菜了。」

「是！」這一路應該有不少信鴿吃，因為他們二人接下來的任務就是攔截這邊的人往京城遞的消息。

半個時辰後，何勇傑交接好一切事宜，他來到了長安和長河面前。「兩位將軍，末將已經安排好，我們可以進京了。」

長安看了他一眼似笑非笑地道：「何將軍這麼快便交代好一切事了？不知道的還以為你早有準備。」

何勇傑臉色變了一下，笑道：「長安將軍說笑了！末將只是一個小小的副將，能力有限，能管的事不多。」

長河淡道：「既然安排好了，那便出發。」

皇上剛下早朝回到御書房。

林公公便道：「皇上，淑妃娘娘送來了參湯。」

又是參湯？想到上次參湯的味道，皇上心底莫名反感，他道：「淑妃給皇后那邊也送了？」

「皇上英明！」

英明個屁！皇上心想，這都是後宮妃嬪的慣有套路，他習慣了罷了。

他甚至知道明日該輪到德妃，後天便是賢妃，反正她們都會不甘後人的。

想到接下來天天喝參湯，皇上便煩。「傳令下去，參湯給皇后娘娘送便行了，不用給朕準備。」

「是！那淑妃娘娘這一碗參湯，皇上要喝嗎？」

「嗯。」皇上從不浪費食物，更何況這還是淑妃送過來的參湯，他不喝，後宮的女人都不知道如何想，估計以為淑妃失寵了。

皇上捧起參湯正想一口喝下，這時小太監來稟說秦汐和蕭暻煜求見。

「宣！」皇上聞言將參湯放下。

也不知汐丫頭一早進宮有何事。

秦汐和蕭暻煜一起走了進來，二人行過禮後，皇上高興地道：「汐丫頭進宮有何事？」

秦汐笑道：「今天新得了一些海鮮，這個必須生吃才好吃，特意帶進來，孝敬皇祖父。」

皇上聞言，眼睛一亮。「什麼海鮮？」

秦汐看了一眼龍案上的參湯，答非所問。「皇祖父還沒用早膳？」

皇上察覺到秦汐的視線笑道：「剛下早朝，還沒用。這是參湯，朕這兩天天天喝參湯，看見都覺得膩。汐丫頭帶了什麼海鮮進宮？快給朕解解膩，正好餓了。」

秦汐隱隱聞到了參湯的氣味，是人參的氣味沒有錯，只是不知道為何，這股參味，她聞著不舒服，但也不敢直接肯定參湯有毒。

秦汐想到上上輩子，這個時候皇上病重，太子監國，因此她擔心皇上會被下毒，蕭暻玹也有這樣的擔心，才讓她今天進宮。

秦汐便道：「這參湯好香，不愧為御膳房出品，皇祖父既然不愛喝，不如賞賜給孫媳？

孫媳想嚐嚐御廚燉的參湯味道如何。」

這點小要求，皇上如何會不答應？笑道：「佛跳牆，將參湯端給汐丫頭。」

「是！」林公公恭敬地應了一聲，便將那碗參湯捧起來給秦汐送去。

蕭晹煜想到四哥的囑託，直接奪過林公公手中上的參湯。「小嫂子，我好餓，等不及了，參湯妳讓給我吧！」說完，他便直接喝了起來。

四哥說有人要害皇祖父，估計會用毒，讓他這幾天進宮保護皇祖父。他從來不懷疑四哥的判斷，四哥說什麼都是對的。所以，這參湯，絕對不能讓小嫂子喝。要是有毒，自己中毒也不能讓小嫂子中毒。

秦汐趕緊攔住他。「停，別喝！」

蕭晹煜一聽，擔心秦汐和他搶，咕嚕咕嚕直接一口氣將參湯喝完。

喝完了，他得意地向秦汐展示那空碗，並且吐了吐舌頭。「這參湯有點苦，一點也不好喝，幸好小嫂子沒有喝。」說完他將碗放下。

秦汐看他這蠢模樣都傻眼了。

皇上瞪了他一眼。「混帳！你一個大男人好意思和自己的嫂子搶吃的？」

秦汐沒好氣。「不好喝，你可以喝一口，你為什麼要喝完？」

這要是真的有毒，而且是劇毒，他不就歇菜了？

他忘了，可他還不是被小嫂子嚇的，怕她搶來喝！嗚嗚……

「那怎麼辦？」蕭暻煜苦著一張臉。他不會死吧？

秦汐拿起那碗，聞了聞，然後又用手指沾了碗底一點剩餘的湯汁嚐了嚐，又拈了一片參片咬了咬，皺眉。

皇上沒好氣地瞪了他一眼。「什麼怎麼辦，要不要朕賞一顆糖給你？喝了就喝了，難不成這參湯有毒不成？」

說完他又對林公公道：「佛跳牆，去給郡王妃準備一碗參湯。」

汐丫頭到底是有多想嚐御廚做的參湯，竟然用手指去沾湯汁也要試一試。

「皇祖父，孫兒覺得這參湯好像真的有毒，我好像有點暈。」

皇上瞪眼。「一派胡言，參湯怎麼可能有毒？就算有毒，什麼毒會這麼快發作？」

秦汐卻是迅速用手帕捂嘴吐出參片，然後上前迅速點了蕭暻煜幾個穴位，再拿出一包銀針，打開，拿出一根銀針施針。

在皇上都還沒反應過來時，蕭暻煜胃部突然劇烈痙攣，瞬間便將喝下去的參湯全都吐了出來。

「水！」秦汐收回銀針，嗓音清冷淡定地吐出一個字。

林公公回過神來，立刻拿起一壺水遞給秦汐。

秦汐接過水壺，對蕭暻煜道：「多喝點水，將胃裡剩餘的毒素稀釋一下，我再幫你催吐一次。」

蕭暻煜臉色煞白，聞言接過水壺，使勁地喝。

秦汐待他喝完整壺水後，又給他催吐了一次。

「小嫂子，我沒事吧？我感覺有點暈。」

「沒事，已經全吐出來了，別自己嚇自己，才剛喝下去，仙丹都沒這麼快反應。你若是怕，吃顆解毒丸，就不會有事了。」然後她從懷裡掏出一瓶解毒丸，倒出一粒遞給他。這解毒丸是秦汐昨晚連夜用海島裡的藥材煉製的。

蕭暻煜迅速接了過來，塞進嘴巴裡。

藥丸入口即化，還有一股清涼的感覺沁入心脾，讓人精神為之一振。

皇上沒想過參湯會有毒，他在邊上又急又怒又後怕。「傳太醫！」急是擔心自己孫子出事，怒是因為竟然有人敢給他下毒。後怕的要是秦汐和蕭暻煜沒有進宮求見，這參湯他已經喝下了。

而且小五剛喝下去就毒發，要不是汐丫頭在，立刻給他催吐，等到太醫來，再熬催吐藥和解毒的湯藥，估計小五都一命嗚呼了。

由此可見，此毒有多厲害！

「皇祖父，稍等。」秦汐忙道。

皇上看向她。

「五弟已經沒事，現在分明是有人想要毒害皇祖父，孫媳認為請太醫須謹慎。」

剛剛蕭暻煜更多的是自己嚇自己，現在吐了兩次，又吃了解毒丸，他感覺不暈了，忙道：「皇祖父，我現在不暈了。不能放過下毒之人！」

皇上看著自家孫子那張小白臉又有了血色，冷靜下來。「朕知道了！」

第五十六章

坤寧宮中，皇后躺在床上休養，卻時刻關注著御書房的動靜。

「嬤嬤，皇上下早朝了？早膳用了沒？」

她問的是早膳，但是何嬤嬤知道皇后實際問的是參湯，她回道：「回皇后娘娘，皇上剛下早朝，暻郡王妃和晉王府的五爺便求見了，皇上應是還沒來得及用早膳。」

皇后聽了先是眉頭一皺，但隨後又想到秦汐和蕭暻煜竟然在這個時候進宮，如此不是更好嗎？如此秦家和晉王勾結，不僅通敵叛國，還毒害皇上，簡直一箭雙雕。

「他們二人進宮所為何事？不會是暻郡王那邊出事了吧？」皇后語帶擔心。

「奴婢不知，郡王妃和五爺好像是進宮給皇上送東西的。皇后娘娘安心養病，莫要操勞這些了，暻郡王英勇無敵，區區山賊還是不手到擒來？」

「山賊自然不是暻郡王的對手，本宮只是擔心那些官銀追不回來，那可是治理水利的銀子，水利關乎糧食，關乎百姓的安危。這筆銀子可以說是北方百姓的希望，要是丟了，也不知道等到什麼時候才能補上，畢竟國庫的銀子每一筆都有用途的。」

「皇后憂國憂民，奴婢慚愧！只是皇后娘娘也需注意身體，莫操心這些了，奴婢相信暻郡王一定會追回官銀的。」

「但願如此。暻郡王妃給皇上送了什麼？秦家富有，又素有樂善好施之名，上次才給朝廷捐了不少銀子和糧食，這次暻郡王妃該不會也是來送銀子的吧？」皇后戲言道。

「好像是一些海鮮吧！」

「皇上愛吃海鮮，她倒是有心了。暻郡王妃和五爺來了，貴妃現在掌管後宮，也不知知道了沒，有沒有安排些點心膳食過去？」

何嬤嬤心中了然。「貴妃娘娘行事妥當，應是有的。」

兩人一問一答間，皇后便將想知道的消息都知道了，將該交代的也交代了。任誰聽了她們的對話，都不會覺得有問題。

秦汐和蕭暻煜出宮的時候，半路看見李貴妃帶著十幾名宮女，提著幾個食籃，浩浩蕩蕩的大駕光臨。

待秦汐和蕭暻煜行過禮後，李貴妃笑道：「本宮剛得知暻郡王妃和暻煜進宮，正想著送些點心過來，這麼快就出宮了？」

李貴妃看了秦汐一眼，心底忍不住拿她和自己未來的孫媳婦許陌言相比。這麼一比，她發現，兩人的氣質完全不一樣。

許陌言長相柔美，整個人充滿詩書氣，一看就是書香世家的女孩，氣質溫婉柔美，站在那裡就像一朵亭亭玉立的荷花，賞心悅目。而秦汐太美了，而且美中自帶高冷強大的氣場，整個人就像天上的太陽一樣，強勢耀眼又奪目，光芒萬丈，她只是站在那裡，什麼都不用做就像一個發光體，讓人無法忽視，皇后年輕時都沒她這份天生的貴氣和強大的氣場。

李貴妃忍不住心想，若是她能夠成為自己孫媳婦，那便好了。隨後又搖了搖頭，陌言那孩子也不錯，祖父是帝師，出身清貴，學識淵博，還會造船，挺好的。

蕭暻煜笑著回道：「謝貴妃娘娘，我們進宮給皇祖父送些吃的，皇祖父還有奏摺要批，我們不好久留。」

秦汐只是笑了笑。

李貴妃笑回。「皇上辛苦了！行，那本宮也不留你們了，這些點心你們帶回去吃。」

蕭暻煜正想拒絕，秦汐福了一福。「謝貴妃娘娘！聽說貴妃娘娘的點心非常好吃，臣妾厚著臉皮帶回去了。」

李貴妃聽了秦汐的話笑得更高興了。「難怪皇上如此喜歡暻郡王妃，妳這爽直的性子，本宮也甚是喜歡。都帶回去，晉王妃也喜歡吃本宮宮裡的點心。」

秦汐笑了笑。「如此臣婦便不客氣了，謝過貴妃娘娘，臣婦告退！」

蕭暻煜也趕緊道了聲告退，然後兩人便退下了。

李貴妃則繼續往御書房走去，她這次藉口給秦汐和蕭暻煜送點心是次要的，事實是她得乘機見見皇上，和皇上商議一下孫子楚王世子大婚是不是也在宮裡舉辦。幸好這段時間皇后病了，她掌管宮中事務，如此她才能替自己的孫子操持婚事。

只希望皇后能病久一點，讓她能夠給自己的孫子主持婚事。

御書房中，皇上看著暗衛調查出來的關於有毒人參的來源，一臉嚴肅地問林公公。「汐丫頭剛剛說參湯沒有毒，有毒的是人參本身？」

林公公點了點頭。「回皇上，暻郡王妃是這樣說的。」

剛剛暻郡王妃說參湯沒有被下毒，有毒的是人參本身，那人參和一種劇毒之物種在一起，因此有毒素沁入了人參裡頭。

喝這種人參參湯，本來是不會中毒的，因為毒素太輕微。但是不能長年累月的喝，喝多了會讓人睏倦多夢，精神不振，頭昏目眩，最後將身體的精神力掏空，脈象卻會顯示是操勞過度，掏空了身體。

可是皇上剛才喝的那一碗參湯裡面的參片包含了兩株人參的切片，而且兩種人參片都是有毒的，其中一種參片裡面所含的毒素很輕微，只有常年服用才會累積下來，才足以致命，但這個過程很久，至少十年以上；另一種參片就不一樣，毒素比較強，喝下去可以直接讓人昏迷不醒。

難怪皇上以前睡覺總是睡不踏實，夢很多，還以為是國事繁忙的緣故，原來是被人下毒了。就是不知道後宮哪個妃嬪如此狠毒，這毒一下便是十年有餘。

現在暗衛查到的消息，皇上最近喝的參湯，除了皇后燉的參湯，那人參是從御藥房裡取的，其他妃嬪燉的參湯都是拿出自己珍藏的人參給御膳房的廚子做的。

今天淑妃送來的參湯，那人參是百年人參，乃淑妃的娘家戶部尚書府進貢的。李貴妃平日給皇上燉的參湯，那人參也是百年人參，也是娘家送進宮給貴妃娘娘的。而德妃的人參則是她在外面買的，只有皇后送來的參湯，一直是從御藥房直接取的百年人參。

每個妃嬪的人參出處都不一樣，可是皇上讓暗衛暗中將她們燉湯用剩下的人參切了一些，拿給暻郡王妃檢查，暻郡王妃說那些人參都有毒。

到底是誰有如此通天的本領？給幾個權貴之府，甚至皇宮，賣出了有毒的人參而不被發現，而且都是百年人參？哪有那麼多和劇毒之物種在一起的百年人參？真是可怕！

皇上也想知道誰有這通天的本領。

這時，外面的小太監走了進來。「皇上，貴妃娘娘求見。」

皇上心中一動。「宣！」

「臣妾給皇上請安，皇上吉祥。」李貴妃高興地走了進來，已經四十幾歲的人了，聲音還嗲嗲的。

皇上聽了一個激靈，站了起來，上前迎上去。「愛妃怎麼來了？」

只是皇上走了一半，整個人轟然倒下。

李貴妃整個人都嚇呆了。

「皇上！」林公公嚇得臉色發白，匆匆跑過去。「皇上！來人啊！快請太醫，皇上暈倒了！」

李貴妃這才回過神來，她失聲尖叫。「來人啊！太醫！快請太醫！」她匆匆跑到皇上身邊，跪了下來，眼淚撲簌簌地往下掉。「皇上！皇上，您醒醒！嗚嗚……臣妾害怕！皇上你醒醒！」

御書房外面的御林軍和太監們迅速跑了進來，趙飛剛看見這情況迅速施展輕功前去請太醫，有人上前協助林公公將皇上抱回龍床上。

很快，太醫院院正便被趙飛剛帶回來了。

李貴妃著急地道：「太醫，快救救皇上！要是皇上有什麼事，你一大家子都不夠陪葬！」

這時候，皇上的臉色開始發黑，嘴唇有點發紫。

太醫院院正一見心頭咯噔一下，立刻上前給皇上把脈，又檢查了眼睛。「回貴妃娘娘，皇上這是中毒了！」

李貴妃傻眼。「中毒？誰敢給皇上下毒？不對，現在不是追究誰下毒的時候，太醫，你快給皇上解毒啊！皇上到底中了什麼毒？」

皇上要是駕崩了，她怎麼辦？

太醫院院正道：「皇上中了一種罕見的毒，不知皇上今天吃了什麼？」

李貴妃想到剛剛離開的秦汐和蕭暻煜。「暻郡王妃他們是不是帶了什麼進宮給皇上吃？」

林公公一臉六神無主地回答太醫和李貴妃的話。「皇上剛剛下早朝回來，只喝了一碗參湯，其他什麼東西都沒有吃。暻郡王妃和五爺確實是帶了一些吃食進宮孝敬皇上，可是皇上還沒有吃。」

李貴妃急切問道：「參湯是誰送的？」

太醫院院正問：「參湯有喝剩的嗎？」先查出是什麼毒，他才能對症下解毒的藥方。

林公公趕緊拿起那碗只剩下一些湯渣的碗。「參湯是淑妃娘娘給皇上燉的，湯皇上已喝完，但裡面的人參和雞肉還在。」

李貴妃瞪大眼。「竟是淑妃送的？淑妃不可能下毒！」

太醫院院正道：「無妨，只要有一、兩滴湯汁就夠了。」

隨後太醫院院正用工具蘸取了一點碗底的湯汁嚐了嚐。

「這參湯的確被人下毒了。」

他小時候學醫的時候鍛鍊過，只要有毒的東西一入口，他的舌頭就會發麻。他的舌頭曾經嚐遍百草、嚐遍百毒，他只要用舌頭嚐嚐，就可以嚐出有什麼藥材和什麼毒素。只是這毒，他竟然沒嚐出來是何種毒物。

李貴妃聞言臉色都變了，在她打理宮中事務的時候，宮裡竟然有人成功給皇上下毒，這不是打她臉嗎？

她急急地道：「太醫，你趕緊給皇上解毒啊！」

太醫院院正也想馬上給皇上解毒，可是這毒他還沒弄清楚是何毒，如何解？

他道：「貴妃娘娘莫急，微臣先施針幫皇上控制毒素蔓延，再想法子解毒。」

李貴妃聞言正想罵人，這時外面傳來高呼。「皇后娘娘駕到！」

下一秒皇后便匆匆地走了進來，一臉急色。「皇上！皇上如何了？本宮怎麼聽說御書房傳太醫了？」

眾人紛紛行禮。「皇后娘娘吉祥。」

李貴妃問：「皇后不是身體不適？為什麼不好好養病？」

「免禮！出了如此大事，本宮還如何休養？」皇后佯裝不耐煩地回了一句，冷靜的目光卻是落在龍床昏迷不醒的皇上身上，見皇上臉色發紺，嘴唇發紫，心底鬆了一口氣。

她氣場強大的打量了一眼在場的眾人，最後目光落在太醫院院正身上。「太醫，皇上到底如何了？」

「回皇后娘娘，皇上身中奇毒，昏迷不醒，微臣正打算施針止住毒素蔓延，再尋找解毒的法子。」

「那你還不趕緊給皇上施針？耽誤一刻，皇上有性命危險，你十個腦袋都不夠砍！」

「微臣這就給皇上施針！」太醫院院正趕緊跑到龍床身邊給皇上施針。

皇后看向林公公，目光凌厲。「林公公，你是怎麼伺候的？皇上為何為會中毒？」

林公公立刻跪了下來。「回皇后娘娘，奴才該死！皇上是喝了淑妃娘娘送來的參湯才中毒的，只是那參湯奴才已經用銀針探過，並沒有毒的。」

皇后怒道：「你這話是什麼意思？難道參湯是端到了御書房才被人下了毒？這御書房除了你還有誰能進？這是不是代表是你下的毒？」

林公公聞言立刻喊冤。「皇后娘娘冤枉啊！給奴才十個膽子奴才也不敢毒害皇上！興許那毒素是銀針探不出來的？畢竟，也不是所有毒都會令銀針變色的。」

皇后冷哼。「林公公的意思是說這是淑妃娘娘下的毒？你好大的狗膽，竟然誣衊一宮之主！」

林公公嚇得臉色蒼白，趕緊磕頭。「奴才不敢！奴才只是懷疑有人在路上下毒！」

李貴妃想到什麼急急道：「淑妃妹妹不可能給皇上下毒！不過暻郡王妃和暻煜剛剛來了，暻郡王妃有沒有碰過那碗參湯？」

蕭暻煜也不可能下毒。

林公公聞言愣了一下。「是暻郡王妃將那碗參湯端給皇上的。」

李貴妃一拍手掌。「一定是她！一定是她在參湯裡下了毒！」

皇后淺淺地笑了一下，她要的就是從李貴妃口中說出秦汐是那個毒害皇上的人。李貴妃這人最喜歡腦補，不知道是不是無腦的話本看多了，別人一句話，她就可以編一個完整的作案故事出來，說得好像真的一樣，有時候還被她說對了，因此大家都覺得她有破案的本領，她也自認是推理小天才。

於是皇后板著臉看著李貴妃。「貴妃莫要胡說！那是暻郡王的郡王妃，皇上對她疼愛有加，她如何會加害皇上？」

李貴妃卻覺得自己猜中了，她激動地道：「皇后，臣妾沒有猜錯，一定是暻郡王妃下的毒！暻郡王妃不是世家女子，只是一個商戶之女，一個商戶女竟然能和皇上偶然釣魚認識，又和晉王府的暻郡王有婚約，這不是太巧合了嗎？話本都不敢這麼寫。由此足以見得秦家不可小覷，她也不可小覷！」

李貴妃像倒豆子般說道：「臣妾猜測，秦家說不定是什麼叛賊的餘孽，化身為商戶，然後故意給邊疆的士兵們捐物資以接近晉王和暻郡王，又設局救了晉王和暻郡王，成了晉王的恩人。晉王向來重情重義，所以一個商戶才能攀上晉王府，她一個商戶女又打聽到皇上愛釣魚故意接近，得到皇上的喜愛，用美色迷惑了暻郡王，又有著救命之恩這層關係在，皇上也是重情重義之人，自然就將她指婚給暻郡王。如此，秦汐就能夠順利地接近皇上，毒害皇上！」

李貴妃越說越激動。「不愧為商人，奸詐狡猾！臣妾認為晉王當年受傷，說不定是秦家和西戎國布下的局，這秦家的商隊聽說走遍各國，他們說不定就是通敵叛國的叛徒。」

林公公嘴角抽了抽。如果不是知道參湯裡的毒與暻郡王妃無關，他都信了。

聽了李貴妃的話，連皇后都佩服她的推理能力，通敵叛國，虧李貴妃能夠推理出來，不過如此正合她意。

明日邊疆的飛鴿傳書就會送到，到時候秦家和晉王通敵叛國的罪名就會坐實，如此一來，秦家富可敵國的財富就是她的，晉王這個絆腳石也可以剷除……接著皇上駕崩，太子順理成章的登基為帝，更改國號為泰安，她就是太后娘娘。

李貴妃見皇后沒有反應，急急地道：「皇后娘娘，請相信臣妾，一定是暻郡王妃對皇上下毒，您快派御林軍去抓她，不然等她出宮後，她便跑了！」

林公公嘴角一抽。被李貴妃如此胡亂推理，皇上還能抓到背後的真凶嗎？不會將暻郡王妃搭進去了吧？

皇后淺淺地勾了一下唇。她要的就是李貴妃這話，將來要是秦家被查出冤枉，也是李貴妃指證的，與她這個皇后沒有半點關係。

第五十七章

秦汐和蕭暻煜剛剛走出宮門，便被趙飛剛帶著一隊御林軍攔了下來，同行的還有皇后派來的兩位嬤嬤。

「暻郡王妃，皇后娘娘有請！」

蕭暻煜驚訝道：「皇后娘娘找我小嫂子有何事？」

趙飛剛面無表情地道：「回五爺，屬下不知。」

皇上昏迷不醒的事不能洩漏出去，不然整個朝堂都會亂了套，他自然是說不知道。

「暻郡王妃請！」趙飛剛冷硬道。

秦汐對蕭暻煜道：「五弟先回府吧！我去見見皇后娘娘。」

蕭暻煜使勁地搖了搖頭。「那怎麼可以？我可是答應了四哥要照顧好小嫂子的，我陪小嫂子一起去見皇后娘娘，正好我也很久沒有給皇后娘娘請安了。」

趙飛剛沒有意見，皇后身邊的兩位嬤嬤更沒有意見。

晉王擋了太子的道，太子早就看晉王不順眼，這次暻郡王妃毒害皇上一事，若是能夠乘機將晉王和暻郡王牽扯進來實在是最好不過。

秦汐和蕭暻煜被帶到了一處破舊的宮殿外。

趙飛剛板著臉道：「皇后娘娘在殿內等著暻郡王妃，暻郡王妃進去吧！」

秦汐正想走進去。

蕭暻煜一臉不安地攔住了她。「小嫂子等等！趙首領，皇后娘娘怎麼會在這裡見小嫂子，這裡不是冷宮嗎？」

「這個屬下不知道，屬下只是傳達皇后娘娘的命令。還請五爺隨屬下去另一處宮殿等候。」

蕭暻煜生氣道：「我不去！小嫂子，妳別進去，我們去找皇祖父！」

兩名嬤嬤這時上前直接抓住了秦汐。「暻郡王妃得罪了！」

然後二人一左一右地架著秦汐直接將她拖進了冷宮。

「放肆！妳們幹麼！」蕭暻煜上前攔住。

趙飛剛將蕭暻煜抓住。「得罪了！五爺請。」

「大膽！趙飛剛你這是幹麼？放開我！」

蕭暻煜被趙飛剛抓住毫無反抗之力，只能眼睜睜地看著秦汐被兩名嬤嬤帶進了冷宮，然後由御林軍將整個冷宮包圍住。

「放肆，我小嫂子是暻郡王妃！你們為什麼要將我小嫂子關進冷宮？」

沒有人回答他，趙飛剛直接將蕭暻煜帶到了一處宮殿，關起來。這一處宮殿不是冷宮，不過離御書房有點近，外面有御林軍守著，蕭暻煜使勁拍門都沒有人搭理他。

而秦汐被兩名嬤嬤關進了冷宮，兩名嬤嬤就守在屋外，四周都圍滿了御林軍。

秦汐在屋裡同樣使勁地拍門。「放我出去！為什麼關著我？皇后娘娘呢？我要見皇后娘娘！我要見皇上！」

秦汐一直拍了很久，都沒有人理會，外面兩名嬤嬤聽到她拍門的力道越來越弱，一刻鐘過後大概沒有力氣了，總算沒有了聲音。

事實上是秦汐佯裝拍累了，她開始四處打量這一座冷宮，尋找皇上告訴她的密道。

趙飛剛將秦汐和蕭暻煜關起來後，又帶著一大批禁衛軍一起出宮。他來到宮門外的時候，衛揚道：「趙首領，屬下帶一支隊伍去將秦府和傅家包圍起來。」

趙飛剛淡淡地看了他一眼。「本將去將秦府和傅家包圍起來，衛副將去晉王府吧！」

衛揚聞言便道：「可是，皇后娘娘讓屬下去秦府和傅家。」

趙飛剛道：「皇后娘娘不是吩咐本將帶人去將三個府邸包圍起來嗎？本將才是禁衛軍和御林軍的首領，衛副將這是想不聽從本將的指揮？」

衛揚低頭。「屬下不敢，只是晉王身分尊貴，屬下領兵前去，晉王府的主子們恐怕不從。」

趙飛剛淡道：「你放心，那是皇后娘娘的旨意，晉王府不敢不從。」話落，他一夾馬腹，馬兒便跑了起來。

衛揚心中著急，趕緊追上去。皇后娘娘可是交代過他，去抄秦家的時候再塞一疊信函到秦首富的書房，還有秦家那些財富也得昧下一大部分，別全部上繳朝廷。

要是趙飛剛帶著御林軍前去圍困秦家，他如何完成皇后娘娘的任務？趙飛剛和御林軍可是皇上的人。

「趙首領，晉王殿下威嚴無比，屬下有點不敢面對他，您是皇上身邊的大紅人，他不敢得罪，屬下人微言輕，真的不敢去圍困晉王府。」衛揚追上了趙飛剛，不死心地道。

趙飛剛冷冷地看了他一眼。「你似乎很想去秦家？這是為何？」

衛揚對上趙飛剛探究的視線，下意識地心虛了一下，但很快便鎮定地道：「沒，屬下並不是很想去秦家。屬下只是覺得趙首領乃皇上身邊的人，由您前去晉王府比較好。」

趙飛剛聞言似是認同了他的說法，點了點頭。「衛副將說得有道理，如此便由衛副將帶兵去將秦府和傅府包圍起來吧！」

衛揚本來以為沒希望了，沒想到趙飛剛突然改口，他忙道：「是！」

趙飛剛沒再理會他，直接帶著人往晉王府的方向而去。

衛揚則帶著一隊親信前往秦家和傅家。

趙飛剛待他們走遠後，才看了一眼身邊的某個士兵。那士兵點了點頭，他的記憶力超強，記人特別準確，剛才衛揚帶領的士兵有哪些人，他已經記住了。

門房匆匆地跑進秦家正院。「老爺，夫人，大事不好了！禁衛軍將我們府包圍了！」

秦庭韞和傅氏剛吃完午膳，此刻秦庭韞正在剝葡萄給傅氏吃。傅氏剛咬了一口葡萄，聽了這話心一驚，半顆葡萄直接吞了下去。

秦庭韞嚇了一跳。「有沒有噎著？」

傅氏搖了搖頭。「吞下去了。夫君，我們沒事吧？汐兒不會出事了吧？還有傅家，我爹娘和大哥他們不會出事吧？」

秦庭韞忙安撫她。「這事汐兒不是提前和妳說過了？沒事的，都安排好了。汐兒給妳的金牌妳拿好，妳現在有了身孕，別到處走動，我出去看看。」

傅氏點了點頭。「好。」

秦庭韞叮囑丫鬟照顧好傅氏，然後才走出府門。

府門外，秦庭韞趕到的時候，看見了整座府邸都圍了一圈禁衛軍。

衛揚指揮士兵將秦府包圍後，又指揮士兵前往傅家。

秦、傅兩家到時候抄家的士兵都必須是他的親信。

太子一臉饜足地騎著馬回城。

風塵女子到底和宮中的妃嬪不一樣，紫月姑娘行事奔放，他都樂不思蜀了。太子決定，等他登基為帝，就接紫月姑娘進宮，給她一個位分。

太子騎著馬剛進城便發現全城戒嚴，他心中詫異，不由一夾馬腹，加快了速度，路過秦府的時候，發現整個秦府都被禁衛軍包圍了。

太子心中一喜，母后動手了？不知今晚是否可以將秦汐弄到自己的床上？

想到這裡他一甩馬鞭，座下的駿馬吃痛，撒腿跑得更快了。幸好今天整個京城太多禁衛軍出沒，百姓們不敢出門，因此大街上並沒有人。太子一路暢通無阻的回到了皇宮，然後直奔坤寧宮，聽說皇后去了紫宸宮後，又匆匆地跑過去。

「母后！」太子大步踏進紫宸宮，聲音非常激動，怎麼聽怎麼不像是擔心難過，反而聽著很興奮。

皇后趕緊打斷他。「太子，你父皇中毒昏迷不醒了！」說完皇后拿帕子抹了抹淚，乘機用帕子，擋住了太醫們的視線，狠狠瞪了太子一眼，讓他注意自己的表情。此刻整個太醫院的太醫都在呢！

太子被皇后瞪了一眼，回過神來，立刻換了表情，一臉擔憂地跑到龍床前，看見皇上的嘴唇發紫，他心中一喜，假惺惺地喊道：「父皇、父皇！您怎麼了？誰如此大膽竟然敢下毒謀害國君？孤要將他五馬分屍！」

太子發了一通怒後，又詢問了一下太醫皇上的情況，得知太醫們都沒有想到解毒的法子後，徹底放心了。然後他又假裝發怒，耍了一頓威風，叮囑太醫們盡快給皇上解毒，不然要了他們的腦袋。

這時一個小太監走了進來，對林公公說了幾句話，林公公一臉無措。

皇后見狀便問道：「何事？」

林公公道：「回皇后娘娘，戶部尚書有一份加急的奏摺需要皇上批閱。」

皇后聞言皺眉。「很急？」

林公公說：「戶部尚書說很急。」

皇后聞言看了床上的皇上一眼，然後道：「皇上現在身體不適，暫由太子監國。」

太子心中一喜，表面不顯，他搖了搖頭。「母后，不可！父皇會醒來的！」

皇后堅決道：「皇上當然會醒來，可是國不可一日無君，你身為太子，乃天元國的儲君，從小你父皇便將你帶在身邊教你如何處理國事，教你要有一國之君的堅決和果斷。現在你父皇中毒昏迷不醒，你只是替他處理一下國事而已，這是盡孝，你若是拒絕，便是不孝！」

太子聞言，才拱手道：「母后教訓得是，兒臣這就去。」

皇后又對太醫院的太醫道：「太醫，你們要盡快幫皇上解毒，最遲明日早上，本宮要看見皇上清醒過來，能夠去上早朝。」

太醫們頓感壓力山大。

太子屏退所有太監，獨自一人留在御書房裡，美滋滋地坐在龍椅上。他摸了摸龍案、龍椅，又摸了摸傳國玉璽……將龍案上所有的東西摸了一遍後，才開始打開奏摺批閱起來。

戶部尚書的急奏？戶部尚書他拉攏了幾次，都一副只忠於皇上的樣子。

太子知道他這是不認可自己，覺得晉王才夠資格坐上這個位置。

太子看了一眼戶部尚書的奏摺內容，原來是調動軍餉和軍糧到邊疆。現在邊疆沒有戰事，軍餉還需要一百萬兩白銀那麼多嗎？還有軍糧，沒有戰事，吃那麼飽幹麼？中午吃一頓就行了。

軍餉和軍糧，太子全部折半，然後喚來了自己的心腹太監，讓他將奏摺交給戶部尚書。反正父皇醒不過來了，他完全不怕。

接下來是工部尚書的奏摺，工部尚書是太子的人，他打算在京江多修築一個碼頭，這事工部尚書已經和太子說過，太子直接允了，甚至多撥了十萬兩白銀給他修築。

夜越來越深，太子坐在龍椅上批閱奏摺，越批越興奮，毫無睡意，簡直就是放飛自我。

黎明不知不覺的到來，太醫們依然沒有查到皇上到底中了什麼毒，試了好幾種解毒的方法，皇上也沒有醒來。

皇后以國不可以一日無君為由，讓太子監國，上早朝，處理國事。當太子出現在金鑾殿上的時候，滿朝文武百官這才知道皇上竟然中毒昏迷不醒，那些親皇派和支持晉王一派的臣子們都慌了。

太子坐在龍椅之上，看著烏壓壓跪了一片的大臣，心中激動。

總算！他總算坐上了這個位置。這位置他既然坐了，就不打算讓出去了。

「諸位大人免禮，父皇身體不適，這段時間由孤監國，大家有事啟奏，無事便退朝。」

一時，大殿上沒有人說話。

皇上都昏迷不醒了，大家哪有心情啟奏，最重要的是，這種時候不好說什麼。他們都不知道皇上現在是什麼情況，萬一皇上醒來後，以為他們不夠忠心，想擁立太子登基，那便麻煩了。

戶部尚書見沒有人說話，第一個站了出來。「太子，軍餉和軍糧為何折半？每個季度的軍餉和軍糧都是有慣例可循的，士兵們在戰場上拋頭顱，灑熱血，不顧性命危險，保家衛國，這軍餉和軍糧絕不能少了。」

太子擺手。「孤自然知道邊疆的將士們不容易，只是現在不是沒有戰事嗎？沒有戰事就該想辦法開源節流。戶部尚書也知道國庫空虛，因此銀子應該用在刀口上，現在南北各地不是水災就是旱災，都需要朝廷撥銀子去賑災，沒有天災的地方，也需要盡快修建好水利和官路，讓百姓們能夠安居樂業。孤是打算將省下來的銀子給百姓修築水利和官路，邊疆的將士們堅定不移地駐守邊境也是為了讓老百姓過好日子，他們會體諒的。」

戶部尚書又勸。「軍餉和軍糧不能省，士兵吃不飽、穿不暖，萬一有敵軍突襲，那就慘了！請太子收回成命！」

太子冷哼。「既是成命，如何收回？此事就這樣定了，戶部尚書不必再多說！」

戶部尚書便不再說什麼了。

太子看著戶部尚書不得不聽自己的話的模樣，別提多爽。

「還有誰有事上奏的？」

這時，衛揚拿著一張紙條，匆匆地跑了進來。「太子，西北那邊傳信回來，秦家商隊通敵叛國！」

太子一掌拍在龍案上。「你說什麼？」

衛揚道：「回太子殿下，何副將飛鴿傳信回京說秦家的商隊出關的時候，守關的士兵搜出了秦庭韞與西戎國敵將通敵的信函。秦家通敵叛國，罪證確鑿，何副將說那封信是秦庭韞的親筆書信。」

太子迫不及待地道：「秦家好大的狗膽！先是秦氏毒害一國之君，再有秦首富通敵叛國，秦家這是想造反不成？衛副將，你帶人去將秦家抄了，務必仔細搜查秦家是否有通敵叛國的罪證，將秦家人全部打入天牢等候審查！」

「末將領命！太子殿下，秦、傅兩家是姻親，秦家的生意和傅家多有交集，秦家可能將罪證藏在傅家。」

太子聞言大手一揮。「將傅家也抄了！」

戶部尚書這時站了出來。「太子殿下，通敵叛國乃大罪，豈可因為一封飛鴿傳書就給秦、傅兩家定罪？微臣認為此事最好先調查清楚，再定奪。」

兵部尚書也跟著站了出來。「太子殿下，秦家雖是商戶，卻是仁善之家，忠君愛國，給邊疆的將士們捐贈過無數物資，絕不可能通敵叛國，恐有小人故意陷害忠良，臣懇請太子殿下查清楚再定罪，莫要寒了忠君愛國的良善百姓的心。」

許多朝廷命官紛紛站出來附和。「太子殿下，戶部尚書和兵部尚書說得對，秦家乃積善之家，百姓有目共睹，通敵叛國乃誅九族大罪，牽連甚廣，萬不可草率定罪，微臣懇請太子殿下調查清楚再定奪。」

「太子殿下，晉王和暻郡王戍守邊疆多年，微臣曾聽說秦首富救過晉王、暻郡王和邊疆無數士兵的性命。邊疆苦寒，朝廷的銀子有限，顧此便會失彼，秦家每年都會捐贈無數物資給邊疆將士們，如何會通敵叛國？微臣第一個不信！微臣懇請太子殿下收回成命，暗中徹查！」

「臣等懇請太子殿下收回成命，暗中徹查！」

太子沒想到秦家才搬回京城幾個月，就已經得到了這麼多大臣幫忙說話。一向擁護晉王的大臣便算了，還有一些一向是中立派的，此刻也站出來幫秦家說話，這些人莫非都收了秦家的好處？

正好，等他解決了秦家，他再一個個找這些臣子算帳，全部換成他的人，免得他登基以後，這些人整日跳出來作對。至於暗中徹查清楚再定奪，這事就是他一手策劃的，怎麼可能徹查？

不僅不徹查，他還擔心蕭暻玹和晉王很快就回來，他只想速戰速決。「通敵叛國乃誅九族的大罪，不可放過一個叛國之徒，寧可殺錯也不可錯過。人先抓了，要是錯了，再放出去便是！衛副將，還不去抓人？」

「是！」衛揚拱手領命迅速退了下去。

衛揚退下後，太子問道：「諸位愛卿還有事啟奏嗎？」

大臣們見太子一意孤行知道多說無益，他們心裡只希望皇上盡快醒來，不然這天下恐怕要大亂了。有些大臣心裡甚至更加肯定太子不足以坐上金鑾殿上的位置，打定主意要擁護晉王。

「既然諸位愛卿沒有事啟奏，那便退朝！」

眾大臣道：「恭送太子殿下！」

太子站了起來，他看著滿朝文武百官跪下來恭送，只覺通體舒暢。

沒錯，要的就是這種感覺，萬民匍匐在自己腳下的感覺！

太子昂首闊步的離開了。

第五十八章

皇后娘娘在紫宸宮守了一夜，她看見心腹嬤嬤給她使了一個眼色，估算太子應該下早朝，她站了起來，走出內間，對太醫院的太醫們道：「本宮回去坤寧宮梳洗一下，各位太醫也忙了一整夜了，太醫院院正你安排大家休息一下，輪流照顧皇上。一定要盡快找出皇上所中何毒，給皇上解毒。」

「是！」眾太醫還在外間查閱醫書，聞言紛紛應了一聲，然後站起來。「恭送皇后娘娘！」

皇后娘娘交代心腹嬤嬤在這裡照顧好皇上，然後她便走了。

皇后離開後，太醫院院正便安排了一批太醫回去太醫院的宿舍休息，兩個時辰後再來換班，其他太醫繼續查閱。昨晚他們查閱了一整晚各種醫書，古醫書、苗醫醫書、道醫醫書……能查的都找出來查，查了一整晚都未查出皇上到底中了什麼毒。

皇后和輪休的太醫們離開後，寢宮再次安靜下來。

只剩下林公公和皇后身邊的心腹嬤嬤在皇上身邊伺候，太醫們都在外面查閱醫書找辦法解毒救人。

林公公看了皇后的心腹嬤嬤一眼，笑道：「何嬤嬤，妳也守了一夜了，皇上這裡有我伺候便行了。」

何嬤嬤站在那裡嵬然不動。「奴婢謝過林公公，只是奴婢奉皇后之命，在這裡伺候皇上，等皇上醒來，奴婢不敢怠慢！」

林公公聞言沒有再說什麼，他道：「那何嬤嬤先守著，我去如廁，很快就回。」

何嬤嬤面無表情地點了點頭。

林公公離開不久，便有宮女送來了早膳。

「何嬤嬤，這是皇后娘娘給您和林公公送來的早膳，皇后娘娘讓你們吃點早膳，注意身體。」

何嬤嬤向著坤寧宮的方向道了一聲謝後，才開始用膳。宮女是坤寧宮的宮女，何嬤嬤留出一份，然後自己便吃了起來，吃得很放心。

林公公回來的時候，何嬤嬤已經吃完了。

她對林公公道：「林總管，皇后娘娘賞賜了早膳給我們。」

林公公忙對著坤寧宮的方向行了一禮表示感謝，然後他才將食籃提到角落吃了起來。

林公公吃了一半，何嬤嬤便覺得肚子有點疼，等到林公公吃完的時候，她是再也忍不住了，她對林公公道：「林總管，我出去一下，皇上便交給你伺候了。」

林公公擺了擺手。「伺候皇上是我的本分，何嬤嬤自便。」

何嬤嬤再也忍不住匆匆離開了。

林公公看著她匆匆離開的身影，勾唇。剛剛皇后娘娘身邊宮女送吃的來的時候，他正好看見，藉口揭開食盒看了一眼，乘機撒了些巴豆粉進去。

哼，這還支不開她！

何嬤嬤離開之後，林公公打量了一眼外間的太醫們，見他們沒有注意這邊，都在認真地翻閱醫書。

林公公走到了龍床旁，四周察看了一下，然後將明黃色的大帳放了下來。他咕噥了一聲。「這大白天的，怎麼有蚊子？」

然後他雙手一拍，「啪」一聲，打死了隻蚊子。

外間的太醫聽見突兀的聲音，看了過來。

林公公舉起手掌，露出掌心的蚊子，解釋道：「有蚊子，我擔心皇上被蚊子咬，將帳子放下了。」

太醫們聽了不甚在意，皇上昏迷不醒，等同睡著了，放下帳子也沒有關係，他們低下頭繼續翻閱手中的醫書，還是盡快找到解毒的法子最重要。

林公公繼續追著蚊子打，太醫們都在翻書，顯得「啪啪」聲十分吵鬧。

太醫們微微皺眉。林公公平時也是這麼打蚊子的嗎？這麼吵，皇上不打他板子？

太醫們不知道，龍床上輕微的聲響，都被林公公這拍蚊子的「啪啪」聲給遮擋了。林公公鬧出的動靜越來越大，太醫們都有點受不了了，可是林公公是皇上身邊的大紅人，他們也不敢說什麼，畢竟皇上昏迷不醒，也吵不到皇上，若是能吵醒皇上，反而更好了。

林公公拍蚊子，一直拍到何嬤嬤回來。

何嬤嬤見龍床的大帳放了下來，心中一驚。「林公公在幹麼？皇上醒了嗎？」

林公公嘆氣。「皇上沒醒，只是有蚊子，我在打蚊子，我擔心蚊子咬皇上。」

何嬤嬤聞言鬆了一口氣。「現在天氣越來越熱，帳子放下，皇上可能會熱。」帳子放下了，皇上什麼時候醒了她都不知道。這哪能行啊？

她走近撩起明黃色的帳子，露出了皇上發紫的臉。她細細地打量了皇上一眼，覺得皇上的臉好像瘦了一點點，但是這確實是皇上無疑。皇上的臉色也更紫了一點，大概是毒素蔓延的緣故，她也沒有多想。

「那我在床邊守著，絕不會讓蚊子咬到皇上。」林公公沒有異議，他直接坐在龍床的腳踏上，背靠著龍床，遮擋機關，守著皇上。

龍床下的密道裡，秦汐小心翼翼地扶著真正的皇上往前走。兩人的腳步都極輕，沒有發出半點聲音。

另一頭，太子下了早朝後，便匆匆地趕往坤寧宮。

皇后已經回到坤寧宮等著了，並且打發了殿內所有的宮人，以方便她和太子說話。

「母后！」太子激動地踏入殿內。

皇后抬手，並且瞪了他一眼。

太子立刻鎮定下來恭敬地行禮。「兒臣見過母后。母后，秦家膽大包天，通敵叛國！」

皇后這才道：「此事本宮已經知道了。只是皇上還沒醒，這個時候出現通敵叛國的逆賊，太子你直接將人抓了關到牢裡是正確的做法。這時必須殺伐決斷，才能震懾人心！」

太子得到認可，非常高興。「母后說得是！母后，晉王那邊……」

皇后看了太子一眼。「你放心，這一次晉王跑不掉，本宮已經安排好了。」

皇后勾唇冷笑，只要在秦家搜出了罪證後，她就能將晉王府牽扯進去，順便收拾晉王和蕭暻玹，如此就能解決掉她心頭壓著的一座大山了。

衛揚帶著一群士兵氣勢洶洶地來到秦府。

秦府的下人早就得到了主子的命令，時刻留意著是否有官兵出沒。因此遠遠看見有士兵前來，便奔相走告。

衛揚帶著人來到了秦府大門外，一聲令下道：「將門撞開！」

還沒撞，「吱呀」一聲大門打開了。

衛揚冷笑。「還算秦府識趣！」他又點了兩隊士兵。「你們這一隊負責將秦府的人抓起來，一個不漏，違者格殺勿論！剩下的則負責給本將軍搜！仔仔細細，每個角落都不許放過！記住，只許搜查，不許破壞裡面的東西！」

秦家一花一木都是名貴之物，這些太子都要的。

「是！」兩隊士兵高聲答應，正想衝進去。

衛揚也打算帶著一隊士兵直奔正院。

這時秦庭韞扶著傅氏不慌不忙地走了出來，他的身後跟著秦家幾十名下人。

衛揚看見秦庭韞夫婦大手一揮。「抓起來！」

「且慢！」秦庭韞扶著傅氏，淡定地打量了一眼眼前的情勢，冷冷地問道：「不知我們秦家所犯何事？為何被包圍，為何被抄？」

衛揚沒想到秦庭韞竟然半點不慌，他冷哼一聲。「秦家商隊的貨物在邊疆出關的時候搜出了通敵叛國的信函，秦庭韞你竟然敢借行商的便利通敵叛國，本將軍勸你乖乖束手就擒，還能留你一條全屍！」

「秦某一生忠君愛國，絕對沒有通敵叛國，更不齒這種人！這是有人栽贓嫁禍！」

衛揚冷笑。「有沒有做不是你說了算，現在罪證確鑿，你到時候在堂上辯解吧！」

「你們是死了嗎？還不動手？」衛揚又對著身後的士兵厲喝一聲，士兵們紛紛上前。

傅氏拿出秦汐給她的金牌，舉得高高的。「我看誰敢？」

如朕親臨的金牌一亮，一窩蜂往前衝的士兵們瞬間停下了腳步，嚇得紛紛跪了下來。

「皇上萬歲，萬歲，萬萬歲！」

秦庭韞看著一臉錯愕的衛揚。「見金牌如見皇上！這位將軍不跪嗎？」

衛揚怎麼也想不到秦家竟然會有一塊如朕親臨的金牌，有了這金牌在手，誰敢抓啊？他咬牙，又想到皇上都已經中毒昏迷不醒了，已經不可能醒過來，這事要是他辦不好，皇后和太子絕對不可能留他。

橫是死，豎也是死，他已經沒有退路，只能賭皇上真的醒不過來，他心一橫，厲聲道：「大膽逆賊，竟然假造金牌！給我全部抓起來，然後搜！秦庭韞是叛國賊，別說這金牌是假，就算他有真金牌，皇上也饒不了他！太子也饒不了他！」

假的？士兵們只是奉命行事，聞言再次站起來，衝上去。只是到底忌憚傅氏手中的金牌，他們沒有剛才的氣勢了。

秦庭韞冷笑。「這位將軍好大的膽子！不用抓，我跟你們走一趟。秦某這十幾年來給朝廷的軍隊捐了無數物資，我倒要看看我是如何通敵叛國的。」

士兵們一窩蜂地擁上前，秦庭韞將傅氏緊緊護在身邊，秦府的下人則將二人團團圍住，將他們保護起來。

秦庭韞大聲道：「我們問心無愧地接受朝廷的審查，下大獄便下大獄，搜查便搜查，但是我夫人有喜，麻煩各位將士們高抬貴手，不要傷著我妻兒，我們願意配合。」

士兵們聽了這話只是將秦家人團團圍住，然後看向衛揚。衛揚沒想到秦庭韞竟然如此順從，他想乘機刁難一下都不行。

秦家被士兵包圍一事昨日便傳開了，這時四周來了許多百姓，還有一些之前吃過秦家施的粥後治好了病的百姓。

那些百姓聽了這話紛紛為秦家說話。「秦首富仁善，絕對不可能通敵叛國！這位大人你千萬要查清楚，別冤枉了好人，別傷著了秦夫人啊！」

「秦首富捐了那麼多銀子和糧食給朝廷，粥棚施粥更是施足了一整個冬天，這樣仁善愛國之人怎麼可能通敵叛國？這擺明就是有人陷害仁義之士！」

「莫不是有人眼紅秦家的滔天財富，故意陷害吧？」

「一定是，估計是秦家得罪了什麼人了。」

「生意場上的對手吧？畢竟有利益競爭。大人，你趕緊往這方面查一查啊！一定是有人陷害秦首富！」

「我們可以為秦首富作證，秦首富絕對不可能通敵叛國！」

衛揚冷汗都冒出來了，他真沒想到秦家在百姓裡頭的聲望竟然如此之高。秦家不就是施了幾天粥嗎？為何這麼多京城的百姓幫秦家說話？這些刁民不是向來都痛恨這些富貴人家的嗎？以往哪個大臣被抄家，他們不是幸災樂禍的丟爛菜葉子的嗎？這次為何都為秦家人說話？

最重要的是他們還說出了真相，還要給秦庭韞作證，他真擔心繼續下去他們會弄出一個萬民血書為秦家請命……

皇后娘娘可是交代過給秦庭韞定罪一事務必速戰速決，必須在晉王趕回來之前，便讓秦庭韞認罪畫押並且將秦家人都砍了，來個死無對證。

衛揚想了想，決定當著百姓的面，搜出秦家通敵的證據，讓這些老百姓看看秦家真的通敵叛國。

因為絕對不可以引起民憤，於是他好聲好氣地道：「秦首富，西北邊疆傳信來說在你的商隊裡搜出了通敵叛國的信函，本將軍也是奉命行事。既然秦首富如此配合，大家小心點不要傷著人。只是我們還需要搜一搜秦首富的府邸，若是秦首富沒有通敵叛國，府中也不會藏有與通敵叛國有關的東西，這樣也能證明你的清白，不是嗎？」

秦庭韞點頭。「這位將軍說得對，我問心無愧，搜吧！」

衛揚這才揮了揮手。「大家進去搜一搜，記得別弄壞府中的一景一物。」

秦家巨富，府中的一花一草都是名貴的，更不要說屋裡的擺件，這些東西太子殿下說了都要留下的，而且他也想暗中昧下幾箱。

於是，衛揚便率領一隊士兵進去搜查。

秦庭韞這時對著百姓們道：「各位父老鄉親，麻煩大家進去府中幫我作個證，秦某人生於天元國，忠於天元國，我非常熱愛這一片土地，熱愛我們天元國的父老鄉親，絕對不會做出通敵叛國的事。麻煩各位父老鄉親進去幫我作證。」

四周的百姓聞言紛紛應下。「好！我們進去看著，我們幫秦首富作證！」

衛揚腳步一頓，回頭看了秦庭韞一眼，冷笑，他想要搜出證據，他以為憑著幾個百姓就能盯得住？他笑道：「既然如此，各位父老鄉親也進來吧！」

於是一群士兵帶著一群百姓，全都湧進了秦府。

衛揚指揮著士兵們往各個方向搜查。「五個人一隊，每隊負責一個院子。一定要仔細搜查，不要放過任何一個角落。」

「是！」士兵們分頭行動，那些百姓們趕緊跟上。

衛揚帶著幾個人狀似不經意的四處走，其實是直奔書房的方向，秦府的布局圖，他早就拿到手了。

衛揚來到書房外道：「搜一搜這屋子！」

衛揚抬腳率先走進去，身後的士兵趕緊跟上，一群百姓也緊跟在後。

衛揚嘴角抽了抽，這幾個百姓該不會是秦庭韞請來的吧？這想法他只是一閃而過，畢竟秦庭韞又不知道他會被抄家，如何提前請來百姓盯著？

衛揚走進了書房，站在門口，四周打量了一眼，發現秦庭韞的書房並沒有想像中的富麗堂皇，擺放著許多名貴擺件和字畫，反而擺放著許多書和帳本。

如此也好，在書裡藏信件最是容易了。

衛揚抬腳正想往書架走去，只是他還沒動，一個白色的影子突然從窗戶閃了進來，直接撲到他懷裡，鋒利的爪子往他胸膛的衣服使勁地抓了抓，衣服立即碎成了布條，露出裡面幾封信件。

他臉色一變，正想將懷裡的小東西丟出去，小白狐的爪子一抓他的臉。

衛揚迅速捂臉，眼睛和臉卻還是被抓到了，而小白狐趁他捂著臉的瞬間，牠又使勁地抓了幾下他的衣服，這時他懷裡的幾封信便掉在地上，小白狐這才「嗖」一下跳到地上，然後又跳上窗檯跑了。

衛揚感覺懷裡有東西掉了，他心一驚，顧不上自己的眼睛，彎腰去撿地上的信，卻有百姓比他的速度更快。

那人撿起地上的一疊信封，立刻大聲道：「這是寫給西戎國一位將軍的信，通敵叛國的信函！」

「天！原來是這將軍要害秦家！」

「跑！快拿著這些信跑去順天府報案！」

衛揚心都顫抖了，他迅速上前去奪回信，並且大喊：「抓住他！他想毀掉證據！」

衛揚的親信立刻上前去抓那些百姓。

這時，趙飛剛帶著一隊御林軍出現了。「誰敢動，殺無赦！」

御林軍迅速將衛揚的親信控制住。

衛揚遍體生寒，到此刻才明白，中計了。

這時白影又出現了，直接趴在他頭上使勁地抓撓。

第五十九章

趙飛剛冷冷地看著衛揚。「衛副將好大的狗膽！竟然夾帶通敵信函，誣衊良民！」

衛揚怎麼可能認，這一認就是萬劫不復的下場，他一臉鎮定地道：「趙首領，那些信函是我從秦庭韞的書房裡翻出來的，是那個刁民奪了過去，誣衊我！他是秦庭韞的人！」

趙飛剛淡淡地道：「衛副將大概不知道我正好看見你一隻腳才跨過了書房的門檻。」說完，他看了身邊的兩名御林軍一眼。「帶走！」

兩名御林軍迅速上前抓住衛揚。

衛揚倒是沒有反抗，他冷笑。「我看是趙首領和秦家勾結了吧？我說了那些信是我從秦庭韞書房裡搜出來的，秦庭韞才是通敵叛國之人，趙首領莫要冤枉我。」

幾個百姓聽見了，怒罵。「呸，不要臉！我們十幾雙眼睛看著信是從你身上掉下來的，你連秦首富書房的門都沒挨著呢！」

「幸好我們盯著了，不然被這個奸詐小人進了秦首富書房，將那些信函藏了進去，秦首富跳進京江都洗不清了。」

「這位將軍，抓他去順天府，我們都可以作證，那些通敵信函就是從他身上掉下來的。他一定是看中了秦首富家的錢財，故意陷害。」

「這位將軍，我估計他不僅僅是看上了秦家的金山銀山，他很可能就是敵國的間諜，擔心被發現，故意嫁禍給秦首富。或者是敵國派他來報復秦首富的，之前暻郡王妃不是抓住過兩個西戎探子嗎？」

「沒錯！一定是這樣，其實真正通敵叛國的是姓衛的才對。」

「抓走！我們給秦首富作證！」

衛揚氣得臉都綠了，這些刁民是吃什麼長大的，怎麼如此會編？這麼會編，他們怎麼不去寫話本？

「如此便煩勞各位父老鄉親到時候出堂作證了。」趙飛剛對著百姓們拱了拱手，然後又給兩名御林軍使了一個眼色。「帶走！」說完他掉頭便往外走。

衛揚帶來的禁衛軍都被御林軍抓住，不敢再輕舉妄動，甚至慌張無措。他們怎麼也想不到他們本來是來抓通敵叛國的逆賊的，最後反而成為了誣衊良民通敵叛國的奸臣逆賊。這簡直太荒唐！

秦庭韞和馮伯看見衛揚被押著出來，他的身後還跟著一大群百姓揚言要將他送去順天府，要作證指認通敵信函是從他懷裡掉出來的，指認他想陷害秦家。

兩人忍不住相互看了一眼，眼裡都暗含著讚許。還是汐兒（姑娘）聰明，竟然想到搜查的武將會乘機在秦家藏通敵的證據，還想到讓百姓們親眼見證的法子。

任何一位上位者都不會忽視民意，都不敢引起民憤，有了這麼多百姓看見通敵信函從他懷裡掉下來，再加上秦家一直為百姓、為朝廷所做的善事，哪怕這樁誣衊案幕後的人是皇上，皇上也不敢在這種情況下輕易給秦家定罪。

太多人關注了，會引起民憤的。

趙飛剛來到了秦庭韞的面前。「秦老爺，打擾了！通敵叛國一事有些誤會，到時候可能還需要你配合作證，現在我先將人帶走。」

秦庭韞拱手道：「草民定然極力配合。」

趙飛剛點了點頭，便示意御林軍撤退了。

就像上次秦家被查賦稅一樣，那些士兵們聲勢浩蕩地來，夾著尾巴地走了。

有百姓不知道從哪裡這麼快就尋到了一些爛菜葉，直接往衛揚身上丟。

「叛國賊，陷害忠義之士！陷害良民！去死吧！」

「西戎國的走狗！去死吧！別留在人間禍害良民！」

被扔了一臉菜葉子的衛揚心中迷惘。踏入秦府之前他怎麼也想不到事情會發展到這一步，他明明是來抓叛國賊的，怎麼將自己弄成了叛國賊？小白狐怎麼會抓自己的衣服？趙飛剛怎麼會出現得那麼及時？

他心裡一陣一陣的後怕，慌亂得不行。

皇后娘娘和太子殿下所做的一切該不會都被皇上發現了？這一切不會是皇上布下的局吧？不，不可能！皇上中毒昏迷不醒是真的，他都親眼看見了。皇上死定了，皇后娘娘會救他的！

最壞的結果，是他需要隱匿一段時間。等皇上駕崩，等太子登基後，定然會繼續收拾秦家，到時候他便會沈冤得雪，重出江湖。趙飛剛壞了皇后和太子的好事，他不會有好下場。

到那時，趙飛剛的位置也是他的。

太子在御書房裡等著衛揚抄了秦家，將搜出來的通敵叛國的證據呈上來，他連將秦、傅兩家斬首示眾的聖旨都準備好了，只不過太子等了兩個時辰，依然沒有等到衛揚回來覆命。

「莫非是秦、傅兩家在府中藏了太多奇珍異寶和銀子，他清點浪費了一些時間？」這麼一想，太子不急了。

他已經吩咐衛揚藏起秦家一半的財富占為己有。衛揚清點的時間越久，證明他的私庫越多。

太子想到秦汐被關在冷宮，現在秦家已經沒有翻身的機會了。

可是蕭暻玹是個厲害的，雖然他暗中買了殺手刺殺他，但是太子也怕殺手都搞不定他。畢竟在戰場上的時候，他也不只一次布局想要他的命了，但都讓他命大的活下來了。

避免夜長夢多，太子決定先將秦汐占為已有。

待到生米煮成熟飯，蕭暻玹回來後也不會要她了。

想到這裡，太子再也忍不住了，大步往冷宮走去。

皇上正在冷宮中聽暗衛首領彙報這兩日宮裡的妃嬪和諸位大臣的情況。其實在毒人參的來源竟然查不出真正的出處時，他就隱約懷疑毒害自己的是皇后。

畢竟後宮妃嬪裡面每個妃子的能力他都瞭解，只有皇后能有這個本事將事情做得毫無破綻，只是他不願意相信。幾十年來，皇上自認對皇后這個髮妻敬重有加，皇后所出的嫡子也是一出生便賜封為太子，甚至明知道太子平庸，不會是一個優秀的帝王，他都未曾動搖過另立儲君。

皇上到現在都想不明白，皇后為何要毒害他？

「汐丫頭，妳說為何會是皇后？」

秦汐正想說什麼，這時暗衛首領耳朵動了動，率先道：「皇上，太子來了！」

皇上聽了暗衛的話頗為意外。

太子怎麼會來？莫不是小五的偽裝被皇后識破了？可是，不對！皇后素來疼愛太子，若是皇后識破了小五的偽裝，也該是皇后親自過來，她怎麼捨得太子過來涉險？

而太子那智力，皇上覺得再給太子十個腦子，太子都不可能識破。

秦汐倒是猜到了原因了，她對愣神的皇上喊了一聲。「皇祖父，您不躲起來嗎？」

趙首領還沒回來覆命，外面的情況也不知道如何。

皇上回神，立刻躲進了密道裡。

進密道之前，皇上還不忘安撫秦汐。「汐丫頭，妳不用害怕，朕就在密道口裡守著，暗衛也在暗處保護妳。」

「皇上放心，我不怕！」

秦汐說的是事實，她半點也不怕。就太子那個縱慾過度的身體，她一根手指都能搞定，她只是想讓皇上看看太子的真面目而已。

皇上剛躲進了密道，太子便推開門進來了。

太子本來以為會看見一個縮成一團，害怕得躲在角落裡瑟瑟發抖，楚楚可憐，等著他來垂憐的美人，沒想到並沒有。

美人清冷地坐靠在床沿，閉目養神，看見他推門進來，睜開眼，淡淡地看了一眼，便收回了視線。

有意思，美人就是美人，美得如此特別，和他以往認識的女子都不一樣。

太子感覺自己身心都沸騰了，恨不得將這清冷得有如天上皎月的美人摟在懷裡，用他的熱情融化她的冰冷。

太子乃天之驕子，他不喜歡強迫，他要的是秦汐心甘情願地匍匐在自己身下。

「暻郡王妃看見孤也不行禮嗎？」

秦汐冷冷地看了太子一眼，淡淡地道：「行禮，你就放我出去嗎？」

太子搖了搖頭。「放妳出去是不可能的。妳這是死罪，妳和蕭暻煜下毒害皇上，害皇上中毒昏迷不醒。晉王府和秦家通敵叛國，現在都被抄家了。」
太子說完這話，等著秦汐跪地求饒，向自己喊冤，可是也沒有。
她只是冷笑道：「給皇上下毒的不是皇后娘娘和太子殿下嗎？陷害晉王府和秦家通敵叛國的不是太子殿下和皇后嗎？」
太子沒想到秦汐竟然這麼聰明，這都能猜到，不過這事他是絕對不可能承認的，他淡淡地道：「暻郡王妃好大的膽子，竟然敢誣衊孤和皇后娘娘。不過，妳猜錯了，下毒的是蕭暻煜，你們秦家則是被晉王連累罷了！真正通敵叛國的是晉王！」
皇上在密道裡聽得血壓飆升。
這個逆子，竟然連自己的皇兄都要誣衊！
晉王戍守邊疆多年，才換來了天元國的太平，晉王要是通敵叛國，天元國早就不在了，他這個太子將來何來的皇位繼承？
秦汐懶得和太子廢話，她淡淡地道：「哦，是嗎？既然如此，太子殿下來這裡是幹麼？將民婦抓去斬首示眾嗎？」
太子上下打量了她一眼，打開摺扇，笑著搖了搖頭。「暻郡王妃如此美，孤怎麼捨得讓妳去斬首示眾？孤是來救妳的。」
秦汐聞言故作詫異地看向他。
太子走到了秦汐身邊，伸手去碰觸秦汐的下巴。

秦汐俐落地躲開了。「太子請自重！」

太子也不急，他笑了笑。「只要妳願意跟了孤，孤可以保證妳的親人沒事，不然，妳就等著給他們收屍吧！妳自己考慮，孤數三聲。」

「卑鄙！」

太子笑了。「一。」

「無恥！」

「二。」

「下流！」

「三。」

「賤格！」

「既然妳敬酒不喝，喝罰酒，那便不要怪孤了。今日妳是樂意也好，不樂意也罷，妳都得伺候孤！」太子一個箭步上前，伸手去抓秦汐。

「你敢！」

包含秦汐在內，三道聲音異口同聲。皇上從密道裡走了出來；蕭暻玹一腳踹開了門，大步走了進來，一個閃身一腳便踹飛了太子，然後直接將秦汐拉到懷裡護著。

秦汐一怔，她不由得想起上上輩子，她被皇后賜毒酒，他趕到的時候，她已經快死了，那時，他一把將她抱在懷裡，發瘋似地跑去太醫院找太醫。

「沒事了。」蕭暻玹見她愣住，安撫道。

秦汐回神，想到他一碰女子便過敏，她迅速掙開了他的懷抱。

蕭暻玹嘆氣，總有一天，他會讓她安心依賴他。

太子重重地撞在角落的柱子上，吐了一口血，他「呸」一聲又吐了一口口水，狠狠地盯著蕭暻玹。「來人，暻郡王刺殺儲君，試圖謀反，將他抓起來！來人啊！」

皇上差點沒氣死。

這一次他對太子是徹徹底底的失望，心寒了。他這些年對太子抱有多大的期望，現在就有多大的失望。他以為他平庸就算了，但還算聽話，知道禮賢下士。作為帝王平庸，但是有許多忠心又有能力的臣子，而他又能禮賢下士，接納臣子的建議，如此天元國就算不能在他手中更上一層樓，也不會滅亡。

可堂堂一國儲君，竟然做出如此卑鄙下流之事！謀害親爹，陷害忠義的良民和手足，甚至連姪兒媳婦都覬覦?!這樣的人若是讓他登基為帝，那就是天下百姓之災！

廢了，絕對要廢了！不廢了他，都覺得沒臉見汐丫頭了。

「來人，將太子打入天牢！」

皇上話音剛落，一名戴著面具的暗衛便出現，直接抓住了太子，將他拖下去。

太子這才發現了皇上的存在，他一臉惶恐。「父皇，您什麼時候醒來了？父皇，蕭暻玹以下犯上，大皇兄聯合秦家通敵叛國……」

暗衛直接一掌將他打暈。

皇上看也沒看太子一眼，他看向蕭暻玹。「外面的人都控制住了嗎？」

「回皇祖父，趙首領都控制住了。」他趕進宮的時候，正好遇見了趙飛剛。

蕭暻玹將衛揚拿著偽造的信函，試圖栽贓嫁禍秦家通敵叛國，被百姓們當場發現，然後被趙飛剛抓住，並且御林軍已經將那些聽皇后和太子命令的禁衛軍都控制住了一事簡單說了一下。

皇上點了點頭，抬腳便往紫宸宮走去。

是時候結束了！

皇后一直派人關注著秦府的動態，因此她很快就知道衛揚失敗了。

皇后素來聰明，她立刻就猜到自己中計了。皇上中毒醒不了是必然的，秦家那邊必定是因為晉王察覺到不妥而布下的局。

她迅速來到紫宸宮，看著躺在床上昏迷不醒的皇上。

這時太醫院院正捧著一碗湯藥來到龍床邊。「皇后娘娘，這是我們整個太醫院的太醫研究了一晚上的解毒的湯藥。」

皇后看了太醫院院正一眼。「皇上喝下去毒就會解？人就會醒過來嗎？」

太醫院院正搖了搖頭。「能解一部分毒素，人能不能醒過來，還未可知。」

皇后娘娘皺眉，她擺了擺手。「本宮知道了！本宮給皇上餵藥，你們繼續研究藥方，一定要將皇上救醒。」說完，她接過太醫院院正手中的藥碗。

「是！」太醫院院正應了一聲便出去了。

皇后坐到了龍床旁邊，看著昏迷不醒的皇上，她咬了咬牙，心一橫。

一不做，二不休！皇上死了，太子便可順理成章的登基為帝，就沒晉王什麼事了。到時候無論晉王做出什麼事，都可以說他是謀逆！

皇后娘娘看了一眼外間，見沒有人看過來，她悄悄地從袖口裡拿出一包藥粉，拆開。

皇后娘娘太專注了，沒有注意到床上的人突然睜開了眼睛，當她拆開藥包，正想餵皇上吃下藥粉，冷不防地對上了一雙冷漠的眼。

皇后嚇得險些喊出聲，幸好她反應快，瞬間換成一臉驚喜。「皇上，您醒了！」她下意識地藏好手中的藥包。

蕭暻煜卻一把握住了她的手。「皇后娘娘，這是想餵我吃什麼？」

外間的太醫聞言均看向裡間，然後同時站了起來，走過去，這時突然有一個皇上從外面走了進來。

太醫們看看走進來的皇上，又看看裡間剛醒過來的皇上，十分慌亂。

為何有兩個皇上？到底哪個是真的，哪個是假的？

蕭暻煜立刻坐了起來，抓住皇后娘娘的手，舉高給皇上看。「皇祖父，皇后娘娘想餵您吃藥粉。」

皇后心中一震，總算明白真相。

原來，她中的不是晉王的計，而是皇上的！

第六十章

秦汐上前，拿走皇后手中的藥粉，聞了聞，看向皇上。「回皇祖父，這藥粉和人參裡的毒素是一樣的。只是這藥粉是直接提煉出來的，毒素很高，吃一點點便足以致命。」

皇后看見走進來的皇上，又看了一眼撕下了人皮面具的蕭暻煜，臉色煞白。

所以，是皇上識破了她的計劃？她的計劃如此完美周密，皇上到底是如何察覺的？

皇上冷冷地看向皇后。「皇后，妳有何話可說？」

皇后問：「太子呢？」

「天牢。」

皇后聞言憤怒地看著皇上，眼裡冒火。「皇上竟然將太子打入天牢？」

「天子犯法，與庶民同罪。」

皇后聞言忍不住哈哈大笑，笑完後，她一臉諷刺地看向皇上。「皇上有沒有將太子當作太子？」

「朕一直都將太子看作太子！」不然他何來哀其平庸，恨其不爭氣？

「那皇上為何會重用晉王？為何會封暻郡王為郡王？皇上如此做不就是想將太子廢了，讓晉王來當嗎？」皇后冷冷地看了蕭暻玹一眼。

區區一個庶子憑什麼壓著她的孫子一頭？

蕭暻玹回了她一個冷眼，沒有半點表情，彷彿她說的話與他半點關係都沒有。

皇上突然明白皇后為何要毒害他了。

她不信他！就像當年，他說過他會封她為后，她不信；明知道有人想害死他們第一個孩子，她依然沒有阻止，順著對方的計劃，讓他沒有了第一個孩子，借此博得他的同情。

皇上失望地看了皇后一眼，冷淡道：「今天之前，朕從來未曾想過廢太子。朕為何不能重用晉王？晉王文韜武略，是難得的將才，有他在，天元國才能如此太平。暻玹戰功赫赫，足以配得上郡王的稱號，朕為何不能賜封他為郡王？他們也是朕的孩子和孫子。」

皇上深深地看了皇后一眼。「皇后妳多慮了，就像當年一樣。」

皇后娘娘臉色一秒煞白，絕望地閉上了眼睛。

成王敗寇，她走這一條路本就是不成功，便成仁，其他的沒有什麼好說的。

「太子會如何？」皇后看向皇上。

皇上看向皇后，良久才道：「自是廢了。」

皇后突然笑了。「果然啊！」她就知道結局會是這樣。

皇上看向門外的御林軍。「將皇后打入冷宮！」

「本宮自己走！」

皇后說完，她直接摘下了頭上的鳳冠，重重地砸在地上，珍珠、寶石散了一地。

皇后昂首挺胸地大步走了出去。

「你們都退下吧！」皇上疲憊地揮了揮手，彷彿一瞬間老了許多歲。

蕭暻煜擔心地看了皇上一眼。「皇祖父……」

蕭暻玹給他使了個眼色。

蕭暻煜忙改口。「皇祖父，孫兒告退！」

秦汐和蕭暻玹也恭敬地行禮告退。

每個人都會有脆弱的時候，身分尊貴強大如皇上，自然是不想在這種時候被晚輩看見的。

待到紫宸宮裡只剩下皇上和林公公時，皇上直接坐在地上，他拍了拍身邊的位置。「佛跳牆啊，陪朕坐坐。」

「是！」林公公恭敬地應了一聲，小心翼翼地在皇上身邊坐下，就像小時候陪著皇上，兩人都沒有說話。

對皇上來說，這就夠了。身在皇宮，從小到大，這一生皇上經歷的事，見過的事太多，沒有什麼事是他承受不了的。

半晌，皇上站了起來。「佛跳牆，研墨。」

一刻鐘過後，宮裡一連下了兩道聖旨。

一道是廢太子，一道是廢后。

兩道聖旨如一道驚雷落下，震撼了整個朝野。

晉王府突然被禁衛軍包圍，聽說是暻郡王妃和五爺在宮裡毒害皇上，王府裡的人都人心惶惶，就怕一不小心人頭落地。

無論是世子、世子妃還是其他兩位爺和他們媳婦都跑到了晉王妃的院落。

晉王妃同樣擔驚受怕了一天一夜，而且她是王府的主心骨兒，還不能表現出來，現在危機解除，晉王妃也累了，她正想讓大家各自回自己的院落休息。

這時，宮裡的兩道旨意下來了。

廢后，廢太子？這兩道聖旨直接在晉王府眾人心裡掀出滔天的巨浪。

太子被廢，那以後誰來當太子？太子被廢，誰當太子呢？

這個想法在晉王府的眾位主子們心中都過了一遍。

有嫡立嫡，沒嫡立長，晉王可是皇長子，文韜武略，戰功赫赫的皇長子。

世子、世子妃，二爺、二爺媳婦都激動了，就連晉王妃的神情都閃過一抹恍惚，就像被天上掉下來的餡餅砸中了。

世子看向晉王妃，語氣難掩激動。「母妃，皇祖父怎麼突然……」

晉王妃迅速回神，她語氣凌厲地道：「此事不許妄議，叮囑你們院子的下人一個都不許私下妄議，若是發現有人說一個字一律發賣！」

幾人臉色一正，紛紛應下。「是！」

晉王妃又一一打量了幾人一眼，意有所指。「你們也是，以後更要注意言行舉止，太子和皇后如何，都不該是我們可以置疑的，懂？」

「母妃說得是！」幾人再次應下。

晉王妃這才揮了揮手。「都散了吧！」她心裡也不平靜，需要消化一下這個消息。

幾人忙恭敬地行禮，然後迫不及待地離開。出了院子，幾兄弟和妯娌都沒有說話，只是不約而同的腳步飛快地往自己所在的院子走去。

因為幾兄弟的院子都在同一個方向，但大家都不說話，就顯得有點詭異。直到六人看見了秦汐、蕭暻玹和蕭暻煜三人，他們才同時停下了腳步，眼睛一亮。

世子、二爺和三爺皆是目光灼灼。「四弟、五弟你們回來了？」

世子妃、二爺媳婦和林如玉則是笑臉如花。「四弟妹，妳回來了！」

「四弟官銀追回來了嗎？沒受傷吧？」世子上前，伸出手臂想搭在蕭暻玹肩膀上，卻被他躲開了。

蕭暻玹避開了世子的手，言簡意賅。「已追回，沒受傷。謝大哥關心。」

世子這才想起蕭暻玹向來清冷，不喜與人有肢體接觸。

世子改搭在五弟的肩膀上。「老五，很久沒陪大哥喝酒了，來，去我的院子，咱們兄弟二人喝一杯。」

蕭暻煜還沒來得及拒絕，就被世子拉進了他的院落了。

他不想陪大哥喝酒，他想陪四哥、四嫂一起吃魚。

二爺和三爺看了蕭暻玹一眼，均覺得想從老四嘴裡得到一點內幕消息太難，於是兩人也跟著進了世子的院子。

男人聚會喝酒是沒女人什麼事的，世子妃實在太好奇太子被廢一事了，這極有可能會改變她的命運，她半刻也等不及地想知道事情的真相，才能知道接下來如何應對。

世子妃相信，皇后被廢，太子被廢，絕對和秦汐有關！

於是她笑著對秦汐道：「四弟妹，今天天氣這麼好，湖裡的荷花都盛開了，正好我那裡剛得了一些新茶，我們一邊賞花、一邊品茶？」

何瑩瑩也急不可耐。「大嫂這個主意好！今天早上我才採了一些荷花露，這荷花今早才開，新鮮著呢！而且剛開的荷花特別香，荷花露的香氣也特別濃。」

林如玉也笑道：「正好，我今天早上新做了一些荷花糕，咱們妯娌來個賞荷宴如何？表姊，妳說對吧？」

還不等秦汐說話，蕭暻玹便冷淡地拒絕。「抱歉，我們還有事外出，改天吧！」

蕭暻玹一看就知道幾人什麼心思，可是汐兒她在冷宮裡待了兩天，這兩天又發生了如此多事，她定然累了，他自然不會讓她去滿足妯娌們的八卦之心。

再說，蕭暻玹知道秦汐定然會擔心岳父、岳母的情況，他打算梳洗過後便陪她回秦府一趟。說完，他便拉著秦汐走開了，一點面子也不給，留下了臉色難看的三人。

待二人走遠後，何瑩瑩抿嘴。「目無尊長，我還是他二嫂呢！」

林如玉聞言嘆道：「這半邊天都變了，以後人家的身分說不定越來越尊貴，二嫂還是早點習慣為好。」

何瑩瑩臉色一變，世子妃的臉色也變了一下。

現在太子被廢，以公爹的能力，將來這皇位十有八九會是公爹的。若是公爹做了皇帝，那他們幾兄弟就是皇子，每一個皇子，都有機會繼承皇位。

而蕭暻玹如此優秀，如此年輕就因戰功被封為暻郡王，是皇孫中公認的第一人，從小就由公爹帶著上戰場，感情更是不一般。

世子妃以前是從不擔心蕭暻玹優秀的，她恨不得自己夫君每個兄弟都能夠被封郡王分出去，可是今日不同往日，其他幾位爺越優秀，對自己相公越不利。

二爺就算了，她都看不上，公爹絕對也看不上。

三爺是個笑面虎，但和暻郡王比差遠了。

五爺年紀雖小，但是武功高強，又不蠢，將來絕對能成大器。

其中最可怕的還是暻郡王，兵權在握，還娶了有錢的郡王妃。有權有勢有能力又有銀子，這世上還有他辦不成的事嗎？

世子妃心亂如麻，她對林如玉和何瑩瑩道：「我回去招呼一下二弟他們，失陪！」說完她便匆匆離去了。

現在她不好馬上回娘家，但她可以寫信回去學士府問問自己爹和祖父的意見。世子妃想到的，何瑩瑩和林如玉也能想到，兩人也都找了個藉口匆匆回自己院子，寫信給娘家了。

整個皇城，此刻在寫信的人多不勝數，沒有人敢在這個時候四處走動，除了蕭暻玹。回到瞻遠堂，蕭暻玹對秦汐道：「妳梳洗一下，換身衣裳，我們回去看看爹娘，免得他們擔心。」

秦汐怕爹娘擔心，正想和他說，她想回秦府一趟，沒想到他會想到這點，並且主動提出來。

秦汐心中一暖，她道：「好！」

蕭暻玹點了點頭，沒再說什麼轉身便回書房，並叮囑跟著進來的長平準備一些禮物。

長平應下後又問道：「主子要泡藥浴嗎？」

蕭暻玹搖了搖頭。「不必。你下去準備禮物吧！」

剛才在馬車上吃了一粒汐兒給的藥丸，現在尚能忍受，他隨便梳洗下換身衣服便行。

半個時辰後，夫妻二人先去向晉王妃請安並且說了此事，然後便帶著厚禮回秦府。

晉王妃身邊的嬤嬤待兩人出了院子後，忍不住道：「四爺這個時候怎敢四處亂跑？」

晉王妃不由得感嘆。「現在還敢出門的也就只有他了。」

秦汐和蕭暻玹在秦家待了一個時辰左右就離開了。
秦庭韞夫妻看著遠去的馬車，眼裡都是笑意。
傅氏笑道：「咱們汐兒是個有福氣的！郡王真是個好夫君！」
剛才看著蕭暻玹體貼地扶著秦汐上馬車，還有他偷看女兒的眼神裡滿滿的愛意就知道他愛慘了自己的女兒。
秦庭韞扶著傅氏往府中走去，他笑了笑沒說話。
自己的女兒福氣恐怕大著呢！皇孫中的第一人可不是白喊的，以後他得更努力地賺銀子，做好事，為女兒、女婿積福。
秦汐和蕭暻玹並肩坐在馬車中，兩人的距離有點近，他的長袍都將她的裙子蓋住了。
秦汐想到他不能和異性有接觸，便挪了挪屁股，避免尷尬，她撩起了馬車車窗的簾子，回頭看向秦府門前爹娘駐足的身影。
真好！這輩子，爹娘總算平安無事，秦家和傅家都沒有被抄家。
馬車的中間放著一張小桌子，桌子上擺放著一些新鮮的水果。
蕭暻玹挑了一顆又大又紅的橘子，剝了皮，甚至將果肉上的白絲都剝得乾乾淨淨，一絲不掛。
他將晶瑩剔透的果肉遞到秦汐面前。「嚐嚐。」

秦汐聞言，放下簾子回頭，垂眸看了一眼他手中剝得乾乾淨淨的橘子肉，接了過來，放進口中。「謝謝，其實橘子肉上面的白絲很有營養，橘子吃多了容易上火，橘絡卻能幫助祛火，還有助消化，清熱解毒。」

雖是這樣說，但是秦汐吃橘子也喜歡將橘子剝得一絲不掛。以前她還會將橘子肉外面那層透明的薄衣剝掉，只吃裡面一小粒一小粒的果肉，那樣更好吃。

蕭暻玹吃橘子是不講究的，剝皮後，直接就塞半個進口中了。但他見過她吃橘子吃得挑剔，因此知道她雖然這麼說，但還是喜歡這麼吃的。

秦汐想到蕭暻玹嘴巴雖然有時候欠扁一點，但是他做的事，每一件都是暖心的。尤其對自己的爹娘，她看得出，他是真心將自己當成女婿去尊重，孝敬他們的。以他們契約的婚姻關係，他大可不必如此，也沒有這份義務，但是他卻做得比許多男人都好。

秦汐不可能不領他這份情，因此道：「謝謝你對我爹娘如此好。」

蕭暻玹聞言抬眸看向她，目光灼灼，抓住機會非常直接地問道：「妳要如何謝為夫？」

秦汐愣了一下。

沒想到他會這麼問，而且這表情好像很認真。怎麼謝？她想不到啊！

想不到便將問題拋回給對方，於是秦汐看著他道：「你想要什麼謝禮？」

「夫妻之間的謝禮，妳覺得會是什麼比較合適？」蕭暻玹看著她剛吃過橘子水潤誘人的蜜唇，他伸手輕輕捏住她的下巴，話音剛落，唇便貼了上去。

夫妻之間的謝禮，什麼最合適？當然是以身相許！

他已經等不及循序漸進了，不打破現在的僵局，他們永遠都會是如此的相敬如賓。當四片唇瓣相貼的時候，兩人心尖俱是一顫，彷彿有電流從心底發出，流經四肢百骸。

這時秦汐腦海竟然還閃過一個念頭：他不是不能近女色嗎？

這時馬車停了下來，外面傳來了長平的聲音。「主子，王妃，晉王府到了。」

秦汐聞言心一驚，迅速推開了蕭暻玹，跳下了馬車，匆匆地跑回府中，小臉嫣紅得像熟透的桃子。

長平看著秦汐一臉嫣紅，落荒而逃的身影，想到剛才馬車裡的對話，頓悟的他恨不得甩自己兩巴掌。

剛剛應該繞皇城再走兩圈才對，說不定十個月後，小主子都有了！

蕭暻玹捧著一盤水果，從馬車上下來。

長平興奮地看了他一眼。「主子，我幫您收拾一下被鋪，今晚搬回正院？」

蕭暻玹渾身難受得緊，他繃著臉，淡淡地看了他一眼。「今晚搬？連門檻都靠近不了。」

長平眼睛一轉，出了餿主意。「主子您可以將書房燒了，這樣您沒地方睡，不就可以順理成章地搬回去嗎？」

蕭暻玹沒有理長平的話。

將書房燒了？他幹不出這種浪費的行徑。不過，不能燒書房，但是下次可以……

蕭暻玹心有定數，即使渾身發癢也嘴角微揚。

「備湯藥！」

第六十一章

第二天早朝，皇上下旨削了衛揚的官職打入大牢，準備順勢排查相關人等，禁衛軍也是大洗牌，那些擁立太子的大臣頓時人人自危。

接下來整整一個月，每天早朝都有官員被罷官，整個京城和朝堂的氣氛除了嚴肅、緊張，又暗藏著壓抑的興奮。各府都看似平靜，其實都在密謀著什麼。

秦汐自從回秦府一趟後，接下來這個月，她都乖乖地待在府中沒有外出，為了避免和蕭暻玹見面，她甚至連房門都很少出。

正好，她趁這段時間做了一些護膚品和美容產品出來，並且教會了玉桃怎麼用，怎麼做，然後她又將做法、用法也寫下來，連同那些成品讓玉桃送去給傅熙華。

傅熙華那邊已經請好人並且裝修好鋪子和作坊了，一切就只等護膚品和化妝品生產出來，美容院就可以開張。

直到一個月後的某一天，蕭暻玹回到瞻遠堂，站在正房外對在屋裡躲著自己的秦汐道：

「我們進宮一趟。」

秦汐心中一動。「是秦家商隊的事？」

蕭暻玹點了點頭。「嗯。」

「你等等，我換身衣服。」秦汐回屋裡迅速換了一身宮裝，然後便和蕭暻玹一起進宮。

關於秦家通敵叛國一事，在長安他們帶著秦家商隊和何勇傑進京時再次被提起。

金鑾殿上，何勇傑親手將秦家通敵叛國的信函和狀告秦家通敵叛國的狀紙交到林公公手中，由林公公呈給皇上。

皇上拆開信看了一眼後，又看了一眼何勇傑寫的狀紙，看向何勇傑。「這封信是你在秦家商隊的貨物中搜到的？」

「回皇上，是！」

「這份狀紙是你寫的？」

何勇傑又點了點頭。「回皇上，是的。」

何勇傑剛回京城就被帶到了金鑾殿上，因此並不知道京城發生的事。

皇上將信和狀紙直接丟到了他的臉上。「你寫一封嫁禍秦首富通敵叛國的信函時，能不能找人模仿一下秦首富的筆跡？你當朕眼瞎嗎！這都看不出這封信和這狀紙出自同一人之手？」

皇上見過秦庭韞的字，秦庭韞的字可比他的好太多了。信和狀紙砸在何勇傑臉上，讓他懵了一下，只是當他看見地上那封通敵叛國信函的字跡時，他瞪大了眼。

何勇傑瞪著地上那封信一臉難以置信，這不是他寫下來，給孫秀才模仿秦庭韞的筆跡照著寫的信嗎？這封信不是毀了嗎？為何會出現在這裡？

為何會出現……何勇傑心底瞬間有了答案，他的一舉一動早就被人暗中監視，甚至算計秦家通敵叛國一事，恐怕也早就被秦家或者暻郡王知道了。

難怪那天他一搜出這封信函，長安他們就帶著一隊士兵出現，順路和他一起押送秦家商隊進京是假的，人家壓根兒就是在押送他進京！

何勇傑遍體生寒，他下意識地尋找太子的身影，他死不足惜，但是希望不會連累自己的妻兒，可是大殿上哪有太子的身影？

皇上見他看向本該是太子站立的方向，心底那股怒火更大了。

「太子已經被廢了！還不坦白從寬！」

不得不說皇上這話管用，何勇傑聞言嚇得臉色發白，倒豆子一般將所有事都說了出來，不僅將太子的人命令他如何給秦家商隊安上通敵叛國的罪名，就連這些年太子讓他如何故意延誤軍糧、軍餉的發放，如何在戰場上故意使絆子的事都說了。

總之，將太子這些年吩咐他幹的大大小小事都說了出來，把皇上氣得血壓直線飆升。

秦汐見皇上不對，立刻上前用銀針封住了他的穴道，才讓他緩過勁來。

何勇傑嚇得瑟瑟發抖。「皇上饒命！末將知罪！末將罪無可赦，可是末將的妻兒是無辜的，求皇上放過末將的妻兒！」

皇上生氣地道：「拖下去，打入地牢，等候審判！」

他要好好地清理這朝堂了。他大兒子在戰場拿命來保家衛國，他小兒子卻在背後不顧家國要他大兒子的命？他沒直接氣死都是因為汐丫頭的銀針太厲害。

何勇傑被御林軍迅速拖下去，接下來會有刑部和大理寺的人繼續審問，皇上要求不放過任何一個涉及何勇傑所說的事情的官員。

天子一怒，不是血流成河便是哀鴻遍野，不過沒有人同情那些人，縱容禍害，那就是對保家衛國的人不負責，接下來的日子又有許多人瑟瑟發抖著。

秦汐和蕭暻玹是在一個時辰後出宮的，因為擔心皇上，秦汐確認了皇上的身體無恙後，才和蕭暻玹一起出宮乘馬車回府。

秦汐想到那封信的事，知道都是蕭暻玹暗地幫忙，畢竟她就算請了雲岫先生留意京城這邊的人的動向，手也沒有能力伸到軍營裡。

她做的事可以讓秦家沒事，但是沒辦法將算計秦家的人連根拔起，以絕後患，但是蕭暻玹做的卻可以。

秦汐正想和蕭暻玹道一聲謝，可是想到上次她道謝後發生的事，她的臉就忍不住有點發燙。

算了，改天她送他一份禮物吧……道謝還是不要說出口了。

蕭暻玹一直留意著秦汐，見她臉突然紅了，心有靈犀的，也想到了那天的事了。

畢竟他也就見過她一次臉紅。

蕭暻玹是誰，他向來是一個很懂得把握機會，臉皮也夠厚的人。

距離上次已經過了一個月，這丫頭一直躲著自己呢！他若是不趁著這個機會，讓兩人有點進展，他們猴年馬月才能成為真正的夫妻？

「這次郡王妃不感謝本郡王嗎？」

秦汐瞪了他一眼。

這時代不都是講究大恩不言謝的嗎？他到底是不是古人？她活了兩世臉皮都沒這麼厚！

秦汐立刻道：「謝謝郡王爺！」

說完她立刻從袖袋裡掏出一個玉瓶。「這是我最近研發的一種膏藥，可以治療過敏的，給你作為謝禮，你試試有沒有效果。」

蕭暻玹眼裡染上了笑意。「好，那我們試試。」

蕭暻玹伸手去接玉瓶的時候，大掌直接將玉瓶連同秦汐的小手一起握住，然後微微用力一扯。猝不及防的秦汐整個人撲到他懷裡，唇便被堵住了。

從皇宮到晉王府的路，比秦府到晉王府的路要長。

長平這次可是豎起著耳朵駕車，一聽見主子說謝禮，他立刻就決定繞著皇城跑上幾圈了。

跟在馬車後面的長河和長安二人心中微微詫異，主子出宮的時候不是說回府嗎？難道又改主意了？

兩人心裡雖然詫異，幸好沒有問出來，只是跟在馬車後面繼續走。

蕭暻玹放開秦汐的時候，氣喘吁吁，他臉色脹紅地撩起衣袖，整個手臂都長滿了紅疹，他道：「郡王妃可以試試藥膏有沒有效了。」

同樣臉紅心跳的秦汐心底羞憤，她看了一眼他的手臂，忍不住道：「活該！」

不過竟然真的立刻就起紅疹，這是什麼怪病啊？

秦汐說是這麼說，她還是打開了瓶塞，給蕭暻玹上藥。

一隻手臂上完，蕭暻玹立刻捋起另外一隻手的袖子。

「別自作多情，我只是好奇我研發出來的藥膏藥效如何。」秦汐板著臉道。

蕭暻玹看了一眼她通紅的小臉，一本正經地點頭道：「我知道，這藥膏冰冰涼涼的，很有效。」

秦汐翻了個白眼，繼續幫他上藥。「你這怪病怎麼染上的？」

蕭暻玹道：「莫名就染上了。」

「感覺像是心病，心病還須心藥醫。」

蕭暻玹搖頭。「不是心病。」

秦汐好奇了。「不是心病，難道是被人下毒了？」

蕭暻玹又搖頭。「不知道，莫名就染上了。」

秦汐已經幫他將兩條手臂都上完藥了。「好了。」

蕭暻玹直接將衣服脫了。「身上還有。」

「要不要將褲子也脫了？」秦汐沒好氣地道。他還真是不客氣啊！

蕭暻玹笑道：「如果郡王妃不介意的話，本郡王就脫了。」

見過不要臉的，沒見過如此不要臉的！

秦汐還要臉，不好意思說下去。

不過這人的身材真好……寬肩窄腰，胸肌、腹肌都有，每一塊肌肉都長得剛剛好，線條真是好看極了！如果不是渾身長滿紅疹，更好看！

秦汐還是幫蕭暻玹的身體上了藥。

還別說，蕭暻玹覺得這藥膏挺有用的，比泡湯藥止癢的效果好上不少。

「效果不錯，妳以後多做幾瓶備用，我怕不夠。」

「作夢吧！沒有藥材了，這藥膏很貴的。」說完秦汐將見底的玉瓶丟給他。「趕緊穿好衣服。」

秦汐實在是沒有某人臉皮厚，只想著快點回府。她撩起了馬車簾子看了外面一眼，發現馬車已經過了晉王府，都快經過秦府了。

秦汐哪裡知道是長平路過晉王府故意不停，打算繞皇城幾圈，給她和蕭暻玹製造生孩子的機會，她詫異道：「我們不是回府嗎？」

秦汐不知道，蕭暻玹倒是猜到了，畢竟上次他才聽見長平在那裡咕噥抱怨，他看了一眼外面，眼見快到秦府了便道：「我們回去和爹娘說一聲商隊的事情都解決了，讓爹娘放心。」

這話也不假，他本來就打算回府換身衣服再帶上禮物和秦汐上門的，畢竟上門總不好空手，而且他們都穿著宮裝。

但是這不是計劃趕不上變化嗎？失禮一次吧！

秦汐聽了心中再次一暖，想說謝謝，但看了正在換衣服的他一眼，決定還是算了。

不過他這次幫了自己家大忙，她也幫幫他吧！

馬車裡備有衣服，蕭暻玹直接換了一身衣服。

他見秦汐看著自己，便問道：「妳要不要換？」

馬車裡也有她的衣服，出門多備一套衣裳在馬車裡是很正常的事。

秦汐聞言直接拒絕。「不。」

在馬車裡怎麼換？當著他的面換嗎？她才不！

蕭暻玹道：「我可以去外面趕車。」

他在外面趕車，而她在馬車裡窸窸窣窣的換衣服，想想就尷尬。

「不了，我到家再換。」秦汐果斷拒絕。

蕭暻玹便沒有堅持了。

秦府很快便到了。秦家沒事，商隊沒事，秦庭韞此刻正在招呼商隊的人慶祝。

得知秦汐和蕭暻玹來了，眾人紛紛出來迎接，一番見禮後，蕭暻玹便被秦庭韞拉著一起陪著商隊的人喝酒了。這一支商隊正是當年押送糧食和傷藥給軍隊的商隊，蕭暻玹認得李富貴，因此便陪著喝了。

而秦汐則去錦華堂陪傅氏了，正好傅熙華和舅娘她們也來了。

秦汐來到錦華堂，先是給傅氏把了一下脈，把完了，她笑道：「胎象很好，娘親放心。最近胃口好嗎？」

「很好，我都怕自己吃太多了，娘這個月又胖了一圈了，妳沒發覺嗎？」傅氏不好意思地道。

這會兒傅氏腹中的胎兒已經五個多月，快六個月了，這一胎沒有孕吐，沒有任何不適，就是胃口太好了。

她每天總覺得自己吃不飽，吃完一個時辰不到，又餓了。

每晚都會餓醒，她懷疑肚子裡這個就是個吃貨。

可是她記得秦汐的叮囑，不能吃太多，免得孩子太大了，到時候難產。

秦汐道：「孕期中每個月都增加體重是正常的，而且娘看上去也不胖，現在看上去也是美美的。」

傅熙華點頭附和。「小姑就是我見過有喜的婦人裡最美的。」

汪氏也一臉羨慕地道：「小姑，妳別說了，妳這也叫胖？我都無地自容了，我這沒懷孕的都比妳胖。」

自從每天吃上汐兒那海鮮和蔬菜、水果，汪氏的體重簡直一發不可收拾，總之她這陣子每天起床都感覺自己胖了一公斤。她以前可是一個窈窕淑女，十里八鄉出了名的，身材好！而且不僅是她胖了，自己相公也胖了，一言難盡，又管不住自己的嘴和胃。兩夫妻便一邊安慰對方自己不嫌棄對方，一邊繼續該吃的吃，該喝的喝。

傅熙華也胖了，聞言也苦惱地道：「對啊！我最近都胖了五公斤！小姑，您是怎麼做到吃那麼多還不胖的？」

其實傅熙華因為以前日子過得不舒心，瘦得厲害，現在胖了，反而更加好看了，大家都不覺得她胖。可是傅熙華怕，照這速度胖下去，她怕成肥豬了。

傅氏皺眉。「熙華妳不胖啊！再說胖得有福氣，嫂子這樣就是個有福氣的。」

傅熙華嘟嘴。「那小姑您都有喜了為什麼還怕胖？」

傅氏一下子說不出理由。

汪氏竊笑。「妳這丫頭說什麼呢！妳小姑不是怕胖，她吃得太多，孩子太大，到時候不容易生。」

秦汐點頭。「不過也不能餓著，娘親現在還是瘦了點。」

至於汪氏，秦汐也覺得自家舅舅和舅娘最近這橫向發展得有點厲害，肥胖會引起許多身體問題的。

她便道：「舅娘和表姊要是覺得自己胖了，我可以教妳們一套瘦身操，每天有空多練一練就能瘦了，就算瘦不下來，也不會一直胖下去，太胖對身體的確不好。」

汪氏聞言眼睛一亮。「什麼瘦身操？」

「我現在教妳們。」秦汐說動便動。

畢竟，她出來一趟也不是很容易，需要蕭暻玹幫她打掩護。於是，蕭暻玹「喝醉」被人扶著送回後院找秦汐的時候，便看見秦汐、傅熙華和汪氏三人在那裡「練功」。

蕭暻玹想到秦汐的龜息蝦蟆功，覺得這丫頭的功夫都古古怪怪的。

「郡王妃，夫人，郡王爺喝醉了，老爺讓我們送他回郡王妃的院子休息。」馮毅扶著蕭暻玹道。

秦汐聞言停了下來，看了滿臉通紅的蕭暻玹一眼，便道：「舅娘和表姊基本都學會了，妳們多練一練，我一會兒再來繼續教妳們。」

秦汐說完，便和馮毅一起扶蕭暻玹回汐顏院。

秦汐雖然出嫁了，汐顏院傅氏和秦庭韞還是留著給秦汐，每天都有人打掃得一塵不染，一如秦汐未出嫁前那般，秦汐什麼時候回來想歇一下都沒有問題。

秦汐一扶上蕭暻玹的手臂，他半個身體便靠到秦汐身上，但不敢將所有重量都壓在秦汐身上，怕她撐不住。

秦汐懷疑他根本沒醉，可是他身上的酒氣又很大，她只能咬牙將他帶回自己院子。

傅熙華和汪氏簡直如蒙大赦，累死她們了！

兩人等秦汐走遠後才道：「我的娘啊，累死了！」

傅氏無比慶幸自己有喜了，要她跟著練這瘦身操，她情願少吃幾口肉。

傅熙華累得氣喘吁吁。「娘，您一會兒跟表姊繼續學吧！我覺得人還是胖一點有福氣，我先走了。小姑我走了，讓表妹不要想我。」

說完傅熙華便匆匆跑了。

汪氏臉色發白，也趕緊站了起來。「小姑子，我去看看孩子他爹有沒有喝多，妳告訴汐兒好好照顧郡王，我回家繼續練。」

說完她趕緊向自己的丫鬟招手，讓她扶著自己，也飛快地跑了，就怕秦汐一會兒回來讓她們繼續運動。不過兩人白擔心了，某人的套路如此深，秦汐哪裡還有時間教她們做運動？

第六十二章

馮毅幫忙將蕭暻玹扶到汐顏院就離開了。

秦汐將他安置在床上後，想去給他泡杯茶，誰知道一轉身手就被人抓住，身體一個天旋地轉，人倒在一具結實的身體上，隨後整個人便被摟在一個灼熱的懷抱裡。

「別走，陪我睡一會兒，頭暈。」蕭暻玹將她整個人摟進懷裡，緊緊地抱著她，還蹭了蹭她的脖子，像貓咪撒嬌。

蕭暻玹沒醉，他從不會喝醉，但是他的確喝了很多酒，有點暈，想睡覺是真的。

秦汐一動也不敢動，咬牙。「鬆手，別裝醉！」

蕭暻玹摟著秦汐沒有說話。他緊閉著眼睛，摟緊秦汐，一動也不動，呼吸灼熱又綿長，帶著酒氣的氣息噴在秦汐的臉上。酒香很醇，他的氣息清冽，混合在一起卻不難聞。

沒有得到回應，秦汐看了他一眼。見他雙目緊閉，臉色赤紅，氣息灼熱，就是一副醉酒的模樣。

是真醉？

蕭暻玹身上的酒氣實在太重，秦汐知道自己爹和商隊的管事個個酒量都是非常厲害的，她也不知道蕭暻玹的酒量，不確定他是真醉還是假醉。

不過，這人的睫毛真長啊！竟然比自己的還長，還有他的眉型真好看，斜飛入鬢，很有氣勢。

這麼近看讓她很確定，天生的，沒有修過眉毛，也沒有畫眉。

鼻子也好看，皮膚也好，黑頭粉刺什麼的都沒有……

秦汐一路往下欣賞著他那張俊美的臉。

不得不說，這人長得真好看，竟然找不出半個缺點，連喉結都那麼性感。

秦汐想到在馬車裡給他上藥時看見他的身體……

他的身材，只可以說，哪怕她在現代見過許多明星和模特兒的海報、健身教練，還有基地裡的同事，他的身材也是她見過男子裡最好看的。即使身體長滿了紅疹，還有許多傷疤，依然性感好看。

這人的容貌，生得都是她喜歡的樣子。

哪怕是在現代的時候，她衡量一個男的長得俊不俊美，其實也是以他做標準的。所以現代那麼多俊男，沒有一個入得了她的眼。

秦汐想到上上輩子，第一次在晉王府看見他時的驚豔和怦然心動。

沒錯，那時候應該是心動的吧……

秦汐不得不承認，現在也心動，畢竟他是她三輩子為人，唯一驚豔過的人。

不過上上輩子她是蕭暻桓的妾，自卑得不行，如何敢肖想高貴不凡的他？

哪怕今生重生歸來，她也沒想過和他有瓜葛，也沒想過會和他結成夫妻。因為她知道，上上輩子他是真的從不近女色，只是不知道他不近女色竟是因為過敏。

對了，過敏，他身體上的紅疹呢？他這麼摟著自己不過敏了？

如果是心理問題的話，喝醉了，無意識的情況下，應該不會過敏吧？

秦汐看著他的喉結，有點好奇他身體有沒有長紅疹，便動手去解他的衣服。

秦汐將他的衣服解開，看見他身上依然還有紅疹，伸手摸了摸他胸膛上的紅疹，只是這疹子不是很紅。她又想到剛才在馬車上他就起紅疹了。

這麼說來，現在他抱著自己沒有再起紅疹了？是心理問題吧！所以無意識下，這過敏反應就不會發生？

秦汐思考著，手指無意識地戳了戳他身上的紅疹，戳著戳著手指不知道怎麼就沿著他腹肌的線條描繪著。

畫著畫著，一隻大掌握住了她的小手。「郡王妃，調戲為夫得負責。」

秦汐一驚，隨後她整個人便被壓在床上。

秦汐抬眸看向他。「你……嗯！」

蕭暻玹低下了頭，封住了她的唇，這一次不再是淺嚐輒止。

強勢掠奪，攻城掠地。

良久，蕭暻玹才放開了秦汐。

他雙手撐在她的身側，居高臨下地看著她。「我去沐浴。」

聲音嘶啞，兩人都氣息凌亂，兩顆心都怦怦直跳。

秦汐嘴巴都紅腫了，紅通通的，水盈盈的，就像蜜桃。

蕭暻玹忍不住低頭又啄了一下，完了，才斬斷不捨，一骨碌地下床了。

秦汐看了他身上的紅疹一眼。「不行了？」

蕭暻玹腳步一頓，直接轉身，冷笑。「妳試試！」

說完再次將某人壓在身下，再次封住了她的唇。

不是，她不是那個意思啊！她是問他是不是因為過敏忍得不行了。

秦汐想解釋，卻被捲入吻中難以自拔。

蕭暻玹哪裡管她是哪個意思，他中途停下來，是想去沐浴解決，因為他不能讓她覺得自己是酒後亂性才會圓房，但是這個臭丫頭竟然懷疑他不行？

是可忍，辱不可忍！再說，他本就不想忍，早就不想忍了，只是擔心她怕。

今天就算癢死，也是牡丹花下死，做鬼也風流！

只是……天公不作美，這時響起了敲門聲。「郡王妃，夫人讓奴婢給郡王送解酒湯。」

秦汐一驚，迅速推開蕭暻玹，下了床，整理了一下衣服，然後才去開門。

秦汐接過托盤，問迎春。「我爹那邊有沒有？」

「郡王妃放心，老爺那邊也送過去了。夫人讓奴婢提醒郡王妃，天色不早了，早點回府。」

傅氏擔心秦汐經常過來，又太遲回府，會惹晉王妃不喜。

秦汐點了點頭。「我知道了，妳回去告訴夫人，等郡王喝完醒酒湯，我們就回府。」

迎春應了一聲便離開了。

秦汐捧著醒酒湯進去的時候，蕭暻玹已經穿戴好了。

秦汐將醒酒湯放在圓桌上，沒好氣地白了他一眼。「郡王爺的酒醒了吧？醒酒湯還需要喝嗎？」

蕭暻玹上前拿起那碗醒酒湯，一飲而盡。

「我們回府吧！」

回府後，今晚他就搬回正房。

雖這樣想，無奈剛回到晉王府，蕭暻玹就被晉王叫去軍營了。

秦家通敵叛國一事算是徹底解決了，這一次朝廷算是經歷了一場腥風血雨。

禁衛軍少了不少人，打算從軍營裡挑一批填補上。

挑人一事，皇上交給晉王去辦，晉王自然叫上蕭暻玹去處理，畢竟他在這方面很擅長。

皇上想著馬上就要建一支海兵，兵力自然要分一批出來，便開始招兵買馬。

蕭暻玹一直在軍營裡忙得腳不沾地，再回府，已經是一個月之後。

六月天，是一年最熱的一個月。

哪怕只是六月初，秦汐已經覺得熱得受不了了，胃口都差了。若非必要，她現在絕不會出門。不過蕭暻玹不在府中，她想出門也不是那麼自由，這個月只出去兩趟而已。

蕭暻玹回到瞻遠堂便直奔正院，可惜還沒靠近，便被石榴攔下了。「郡王爺不能進去。」

暻郡王和姑娘約法三章的內容她許多都不記得了，唯一記得的是暻郡王不能進姑娘的屋子，所以石榴如大山般擋住蕭暻玹的去路。

蕭暻玹深吸一口氣。「郡王妃沒說本王要搬回正房？」

「沒有。」石榴鐵面無私。

今晚他一定要搬回去，並且將之前的約定作廢。

蕭暻玹看了一眼緊閉的房門。「郡王妃呢？」

「在後面的屋子裡。」

「妳進去稟告郡王妃，本王有事和她商議。」蕭暻玹一邊說、一邊往後面走去。

「是。」姑娘沒說暻郡王有事不能找她，因此石榴馬上去通報。

秦汐將後罩房騰出一間改造成實驗室，此刻她正在屋裡教白梅做一款潤唇膏和口紅，到時候再由白梅去作坊教作坊的婦人做。

潤唇膏主要是冬天用，而口紅一年四季都少不了。

前段時間秦汐一直研究的都是適合夏天用的洗面乳、化妝水、面膜，這些作坊都已經生產出大批存貨。現在她主要研發的是秋冬用的護膚品，部分成品已經安排在作坊開始大量生產，備貨。

美容院已經開業七天，只是生意不太好，但是去過美容院的客人都會再次上門，所以秦汐和傅熙華半點也不急。

秦汐不急是因為夏天護膚的需求本就比秋冬少，而且現在口碑還沒傳出去。

傅熙華不急，是因為她試過秦汐研發出來的護膚品，真的、真的太好用了！

傅熙華相信是金子總會發光，而且她家裡本來就是經商的，她知道做生意都有一個過程，不可能一開張就火爆。客人都是靠好的貨物，好的口碑，慢慢積累的。

因此兩人現在半點也不著急，而是趁著春夏原材料最多的時候，讓作坊多生產一些護膚品和美容品，備足貨源。待到秋冬，美容院有了幾個月的客戶積累和口碑，絕對會生意興隆。

石榴進來時，秦汐正好忙完，剩下的讓玉桃和白梅放在模具裡定型便行了。

石榴行禮後道：「郡王妃，郡王在外面，說有事和您商議。」

「請他進來吧！」外面太熱了，屋裡擺了冰盆，秦汐一點也不想走出去。

「是！」石榴出去接人了。

秦汐捧起一托盤已經做好的各種顏色的口紅，走出外間，打算每個顏色再試一遍，看看哪個色號得備多一點貨。

秦汐一走出實驗室，蕭暻玹正好進來抬眸看過去，差點噴鼻血。

因為天氣太熱，秦汐在現代待慣了，早就習慣了夏天穿短袖、小可愛、洋裝的日子。現在回到了古代，又是第一個夏天，秦汐實在受不了裡一層、外一層，一層又一層的古裝。

因此秦汐將古裝改造了一下，裡面是連身裙，外面是罩衫，只要在屋裡，秦汐便將罩衫脫了，裡面只穿了一條連身裙，需要出屋，她才將罩衫穿上，就當穿一件防曬衫。

現在，她就只穿了一條連衣長裙，露出精緻的鎖骨和肩部。

蕭暻玹迅速背過身，並且將門關上，紅著臉，冷聲道：「將衣服穿好！」

這丫頭晚上不穿衣服練功就算了，白天也衣衫不整，成何體統？萬一被長平他們看見了怎麼辦？

秦汐雖然不覺得有什麼，但是還是將托盤放下，拿起放在一旁的外罩衣穿上，好了才道：「郡王有何事找我商議？」

蕭暻玹回過頭，看見她將衣服穿好了，才鬆了一口氣，只是腦海裡還是忍不住浮現出她那白皙精緻的肩膀和好看的鎖骨。他搖了搖頭，將腦海裡的畫面揮去。

他坐了下來，給自己倒了一杯茶，一口氣喝完，才微微壓下身體那股躁動。

他板著臉道：「以後不許穿成這個樣子！」

秦汐不甚在意地道：「太熱了，我只是在屋裡這樣穿。」

「屋裡也不行！」

秦汐挑眉。「郡王是否忘記了我們曾經約法三章，彼此都不干涉對方的行為？」

蕭嗕玹一噎，他無奈地道：「被男子看見了，對妳的名聲不好。」

下人們進進出出，門開開關關，她在屋裡走動，外面的人總有機會能看見的。

「我這裡又沒有男子。郡王是來說教的嗎？若是沒事的話，你可以出去了！」秦汐理解他的擔心，可是理解不代表她要委屈自己。

這一世，她要怎麼舒服怎麼來，沒打算在乎別人的眼光。更何況她只是在屋子裡這麼穿而已，出了屋可是包得嚴嚴實實的，沒有礙著任何人。她還打算在屋裡只穿一件只遮住屁股的睡裙才夠涼快，現在這麼穿，也熱得要命！

蕭嗕玹不知該如何勸，有些洩氣。

算了，還是他讓長平等人不許靠近院子半步吧！還有那些暗衛都得離遠一點。

「晟文是否想進軍營？我想讓他加入新編的海軍，這支隊伍暫時由我訓練，只是我治軍比較嚴格，妳問問他願不願意。」蕭嗕玹只要看向秦汐便想到她剛剛的模樣，那畫面簡直在腦海揮之不去，他忍不住又給自己倒了一杯茶。

今晚他一定要搬回正房！

「他定然樂意。」能夠加入蕭嗕玹親自訓練的軍隊，這是多難得的機會。

秦汐聽長平說過，蕭嗕玹訓練出來的那一支長鷹軍，每一名士兵出去都擁有以一敵百的實力，長鷹軍甚至比晉王麾下的麒麟軍還要厲害，可是長鷹軍人數已達上限，不再招人。

「若是他樂意，讓他後天一早帶上行李，在城門外等我。」

「好，我讓石榴去通知他。」

蕭暻玹點了點頭，接著道：「明日就是楚王世子大婚，明日一早妳和我一起去楚王府。」

蕭暻玹這次回府主要是回來參加楚王世子的婚禮，不然他也沒有時間回來。禁衛軍的選拔才剛剛結束，但是軍營招兵的事情還沒有完成，訓練新兵的計劃也開始提上日程，他還有許多事情要忙。

「好。」

「賀禮妳不用備了，我已經讓人備好了。」

「好的，還有其他事嗎？」沒有的話她要試口紅。

「還有，我今晚搬回正房。」

秦汐挑眉看了他一眼，沒有回答。

蕭暻玹說今晚搬回正房，他覺得他說了，秦汐不會拒絕的，所以在書房裡抓緊時間處理完軍務，早早他便回了正房，可惜這次他又被石榴攔下了。

蕭暻玹從沒想過他都提前和秦汐說了今晚要搬回來，她居然會不讓自己進去。

若是遇到一個正兒八經的古代女子，古代女子都以丈夫為天，斷然不敢將自己的丈夫拒之門外的。尤其當自己的相公是皇孫，又是郡王。

可惜，秦汐不是正兒八經的古代女子，她是在現代「留學」歸來的。

石榴如石像一樣攔在門外。「郡王，郡王妃已經歇下了，郡王妃說任何人都不許進去打擾她睡覺。」

秦汐已經進了海島了，她在海島裡也聽見了外面的對話，她知道石榴絕不會讓蕭暻玹進屋，所以半點也不擔心。

蕭暻玹心裡有點生氣。「本郡王已經和郡王妃說過，本郡王今晚搬回正房，郡王妃知道的！」

第一次有人敢將他攔在門外。

身為龍子鳳孫，在軍營裡又說一不二，高高在上的暻郡王生氣了。

石榴道：「郡王妃說希望郡王記得新婚夜的約定。」

石榴說完就抱著手臂坐在門檻上，開始閉目養神了。

蕭暻玹要是想進去，就必須跨過她的身體才能進去。他很想直接走進去，可是他想到某人記仇的性子，頓時心裡的怒火就消了。

他和一個小丫頭計較什麼？本就是自己不對在先……算了，超級無敵記仇的主子，油鹽不進的丫鬟，他今晚是別想進正房了。

蕭暻玹轉身回書房了。

總有一天他會搬回正房的，可這前提是哄好那個記仇的小丫頭。

也不知道約法三章這一篇如何才能揭過。

第六十三章

蕭暻玹想要趁秦汐不在，偷偷進屋將那約定的文書毀了，可是想到秦汐的小氣和記仇，他就打消了這個念頭。

算了，還是多來幾次，讓那丫頭消氣吧！

大婚之夜和她約法三章，確實是自己不對。可是，參加完楚王世子的婚禮後，自己又要回軍營了，一回軍營，回府的時間就少了，如何哄她？帶她去遊畫舫？

上次和她遊畫舫，她還挺高興的。可是自己需要練兵，住在軍營也不能常常帶她出去。沒有自己帶她出門，她也不好總是去晉王妃那裡說要出門。

想到這裡，蕭暻玹皺起了眉頭。

「長平。」

長平立刻走進了書房。「主子有何吩咐？」

「郡王府修繕好了沒？」

「回主子，前幾天已經修繕好了，也打掃乾淨了，選一個良辰吉日就可以搬過去。」良辰吉日什麼的，蕭暻玹並不在乎。擇日不如撞日。

「那就明日搬過去吧！」既然這段時間他不能帶她出府，那便讓她當家作主，她想自己出去便出去，她想如何便如何。

長平驚道：「啥？」

「明日搬過去。明日不是好日子嗎？」

明日確實是良辰吉日，可是，明日是楚王世子的大喜日子啊！在堂兄弟的大喜日子，主子搬家合適嗎？

長平委婉提醒。「主子明日不參加楚王世子的婚禮嗎？」

蕭暻玹道：「參加他的婚禮和本王要搬家有何衝突？」

參加完後，他帶著她直接回郡王府便是，這不就搬過去了嗎？至於搬東西和布置王府的事，這些都是下人做的，他和她只需要人過去便行。

長平勸道：「主子，搬家乃喬遷之喜，怎麼樣也得宴客，慶祝熱鬧一下啊！」

蕭暻玹擺手。「不必！」

他最討厭就是弄這些虛的。他搬家，他高興就好，請別人來高興，又要招呼眾人，是別人高興，不是自己高興，又不是新婚夜，有何好慶祝的？等等，新婚夜？

蕭暻玹想到這裡不由得勾唇。

既然那丫頭記恨自己新婚夜搬了出去，那他再弄一個新婚夜，將以往的一切抹掉，重新開始好了。這樣一來他不就順理成章地搬回正房了嗎？而且還能給小丫頭補上一個新婚夜。

「明日搬過去，暫不慶祝。你去欽天監找個好日子，找到了好日子再溫居。」

蕭暻玹知道明天搬過去，他估計照樣吃閉門羹，所以還是挑個好日子吧！

長平聞言鬆了一口氣。「好的，主子這麼想就對了，搬到新府邸，大宴賓客，藉此機會也能讓郡王妃結交一些夫人和姑娘，不用整日悶在府中。」

蕭暻玹瞬間覺得長平說得十分有道理。

這麼說來確實應該大宴賓客，等搬到新府邸後，小丫頭可以請表姊，可以請閨中密友，也可以請一些夫人和小姐到府中玩，這樣就不怕她悶了。

「你讓欽天監挑個好日子，到時候四品以上的官員都請。」

長平高興地應下。「是！屬下明日就去找欽天監算日子。新府邸雖然已經打掃乾淨，只是許多擺件都沒有擺上，屬下明日一早就帶人去將東西都擺上。主子和郡王妃參加完楚王世子的婚禮後，便可直接回新府邸住了。」

他真怕主子連賓客都不宴請，這樣下去會沒有朋友的。他知道最近世子和其他幾位爺都經常出去和一些官員的公子遊玩。

現在太子已經被廢，晉王文能治國，武能安邦，未來很有可能繼承大寶。如此一來，主子非常有可能成為太子，但主子總是端著，獨來獨往，以後誰來支持他啊？

蕭暻玹沒有想那麼多，要是他知道長平有這樣的想法，又該罰他去洗馬廄了。現在他聽見長平說要去府邸布置一番，他只想到小丫頭的汐顏院的布置，頓時不放心起來。

「本王去看看。」

說完他便走出去，長平直接傻眼。

現在？現在天都黑了啊！早知道就不說了，看來，今晚是不必睡了……

長平無奈地跑去叫上長安等人，一起去布置新府邸。

這一夜，蕭暻玹一夜沒睡，親自帶人去布置他和秦汐的新府邸，重點是布置新房。

雖然吃閉門羹的可能非常大，但是不試，誰知道有沒有可能不用吃閉門羹呢？

天矇矇亮的時候，蕭暻玹滿意地看著窗前一對大紅燭和鋪了龍鳳錦被的大床，和大婚那天一模一樣。

長平看著那對大紅燭，嘴角抽了抽，他總算明白主子為何半夜要來布置屋子了。

他主子布置的不是屋子，是洞房花燭夜！

蕭暻玹布置好婚房，便高高興興地回到晉王府。他回到晉王府的時辰尚早，秦汐正好梳妝完畢，走出屋門，打算去晉王妃那邊，和大家一起前往楚王府。

蕭暻玹看見秦汐出來，對她道：「妳等我一下，我梳洗一下換身衣服。妳讓妳的丫鬟收拾一下，今晚從楚王府離開後，我們直接搬去郡王府。」

蕭暻玹這話無疑就像一顆炸彈落在秦汐的心湖，「轟隆」一聲悶響炸出滔天的浪花。

今晚就搬？怎麼如此突然！

不過突然歸突然，秦汐卻很高興。

現在住在晉王府，她行動不自由，出府都得向晉王妃請示。每次向晉王妃請示，晉王妃雖然不會拒絕，可是卻會問得清清楚楚，問她去什麼地方，做什麼，什麼時候回府之類的。作為一個成年人，出個門被當成小孩子盤問，就很不舒坦，有時候出門回來，遇到其他妯娌還會聽見幾句酸言酸語。試過一、兩次，秦汐非必要就很少出府了。

如果搬到暻郡王府，她就完全可以當家作主，她想出門就出門。蕭暻玹不會管她，甚至他都不經常在府中，他待得最多的是軍營。

秦汐突然覺得和蕭暻玹成親的好處真的非常多。

至少，她非常自由，哪怕一輩子不嫁，在秦家她都沒有這麼自由。投桃報李，她也該想法子報答一二才行。蕭暻玹不是想打造海軍的嗎？一支好的海軍，除了好的軍艦，還要有好的武器。

秦汐思索著要做些什麼武器，一邊叮囑幾個丫鬟收拾東西，到時候搬家。

當然這事比較突然，秦汐料想蕭暻玹還沒有和晉王、晉王妃說，雖然這件事秦汐知道蕭暻玹在一個月前就和晉王提過了，不過今天就搬，確實突然，因此收拾行李也不必大張旗鼓，先收拾一些她慣常用的物件，再慢慢地將東西搬過去便行。

蕭暻玹很快就梳洗好，換上一身乾淨的衣服和秦汐一起去鎮遠堂會合。

楚王世子大婚，晉王府所有主子都必須出席，畢竟楚王是晉王的皇弟，這要是放在普通人家，自己姪子成親，作為兄長的不僅要出席，還要過去幫忙的。

但是他們是皇家，楚王世子大婚有禮部的官員和無數下人操持，幫忙就不必了，出席是必須的。

一次一大家子人都聚集在鎮遠堂，就等著秦汐和蕭暻玹到來，一起出發。

兩人一出現在鎮遠堂，何瑩瑩就忍不住酸言酸語起來。「四弟和四弟妹來了啊！我們都在這裡等了半天了。」

林如玉看了一眼秦汐，發現她今天的衣著打扮特別漂亮，尤其是妝容。

那口脂的顏色也太好看了吧！還有，她的指甲，她的指甲上面是畫了花嗎？這是怎麼畫上去的，也太好看了吧！所以這是因為秦汐顧著梳妝打扮，他們才會來得這麼遲嗎？

她忍不住笑著讚美道：「表姊今天實在太漂亮了！」

言下之意就是提醒眾人，二人這麼遲的原因都是因為秦汐顧著打扮。

林如玉這話一落，大家的視線都落在秦汐身上，然後便發現秦汐和平日的不同了。

秦汐生得好看，皮膚好，五官又精緻，可以說她的容貌完美得無可挑剔，連眉毛都無須畫的那種，所以平日秦汐都是不化妝的，可是今天秦汐化妝了。

原來美是沒有上限的，完美的人，還可以更完美。

晉王妃皺眉，她不喜不守規矩的兒媳婦，秦汐就挺不守規矩。但是晉王妃沒有說什麼，畢竟秦汐不是自己正兒八經的兒媳婦。

蕭暻玹淡淡地掃了二人一眼。「巳時到了嗎？二嫂，我們是來遲了？」

晉王昨日說過巳時出發，現在離巳時還有一刻鐘。楚王世子的婚禮不是在宮裡舉行，因此他們巳時出發便行了，無須天未亮就進宮。

蕭暻玹可是算好了時間，這一刻鐘還能將他要搬府一事說出來，一刻鐘也不浪費。

二爺瞪了一眼何瑩瑩，忙道：「沒有，四弟來得正好，我們也是剛來不久。」

只要不遲到，晉王根本不會在乎兒子和兒媳們是早一刻鐘到，還是遲一刻鐘到，而且老四向來都是踩點出現的，今天提前一刻鐘一定是有事要說。

晉王知道蕭暻玹今天一早才回府，昨晚也不知道去忙什麼了，他非常善解人意的給自己兒子一個說話的機會，便問道：「老四，昨晚你去哪裡了？」

蕭暻玹乘機道：「去了皇祖父賞賜給兒臣的府邸。父王，兒臣打算今天搬過去。」

這話一出，一屋人都愣住了。

晉王妃心中不悅，臉上不顯，只是關心道：「為何如此著急和突然？這搬家的日子都沒挑一個啊！」蕭暻玹一從軍營回來就要搬府，不知道的還以為她虐待了他的郡王妃。

蕭暻玹搖頭。「不算突然，此事兒臣早就和父王說過了，而且今天不是黃道吉日嗎？擇日不如撞日，府邸已經修繕好，不搬就舊了，溫居時再挑個好日子宴客。」

晉王妃嘴角一抽。不搬就舊？這是什麼理由？

林如玉聞言妒忌極了。憑什麼秦汐可以搬出去，當家作主，她自己卻要留在晉王府每天晨昏定省，看人臉色？她立刻道：「表姊，郡王在軍營，搬出去，妳不怕悶嗎？不如留在府中，我們幾個妯娌一起還能說說話，解解悶。」

何瑩瑩也酸了，忍不住道：「三弟妹妳這話說的，四弟妹平日在府中也不出院子，也不知道她是不是對我們有意見呢！」

晉王妃心中非常不悅，但庶子的事，尤其是蕭暻玹的事，她向來沒有話語權，便看向晉王。

晉王雖然也覺得突然，但是老四早就說過，也說過搬家的理由，他便道：「也行，改天再宴請一下便是。」

晉王妃心情複雜。算了，搬就搬吧！正好她也不知道如何對待秦汐和蕭暻玹。

晉王妃知道自己阻撓不了蕭暻玹和晉王的決定，便拿出了當家主母該有的風範。「既然老四兩夫妻有自己的打算，那母妃也不阻攔，不過老四經常不在京城，老四媳婦若是覺得自己一個人悶，就回來住，瞻遠堂永遠為你們兩口子留著。」

秦汐和蕭暻玹忙道：「謝母妃！」

林如玉和何瑩瑩聽了這話又酸了。

瞻遠堂可是晉王府最大的院子，連世子那個院子都沒有瞻遠堂大，蕭暻玹他們都搬出去了，有自己獨立的府邸了，憑什麼還將瞻遠堂留給他們？尤其林如玉的院子是幾個妯娌最小的，不知道多想換一個大院子。

晉王對這個安排沒有異議，他笑道：「王妃說得對，汐丫頭妳要是在新府邸住得不習慣，就搬回來，妳若是喜歡，今天住瞻遠堂，明日住郡王府也行。」

秦汐笑著福了福。「謝父王！兒媳一定經常回來。」

晉王是蕭暻玹的父王，晉王府每個月都有家宴，還會舉辦其他的宴席，所以秦汐還是得回府的，因此瞻遠堂定然是留著，不然他們回府的時候在哪裡歇腳？

晉王妃見蕭暻玹和秦汐竟然沒有主動讓出瞻遠堂，心裡又有點不快了。她剛才說是這麼說，但是她之所以這麼說，是想兩口子主動提出讓出瞻遠堂的。

瞻遠堂是晉王府最大的院子，還有獨立的練武場。大孫子一天一天長大，可以擁有自己的小院子了，她本來是想將瞻遠堂給大郎的，老四兩口子太不識趣了。

晉王妃突然就有點後悔，早知道她就該給老四媳婦立下規矩，讓她在自己面前不敢如此隨意，知道長幼有序，尊卑有別。

晉王妃之前不敢管秦汐，是擔心如此做會惹晉王和皇上不喜，畢竟晉王和皇上偏心蕭暻玹又很喜歡秦汐。另外，她不管也是有點放任秦汐胡鬧的意思。

秦汐三天兩頭跑出去總會惹來閒言碎語，被人說她沒有規矩，如此一來就丟了晉王府的面子，甚至給蕭暻玹扯後腿。

以前她對蕭暻玹的優秀是欣賞的，也希望庶子個個優秀，如此既能顯得她這個嫡母大度，二來，庶子優秀個個封王出去，自己兒子的世子之位就穩妥。

但是今時不同往日了，庶子的優秀，只會危及世子的地位，皇位只有優秀的人才能坐上去。自己的兒子在蕭暻玹面前，完全不夠看啊！

算了，搬出去也好，免得秦汐如此不守規矩，弄出不好的名聲，丟了晉王府的面子，到時候晉王怪她管教不嚴。

晉王妃很快就說服自己不糾結了。

至於瞻遠堂，等老四兩口子搬出去久了，她再提出來給自己的大孫子住，晉王是不會拒絕的。

晉王妃笑道：「時候不早了，王爺我們也該去楚王府了。」

晉王點頭，站了起來。「嗯，出發吧！」

於是蕭暻玹和秦汐今天搬出去一事定下，瞻遠堂依然留給他們回府時歇腳。

林如玉心中不甘也不敢反駁，畢竟蕭暻桓只是排行第三，她的上頭還有二房，何瑩瑩都沒有意見，她豈敢說什麼？

只是林如玉心裡到底不舒服，她心裡不舒服，就不想讓秦汐好過，但是她也不敢直接給秦汐添堵，便打算慫恿何瑩瑩去給秦汐添堵，因此在前往楚王府的路上，她特意和何瑩瑩一個馬車。

男子都騎馬，因此馬車裡只有她們兩個妯娌和何瑩瑩和二爺的嫡子二郎。

林如玉先是對秦汐兩口子突然要搬出府感到奇怪帶起了話題。

何瑩瑩抿唇。「這有什麼奇怪的？能當家作主，誰不想？」

二爺沒有本事而已。二爺要是能夠得到皇上御賜的府邸，她也搬。

林如玉笑道：「也是，不過我倒是喜歡住在王府裡，和大家一起，平日也熱鬧一些。」

林如玉說完，視線落在二郎身上。「二郎真乖！二郎你幾歲啦？」

「五歲。」

林如玉聞言笑道：「二郎五歲啦，是個小男子漢了，再過兩年都可以擁有自己的小院了。聽說二郎的武術學得不錯？二嫂，到時候二郎的院子，最好給他弄一間練武的屋子。」

林如玉這麼一說，何瑩瑩就想到瞻遠堂了。

何瑩瑩心裡何嘗不想將瞻遠堂占為己有？二爺生性風流，他們這房小妾最多，通房也最多，那小小的院子的屋子都不夠分了。可是父王偏心，蕭暻玹兩口子都搬出去了，還給他們留著，她有什麼辦法？她又不敢反駁晉王。

何瑩瑩心情鬱悶，沒有說話。

林如玉繼續道：「其實表姊都搬出去了，我表姊向來大方，不會在乎一個院子的，二嫂，妳或者去和她說說，讓她讓二郎能夠去瞻遠堂的練武場練武。反正他們都不住瞻遠堂了，練武場空著也是空著。」

何瑩瑩有點心動。沒錯，她確實可以如此，讓二郎去瞻遠堂的練武場練武，久而久之，就可以順理成章地將瞻遠堂占為己有了。

林如玉見何瑩瑩有點心動就不煽動了。瞻遠堂，她也想要，只是她知道她和相公現在孩子都沒有一個，又排行第三，根本輪不上，乾脆煽動二房去爭。

她覺得世子妃定然也想將瞻遠堂留給大郎的，如此就能讓大房、二房和四房都內鬥起來。他們鬥得厲害，自己相公卻什麼都不爭，在晉王面前就顯得懂事了。

林如玉覺得自己的計劃很完美，既給秦汐添堵，又讓他們幾房內鬥。

晉王最討厭的就是兄弟之間勾心鬥角了。

第六十四章

秦汐並不知道林如玉又開始使壞，楚王府很快便到了，她拿出一面西洋鏡看了一眼自己的妝容沒有什麼問題就下馬車了。

今日她特意化了妝，並且做了指甲，是要給美容院做宣傳的。因此蕭暻玹扶著她下馬車後，她還主動挽住了蕭暻玹的手臂，特意露出自己的指甲，和他一起走進去。

突然而來的親密，讓蕭暻玹有點受寵若驚。

果然，搬府是對的，今晚他是不是可以回房睡了？

秦汐挽著蕭暻玹的手臂進入楚王府，果然引來了全場矚目。

至於原因？無他！光天化日，大庭廣眾之下，哪個女子敢和男子拉拉扯扯的？就算那個男子是自己的夫君也是傷風敗俗，哪怕是夫妻，親密的行徑都只能在閨房裡做。

可是秦汐和蕭暻玹太坦蕩了，哪怕幾百雙眼睛盯著他們，兩人依然坦坦蕩蕩，彷彿這麼做很正常。在人多的時候，蕭暻玹甚至會伸手攬住秦汐的肩膀，一副保護的姿態，免得被人衝撞。

朱倩見了忍不住對身邊的何韻低聲道：「我總算明白她一個小小的商戶女，如何能夠成為郡王妃了。」全靠不要臉啊！

何韻不敢說什麼，只是笑了笑，算是回應。

前陣子京城腥風血雨，血流成河，郭紫瑩一家都被流放了。她爹千叮萬囑她千萬別得罪了暻郡王妃，以後人家能走到哪一步，都不知道呢！以前人家是商戶女，但是人家從嫁給暻郡王那一刻起，她的身分就變得無比尊貴，以後十有八九是她們望塵莫及的了。

何韻不傻，太子沒了，以晉王的實力，皇位是跑不掉的，而晉王的幾個兒子中，暻郡王是最出色的，直覺告訴何韻，晉王登基，那下一任帝王絕對是暻郡王。

那秦汐是誰？以後秦汐就是皇后，貴不可言的皇后。

何韻只要想到之前她和郭紫瑩、林如玉她們一起欺負過秦汐，她都瑟瑟發抖了。

晉王府的人也是傻眼了。

晉王妃想提醒一下，但是看了一眼若無其事，還笑咪咪、一副樂見其成的晉王，她果斷地閉嘴。她不管，反正老四兩口子今天都要搬出去了，以後丟的也不是晉王府的臉，沒有人會說她這個嫡母管教不嚴，她還盼著他們二人的名聲越來越臭呢！

晉王和晉王妃都不說啥，晉王府其他人更加不會說，一家人若無其事地走進了楚王府。

一進楚王府，一家人便分開了。

男人一進王府就被人喊住了。而晉王妃被楚王妃喊了過去幫忙，世子妃及妯娌們則被自己的娘家人喊過去了。

畢竟雖然大家同在京城，地方不大，卻都被關在深深的庭院裡，除了各家舉辦的宴席，大家很少有機會見面。

只有秦汐娘家人沒有出席。秦家是商戶，雖封了官，但楚王世子大婚仍沒有受邀的資格。

秦汐第一次參加這些宴席，蕭暻玹擔心秦汐受到冷落，更擔心有人給她聽難聽話，畢竟他就不只一次聽見楚王世子妃說秦汐的壞話。

他對秦汐道：「悶的話，妳去找定王妃說說話，宴席結束後，本郡王和妳一起回府。」

秦汐點頭，表示知道了。

蕭暻玹又環顧了一周，聲音不大不小，足夠讓在場的人聽得見。「吃好喝好，若是誰惹妳不高興，記下來，回府後告訴本郡王。」說完，他還親暱地伸手幫秦汐整理了一下頭上的髮簪，才轉身離去。

被赤裸裸警告了一番的眾人背脊一涼。

惹暻郡王妃不高興？太子都被廢了，未來不明，誰敢啊？大家現在就是心裡羨慕嫉妒秦汐，都不敢明目張膽的說什麼了。得罪一個未來極有可能當上皇后的人，是想全家被流放，還是想斷了未來子孫的前程？最多就只敢私下說一說，誰的腦子都沒有進水。暻郡王這護妻，護得也太沒道理了！

眾人被警告得有些委屈。

定王妃笑著對秦汐招手。「汐兒，來我這邊。」

秦汐笑著走了過去。

秦汐一坐下，定王妃便看清楚她的指甲，眼裡閃過驚豔，語氣更是驚豔。「妳這指甲怎麼弄的？這也太好看了！」

秦汐笑道：「是用指甲油畫上去的。」

定王妃本來就對打扮尤其有興趣，立刻問道：「指甲油？什麼是指甲油？」

許多人剛才就注意到秦汐的指甲了，因此大家都豎起了耳朵。

秦汐便開始解釋什麼是指甲油，然後乘機幫自己的美容院做了一番廣告，說的都是梳妝打扮，可以說是在場的夫人和小姐每天最重要的事之一。

秦汐從指甲油說起，到手部護理，到皮膚護理……成功地讓京城貴婦圈的人知道了美容院的存在，而秦汐就是美容院活生生的廣告。

秦汐不僅長得美，皮膚也極好。

今天天氣熱，在場的夫人和小姐都擔心自己的妝容花掉，甚至不知道偷偷去補了幾次妝了，但是秦汐坐在那裡半天，妝容都沒有花。大家聽了秦汐的話，都恨不得立刻離開，直接去一趟她口中的美容院了。

誰都知道皮膚好的人，哪怕長得不夠美，五官不夠精緻，可是看上去也不會太醜。

再加上現在半邊天都變了，有些人覺得美容院可能是一個契機，一個能夠和秦汐交好，繼而坐上暻郡王這條大船。因此在座的人不論是真心想變美或者其他，都打定主意抽空去一趟秦汐口中的美容院。

因此，美容院的生意就這麼打開了，從此一發不可收拾，天天約滿。後來去的人不再是因為能夠坐上暻郡王這條船，而是因為皮膚真的能變好，真的能讓人變美。

林如玉除了回門那次，已經好幾個月沒有見過秦霞了。

此刻和秦霞坐在一邊說完話，看見眾星拱月的秦汐，林如玉抿唇。「表姊現在是越來越風光了。娘，二舅和外祖一家依然沒有來往嗎？」

「沒有，現在妳二舅可是攀上高枝了，哪裡還會將我們放在眼裡？」秦霞心裡憋屈，伯府沒落，只剩下了虛殼，沒有了秦庭韞和秦汐的資助，她在伯府的日子是越發難過，今年一件新的首飾都沒有買過。

這次朝堂動盪得如此厲害，許多官職都有了空缺，她和大嫂想向秦庭韞借銀子走動一下，謀一個好的空缺。可是秦庭韞簡直就是吃了秤砣鐵了心，無論誰找上門，他都六親不認，總拿斷親來說事，一毛不拔，氣死個人！

林如玉想到蕭暻桓的話，又道：「娘，您一定要想辦法和二舅走動起來，我也會想辦法和表姊搞好關係的。」

沒有了二舅的銀子，真的很難辦事。

秦霞當然想要林如玉和秦汐搞好關係，她看著被眾星拱月的秦汐，聽見她們在討論什麼美容院，她想到秦庭韞經商的本事。

秦庭韞簡直是做什麼都能大賺，秦汐那個死丫頭也是賺錢小能手。誰都知道大海裡的魚撈上來就會死，養不活，別說整個天元國，放眼神州大地，就沒有一家酒樓是海鮮酒樓。

就算是酒樓有海鮮料理，那也不是活鮮，是乾貨。

可秦汐就有本事將海魚養活，證據就是酒樓大門裡那個巨大的琉璃魚缸裡暢游的一條條海魚，還有後院魚池裡供客人挑選的活海鮮，一條條鮮活得感覺比在大海還鮮活。

她當初還說秦汐是腦子進水，那海鮮酒樓一個月必然倒閉的，誰知道一個月不到，天天賓客填門。想去海鮮酒樓吃飯，得提前七、八天去預約。當天去？不好意思，是絕對沒有位置的。現在她又弄出一個美容院，看她這眾星捧月的架勢，美容院的生意能差嗎？

秦霞覺得，要是她們兩母女去找秦汐說參一份分子錢，秦汐一定不會同意的，她心思轉了轉，想到了一個辦法。

她對著林如玉低聲道：「妳約上世子妃、何氏一起和秦汐那死丫頭說要參一份分子錢到她那間美容院，妳們幾個妯娌合夥，有銀子一起賺。」

林如玉聞言看傻子一樣地看秦霞。「表姊不會同意的。」而且美容院都開起來了，她們現在要摻一腳，是不是太遲了？

「妳說要摻一腳，她肯定不同意，但妳帶著世子妃她們，那死丫頭怎麼好意思拒絕？妳可以想辦法叫上晉王妃。她這次要是拒絕的話，妳們就說下次開什麼鋪子，有什麼生意記得算上妳們。她以後一定會開更多鋪子，她拒絕了第一個要求，自然不好意思拒絕第二個，要是她都拒絕，那晉王妃、世子妃她們該對她有意見了。妳覺得晉王會不會也對她有意見？」

林如玉眼睛一亮。

她明白了。她叫上世子妃、何氏一起向秦汐提出合夥做生意，秦汐答應了，她就能夠賺到銀子，不必上趕著討好秦汐，而且還能讓世子妃和何氏欠自己一個人情，畢竟誰不希望銀子多一點？

若是秦汐不答應，那秦汐就是不提攜妯娌，不團結！一家人都不相互幫忙，如此一來晉王如何看她？還會喜歡她嗎？每次家宴晉王總是說兄弟之間要團結、和睦、互相幫助。

「我去和大嫂她們說。」林如玉看了秦汐一眼，目光熱切，然後就站起來去找世子妃。

秦霞下意識地也看了秦汐一眼。她敢不幫襯如玉，可她敢得罪全部妯娌嗎？

或許是秦霞和林如玉的目光太灼熱，秦汐的視線不經意地看了過去，正好和兩人的視線對上。

兩人心虛，立刻移開了視線。

秦汐挑眉。這對母女又想搞事嗎？

秦汐見此心生警惕，但也不擔心。

這兩母女要是敢搞事，她可以讓她們吃不了、兜著走！

護膚已經說完，她繼續和定王妃說護髮的問題。大家聽得入神，問得更是仔細。

參加別人的婚禮也就是那麼一回事，等候新郎將新娘迎娶進門，看別人拜天地，吃吃喝喝，和大家聊聊天，一天就過去了。

吃完宴席，蕭暻玹便讓長平找了楚王府的一位丫鬟給秦汐傳話，說他在假山旁的亭子等她一起回府。

秦汐早就吃完了，丫鬟來傳話，她迫不及待地和定王妃、晉王妃說了一聲便走了。

兩人離開楚王府，直奔新的府邸。

新的府邸就在附近，離楚王府不遠，離晉王府也不遠，很快就到了。

秦汐看著牌匾上龍飛鳳舞的「暻郡王府」四個金漆大字，彷彿看見的是「自由自在」四個字，忍不住嘴角微揚。

蕭暻玹見她面露笑容，知道她高興，他也忍不住嘴角微揚，道：「進去吧！」

夏日的夜幕向來降臨得比較遲，這個時候屋裡昏暗，但是外面的天色依然光亮。

蕭暻玹索性帶著自己的王妃參觀他特意為她布置的府邸。暻郡王府的布置，蕭暻玹是自己設計好，然後又問過秦汐的意見才布置的。

秦汐當時看過布置圖，只是那種布置圖和前世的設計圖差得太遠了，除了覺得整體的布局很好、很合理，其餘效果全靠想像。

因為他們只是契約夫妻的關係，也不知道什麼時候契約就結束，她只是暫住的，她的喜好真不重要，因此她表示沒有意見。

蕭暻玹從她那裡得不到什麼意見，他便從秦府和汐顏院的布置推測秦汐的喜好來布置暻郡王府。

盛夏的暻郡王府沒有晉王府大，少了不只一半，長廊迂迴，青藤葳蕤，小亭俏立，鳥語花香……雅致中藏著低調的繁華，古樸大氣中又處處透著詩意的溫馨。

蕭暻玹看她的眼神裡滿是欣賞，就知道她喜歡，他的心情也越發飛揚，忍不住問道：「喜歡嗎？」

「喜歡！」秦汐點頭。豈止是喜歡，簡直是很喜歡！

蕭暻玹眼裡都染上了笑意，有如星河匯聚。他指了指遠處一片鬱鬱蔥蔥的林子。「後山有一片桃林，我將我們大婚時那些桃樹都種在那裡了。」

秦汐聞言看了過去。

她當時就挺好奇那一路的桃花都去了哪裡，原來都種到了這裡，不錯！

蕭暻玹看了她一眼，意有所指。「我們大婚當日的桃花都已經結果了。」

所以，他們也是時候修成正果了。

秦汐有聽沒有懂，附和地點了點頭。「桃子應該快成熟了吧？可以摘來吃了。」

蕭暻玹心中一動。「沒錯，是可以摘來吃了。」

到這裡就逛完整個王府了，他又道：「累不累？回屋裡看看？正院是汐玹殿。」

秦汐的確累了，應酬了一天，能不累嗎？她道：「正院留給你，我住客院就行，就汐華堂吧！」

汐華堂在最偏僻的角落，夠幽靜，又是最小的院落，離正院最遠，正好。

蕭暻玹一下子心就涼了。

好吧！他知道了，想修成正果，他還須繼續努力。

最後，他堅持將秦汐送去了主院，自己繼續睡主院旁邊的書房。

幸好他聰明，在主院旁邊的廂房給自己弄了個書房。如此至少是近水樓臺，不然搬去其他院子，估計這輩子都別想修成正果。

屋裡，秦汐看著那對大紅喜燭和龍鳳錦被，嘴角微揚。

搬出去容易，想搬回來？哪有那麼容易。

白梅看著屋裡的擺設，又看了一眼秦汐，一副欲言又止。

秦汐見此便道：「白梅妳想說什麼就直說啊！」

「這新房是喜房的擺設，郡王這是想和郡王妃和好吧？」

「嗯。」

「那郡王妃為何拒絕？」郡王現在看姑娘的眼神，都是滿滿的愛意，她們都能看出來。

兩夫妻在外人面前也是恩愛異常，明顯姑娘也有點喜歡郡王，為何還不在一起？

白梅有點不明白。

「因為時候未到。」

至少，現在她還沒想好她和他的未來該如何，尤其是她覺得蕭暻玹未來若是不當皇帝，那真的是天元國的損失。但是他當皇帝，自己便是皇后，那就真的是困死在皇宮了。

再說，皇上啊！那是可以擁有三千佳麗的。就算他不願意有，大臣都需要他有。天元國的王法就規定皇上每隔三年可以選秀一次，而她在現代生活過，思想什麼的全變了。現在的她若不是怕自己爹娘會氣死，都敢穿著比基尼在京江裡游泳。

她真的接受不了三妻四妾，哪怕有點心動；或者正是因為有點心動，更加接受不了三妻四妾。所以，暫時就這樣吧……等治好他的病再說。

他是會選擇從一而終，還是會選擇萬花叢終，都得先想辦法治好他的病。等他病好了，可以選擇，他若是選擇萬花，她可以和他和離。

若是他能夠從一而終，那她定然傾心相付。

一心換一心，一人換一人，一生換一生，這才是她要的。

現在，他對自己很好，皇上對自己很好，晉王對自己也很好，她先回報他們的好吧！

她今天早上聽見晉王和蕭暻玹說明天要去看一些退伍的士兵，也就是去給一些退伍的傷殘兵送銀子。

凡是有戰事，必有傷亡，有些士兵甚至會斷手斷腳，導致傷殘，上不了戰場，甚至以後生活都成問題。朝廷的賠償都是一次性的，可是那些傷殘兵也是要養家餬口的，賠償的銀子哪裡夠生活一輩子？

因此晉王和蕭暻玹每年都會自己掏銀子去接濟他們，這也是晉王和蕭暻玹為何總是不夠銀子用。除了一大家子要養，還要養一群退伍的傷殘兵。

也正是因為晉王和蕭暻玹這樣做，士兵們才會對他們忠心不二，誓死追隨，才會在戰場上沒有後顧之憂，英勇無畏，一往無前。

授人以魚，不如授人以漁，秦汐覺得她可以給那些傷殘兵安排活計，如此也算解決他們二人和朝廷的一大難題。

第六十五章

第二天，秦汐估算著蕭暻玹練完武的時間，讓丫鬟在院子外面擺早膳。

蕭暻玹練完武回來，看見了微微詫異。

秦汐站在晨曦之下巧笑倩兮。「郡王一起用個早膳？」

蕭暻玹看著小姑娘比晨曦還要奪目的笑臉，心中一動。「好！我先去梳洗一下。」

他迅速走去淨房，以最快的速度沖了沖身體，換上一身乾淨的衣服，走了出來。

這時，早膳正好全部擺好。

「郡王請坐！」秦汐笑道。

蕭暻玹坐了下來，看著豐盛的早膳，開門見山地道：「妳是不是有什麼話要和我說？」

秦汐點頭。「一會兒你是不是要去探望退伍的士兵？」

蕭暻玹點頭。「沒錯，我和父王一起去，傍晚會回府，明日一早再回軍營，然後短期內應該沒有時間回府。」言下之意是，有什麼事，現在可以說，今晚也還有機會可以說。

「我和你一起去看看吧！」

蕭暻玹聞言看了她一眼。「妳知道我去要幹麼，是想出銀子？」

秦汐搖頭。「我打算開作坊，想請那些士兵做工。」

蕭暻玹道：「他們身有傷殘，斷手或者斷腳都有，許多活計都做不了。」

如果不是那樣，他和父王也無須接濟，饒是如此，那些士兵也不願意接受，他們有時候是偷偷給他們家人的。

「沒關係，哪怕只有一雙腳或者只有一隻手，我也可以給他們安排合適的活計。能給一名士兵安排活計是一名不是嗎？」

蕭暻玹眼睛一亮。「好！」

這很好，他們都是錚錚鐵骨之人，在戰場出生入死都不怕，能夠靠自己雙手生存，有尊嚴的活著，誰願意受別人接濟？

兩刻鐘過後，蕭暻玹和秦汐各自騎著一匹馬出現在晉王府，而晉王正好帶著其他幾個兒子走出來。

以往這事，晉王一般只帶著蕭暻玹去的，沒空的時候則交代下屬去辦，只是今年聽說一個得力的副將得了重病也不要人接濟，他少不得親自去說服。

至於帶上其他幾個兒子，還是晉王妃提議，讓他們去看看戰事的殘酷。

晉王覺得晉王妃說得對，其他幾個兒子，除了老五，都不是練武的材料，算是文官，但是文官也需要瞭解武官是如何用生命保家衛國的，別沒有戰事時就總想著剋扣士兵們的軍餉。

晉王覺得，那些文臣才應該每個月少領一些俸祿，每天吃一頓也沒有問題，反正他們幹的也不是體力活，將銀子捐給那些因為保家衛國斷手斷腳的士兵，免得他們連生存下去都困難。

一家人相互見過禮後，世子看了一眼秦汐，笑道：「四弟妹，是回府取東西？」

蕭暻玹道：「不是，她也跟著去看看。」

世子皺眉。「老四，我們是去辦正事，不是去春遊，你怎麼將四弟妹帶上？」

老四該不會是想用岳父家的銀子救濟那些傷兵，乘機拉攏更多的軍心吧？這怎麼能行！現在他已經手握一支長鷹軍，馬上又要訓練一支海軍，他還想籠絡父王麾下所有的士兵嗎？欺負他沒有一個首富岳父嗎？

二爺心中懊惱，他怎麼這麼笨，早知道也帶上小妾。女人嘛，定然吃不了苦，早早就想回府，他就能提早回府了。想到這裡，他笑道：「四弟你帶上四弟妹不怕四弟妹悶嗎？要不我也帶上你二嫂，讓她陪一陪四弟妹吧！」

五爺立刻出言維護。「大哥，小嫂子跟著去，一定有她的原因的。」

蕭暻玹點頭，淡淡地解釋了一句。「五弟說得對，她跟著去是有正事要辦。」

三爺蕭暻桓看見秦汐，視線就忍不住在她絕美的臉上停留了幾秒，聽了蕭暻玹的話，他沒有說話，也是和世子一樣懷疑秦汐是帶著銀子去幫那些傷兵，是幫蕭暻玹籠絡軍心。

他心裡越發後悔當初沒能納她為妾。如果父王登基，大家都是父王的皇子，將來他也是有資格，而且有機會當太子的。可是這需要臣子支援，需要政績，不論是臣子的支持，或者政績，都需要銀子。

皇祖父現在安排他在工部做事，要是有銀子，他就可以將各地的水利搞好，何愁沒有功績？真是什麼好事都被老四占了！但現在說什麼遲了，只希望，林如玉說能夠和秦家合夥做生意賺銀子是真的。現在他缺銀子，非常缺！

晉王看見秦汐是高興的，他知道蕭暻玹和秦汐都不是胡鬧之人，汐丫頭估計是想去做好事的，因此沒有阻止，多一個人就多一個人，他笑道：「老四你照顧好汐丫頭，出發！」

晉王為了方便照顧自己麾下的傷兵，特意在京郊建了一個村子，蓋了許多土坯房，安置他們，每位傷兵有一間屋子，一畝田地。半畝田用來種糧食，半畝地用來種菜和豆子之類的作物。

有些傷殘兵想回自己的家，不接受這樣的安排，便一次性拿十兩補償銀子，不蓋房子的話，十兩銀子回家也夠買兩畝地。

一間房子，一畝田地這種待遇按說養活一個人是夠的，可是日子也是苦哈哈，生病也沒有銀子看。而且這種待遇是喪失勞動力的傷兵才有的，既然喪失勞動力，田地自然不能打理，需要請人，或者需要家人照顧。傷殘兵，身體多多少少有問題，需要治病吃藥，那一畝田地的出產如何夠？因此晉王每年偶爾會拿些銀子補貼他們。

這一個村的傷兵，大多數都是晉王麾下得力士兵，甚至有副將，晉王對他們的感情非常深厚。
他們去的第一間屋子是晉王年輕時最得力的護衛，跟著晉王領兵打仗，一路晉升為副將，前途一片光明，可惜一次落入敵人的陷阱裡，被砍了一隻手臂，還斷了一隻腳。
晉王聽說他腳上的傷口都潰爛了，一直隱瞞著家裡人，不去看大夫，還是晉王身邊的隨從前天來看他發現的。
這位副將名叫張嶸，是孤兒，從小就跟著晉王，沒有成過親，未婚妻在他斷手斷腳後立即改嫁了，無兒無女，一個人獨居在這裡。
晉王今日特意帶了太醫來看看他，順便看看其他人。
秦汐走進了屋子，一股酸臭味撲鼻而來。
世子差點吐了，好歹還忍著，沒有捂著鼻子，做出失禮的動作，可是他吸了一口就不太敢呼吸，實在憋不住，才再吸一小口氣。
二爺是直接便捂住了口鼻，難掩嫌棄。
三爺屏住了呼吸，雙手交握於身前，儘量縮小自己的表面積，似乎這樣就能少接觸一點這空間的空氣。
只有晉王、蕭暻玹、蕭暻煜和秦汐臉色正常，若無其事。
晉王回頭看了一眼，一眼就看出幾個兒子的嫌棄，他瞪了幾人一眼，眼帶警告，尤其是捂著嘴鼻的二爺，瞪得特別狠。

二爺迅速放下手，憋著氣一臉若無其事，心裡叫苦。他不懂這些傷兵都殘了，以後都不能為父王做事了，父王為何還會來看他們？看便看，還帶他們來看幹麼？

二爺想不明白，只想快點看完便離開。他情願被父王派去巡視京江的水位。

張嶸看見晉王來了，心中一急，立刻從床上坐起來。「王爺……」

晉王一步上前將他按回床上。「別亂動！不必多禮！」

張嶸還是躺在床上給幾人見禮。「草民見過晉王，曝郡王，郡王妃，世子爺，二爺，三爺，五爺。」

他能夠當上副將，也是有眼色的，看見秦汐站在蕭曝玹身邊就知道秦汐是曝郡王妃；甚至他一眼就看出晉王世子、二爺和三爺他們渾身不自在的嫌棄。

蕭曝玹和秦汐道：「張將軍不必多禮。」

晉王世子不想開口說話，擔心屋裡的臭氣竄入嘴鼻，可是不得不開口，他語速極快。「張將軍不必多禮。」

二爺索性擺了擺手。

三爺倒是神色如常地開口。「張將軍不必多禮。」

晉王對幾個兒子實在是失望，不想他們無意中的行為傷了屬下的心，便道：「你們都在外面等著，太醫你給張副將看看。」

世子爺幾人如蒙大赦，迫不及待地道：「是，父王！」然後強忍著奪門而出，裝作若無其事地走出去，可是那背影仍是有點迫不及待。

秦汐是懂醫術的，她道：「父王，我略懂岐黃之術，留下來給太醫打下手。」

晉王聞言沒有拒絕。「行。」

秦汐不出去，蕭暻玹自然也不會出去。

蕭暻煜是半點不嫌棄，見四哥和小嫂子不出去，也道：「那我也留下來幫忙。」

張嶸不由看了秦汐一眼。郡王娶的郡王妃不是商戶女嗎？還懂醫術？不過就算是商戶女，這般看著也不錯。

晉王自然是沒有意見，只對太醫道：「煩勞何太醫，看看他的腿。」

何太醫是太醫院最擅長治療外傷的太醫，他恭敬地應下。「是！」

張嶸不想晉王擔心，他覺得自己的腿沒得救了，拒絕道：「王爺，我沒事，不用看。」

晉王直接點了他的穴道，讓他動彈不得，也說不出話。

張嶸瞪大眼。王爺不講武德！

何太醫捲起張嶸的褲管，露出半截小腿，只見傷口潰爛發黑，讓人不忍直視。

蕭暻玹下意識地看了秦汐一眼。

小姑娘從小被爹娘保護得很好，血估計都沒有見過超過一滴，他本來擔心她會害怕，沒想到她只是皺眉，眼也不眨的看著，沒有半點害怕。

「怎麼如此嚴重？你沒有好好上藥，養傷？」晉王不悅的聲音響起，天生自帶的威嚴，讓屋裡的氣溫瞬間低了幾度。

張嶸的左手是幾年前被砍掉的，只剩下一隻手，他依然留在晉王身邊，依然上戰場殺敵，腿是大半年前戰場受的傷，養了這麼久，早該好了。

張嶸目光躲閃，不敢看晉王。「沒有，之前是養好了，但後來又受傷了，草民以為是小傷，沒在意。」

晉王沒聽他的，只問太醫。「太醫，這能治好嗎？」

何太醫一臉凝重。「要想治好，這剩下的半截腿必須砍掉。」

何太醫用手在張嶸的大腿根部比劃了一下，意思就是整條腿都要砍掉。

知道張嶸又要再承受一次斷腿的痛苦，晉王眉頭都打死結了。

張嶸根本不想治，他現在就是廢人一個，根本就不想活下去，他這個樣子活著有什麼意義？他不怕死，只怕當一個廢人，生不如死！

張嶸直接道：「我不治！王爺，我就算死了，也不想再斷腿，求王爺成全！」

晉王皺眉正想勸說，沒想到秦汐先開口了。「可以。張將軍放心，不用斷腿，我可以治好張將軍的腿。」

晉王聞言驚訝地看向秦汐。「汐丫頭，當真？」

張嶸看著晉王的表情慌了。

不是，他不放心，他更擔心了！他不想治好，他想死啊！暻郡王妃說笑的吧？她一定是說笑的，她不是說略懂岐黃之術嗎？既然略懂，又怎麼可能比太醫還厲害？

而晉王並沒有懷疑，他反而覺得秦汐是有點東西在身上的，就汐丫頭那些魚，他覺得就能夠治病。

秦汐點頭。「剔除腐肉就可以了，不用斷腿。」

何太醫聞言覺得暻郡王妃不懂，便道：「只怕腐入筋骨，以防萬一，最好是整條腿都砍了。」

他當然知道剔除腐肉的法子，可是何太醫從醫多年，不是沒有見過剔除腐肉後，依然治不好的，因此最可靠的法子就是砍掉整條腿。

張嶸立刻道：「我不砍！死也不砍！」

何太醫看向晉王。晉王看向秦汐。

秦汐道：「何太醫說得對，只是現在還沒到腐入筋骨那麼嚴重，而且需不需要整條腿切掉，是看病因的，張將軍這病情切除腐肉就可以了。」

晉王聞言直接道：「何太醫，你便按暻郡王妃的法子去治。」

晉王相信秦汐，可是切除腐肉這種事，怎麼能讓秦汐做，她只是一個十八、九歲的小丫頭，這些殘忍的事，她怎麼做得來？

何太醫為晉王的發言震驚了。晉王殿下竟然不信他，反而信一個毛都未長齊的小姑娘？晉王知道醫術這東西需要講經驗的嗎？

秦汐道：「父王，我來吧！我來幫張將軍切除腐肉。」

此話一出，蕭暻玹、晉王和何太醫都是心思複雜。

她來？她不會將自己的小手切了吧？

汐丫頭該不會是拿張副將練手吧？

暻郡王娶的是王妃嗎？不會是魔鬼吧？她一個女子給男人治病，還要剔除腐肉，這真的好嗎？暻郡王不介意嗎？暻郡王也不管管嗎？

要被切肉的張嶸更是慌張，雖然他視死如歸，可是為何聽了這話心底發毛啊？

秦汐見他們沒有出聲，她對張嶸安撫著。「張將軍放心，我手很穩，而且我可以無痛切除腐肉，讓你感受不到半點痛。」

張嶸臉都黑了。他是怕痛嗎？他怕的是痛不欲生！

晉王雖然有點懷疑秦汐是拿張嶸當練手，可是心底卻有一個聲音在說：汐丫頭不會亂說，她說她能行，就能行！

晉王也不知道自己潛意識為何會如此相信秦汐，最終直覺戰勝理智，道：「汐丫頭，那妳來。」

「好！」秦汐應下。

蕭暻玹見秦汐應下，也沒有出聲阻止。

他沒有那麼迂腐，認為女子就不能給男子治病，反而覺得她嫁給自己後，她可以想做什麼便做什麼，只要不是危險的行為，她都可以隨心所欲。至於危險的行為，她若是想做，他也可以保護她。

反正他只會比秦庭韞夫婦更加寵她，不然嫁給自己不就是越活越回去了？讓自己的妻子日子過得不如在娘家，他算什麼男人？

為了讓自己的郡王妃能放心去切別人的肉，蕭暻玹還安慰道：「妳放心地割，割錯了也沒有關係，若是實在不行，可以整條腿砍了。妳別割到自己的手便行。」

張嶸看向蕭暻玹，滿臉難以置信。

這是人說的話嗎？暻郡王變了，他以前可是最重視他們這些將士了。

每次有士兵重傷，他都是勒令軍醫一定要將人救回來，不管用多珍貴的藥材。他變了，竟然讓郡王妃胡來？不過，算了，難得不近女色的暻郡王這麼喜歡暻郡王妃，能給暻郡王妃練手，他這廢腿也還算有點用途。反正現在腿都廢了，還能更廢嗎？

他生無可戀地道：「謝暻郡王妃！」

何太醫嘴角抽了抽，沒想到暻郡王竟然是這樣的人。他這麼當將領，有士兵追隨他嗎？

秦汐給了張嶸一個自信的笑容。「放心，不會廢。等我幫你治好了傷口，還可以給你安個假肢，到時候你可以借著假肢走路，當然用假肢走會有些不自然，但是至少能走。」

說完秦汐便出去馬車取藥箱了，留下了一屋子面面相覷的人。

張嶸有聽沒有懂。「暻郡王妃說什麼？」

晉王搖了搖頭。他聽到她說假肢，可是他不知道什麼是意思。

何太醫也搖了搖頭，他也不知道。

秦汐這次出門是騎馬出來的，但是蕭暻玹擔心她騎馬會受不了，還安排了馬車跟上。於是秦汐便佯裝去馬車取藥箱，實則是到海島內，然後又借了何太醫的一些工具，開始給張嶸做手術。

藥箱裡有秦汐提煉的麻醉藥，這麻醉藥還是她在現代和一位師兄共同研發出來的，不用注射，直接擦拭，藥物可以從表皮滲透進去，大概兩刻鐘就可以達到局部麻醉的效果。

秦汐用酒精給張嶸的腿消毒，然後塗上麻藥。

兩刻鐘過後，張嶸覺得自己的腳失去了知覺。

第六十六章

秦汐戴著手套用手指按了按他完好的肌肉，感受到了麻醉藥起了效果，但還是問了一句。「有沒有感覺？疼不疼？」

「不疼了，有一種奇怪的感覺，好像肉都麻了、僵了，我說不明白。」張嶸眼裡滿滿都是神奇。

張嶸的斷腿因為潰爛發炎了，一天十二個時辰都能感覺到疼，可是自從暻郡王妃給他塗上那什麼「麻醉藥」，慢慢的就沒那麼痛，現在是完全不疼了。

「是麻藥起作用了，那我開始了。」

海島裡有一個她在現代放進去的藥箱，藥箱裡面有一套手術刀具。

秦汐先用銀針封住了一些穴道，再拿起手術刀，俐落地開始切除腐肉。

何太醫在邊上幫忙。

蕭暻玹看了她一眼，手起刀落，眼都不眨地切下一塊塊腐肉。

時間漸漸過去，秦汐的額頭布滿汗珠，她的手依然很穩，不慌不忙。

蕭暻玹拿出帕子幫她拭去額上的汗珠。他心裡不由得冒出一個疑惑，她真的是秦庭韞行商日誌裡那個被千嬌百寵，怕苦、怕累、怕熱……什麼都怕的小姑娘嗎？就算是普通男子，也不能如此淡定吧？

不過蕭暻玹很快就給自己一個完美的解釋了。

她本就很優秀，從他第一次看見她就知道，小姑娘在爹娘面前自然是嬌氣又愛撒嬌的。在外面，沒有爹娘的嬌寵，自然就什麼都不怕了。

這也說明，她還沒將自己當成依靠。所以在自己面前，她才堅強，堅韌，無所畏懼。不急，餘生漫漫，他會讓她可以放心的依靠。

一個時辰後，秦汐才完成了手術，並且包紮好。

這時，石榴已經按著秦汐寫的藥方，回府抓了藥回來了，甚至還按秦汐的吩咐，帶來了一些米麵和蔬菜水果，還有肉乾、乾貨。

秦汐拿出一白一綠兩個瓷瓶對張嶸道：「麻醉藥的藥效還有一個時辰左右便過了，白瓷瓶裡面裝的是止痛藥，你痛了可以吃止痛藥，每天吃一粒即可，不疼之後就不用吃。綠瓷瓶裡面的藥是消炎藥，每天三次，每隔兩個時辰一次，一次一粒。」

然後秦汐又拿出金瘡藥和消毒傷口的藥汁。「這是傷藥，現在天氣熱，前五天，每天換一次藥，五天之後可以隔一、兩天才換，換藥之前先用這藥汁消毒。」

這些藥都是海島裡種植的藥材煉製出來的，效果自然要比外面的好，甚至比現代的都要好，再加上海島食物的加持，張嶸腿上的傷口一個月應該就可以完全癒合了。

癒合了就可以上假肢，一個簡單的假肢一個月應該能夠做出來，只是為了不讓人起疑，秦汐道：「三個月後可以上假肢，到時候張將軍就可以走路了。」

秦汐再次提到假肢，屋裡幾人都有疑惑呢，晉王第一個開口問道：「汐丫頭，假肢是什麼？」

其他人都看著自己等解釋，秦汐便簡單地解釋了一下。

何太醫一臉震驚。「世上竟然還有如此神奇之物？」

其實暻郡王妃的東西都挺神奇……他的視線落在秦汐那一套手術刀上，這些刀具，剪刀也不知道是什麼材質打造的，鋒利極了。他摸過，不是銀做的。

「真的能走？」張嶸聽了心底忍不住泛起了期盼。

以後真的能走路？之前他斷了一隻手，至少雙腳還能走，只有一隻手他還能上戰場，可是連腿都只剩下一條，行走都成問題，也就是靠自己活著都成問題，他真的萬念俱灰了。

「我從不說虛言。」

張嶸聞言恨不得能跪下來給秦汐磕頭，他感激地道：「謝暻郡王妃！」

晉王心中亦是激動的。「汐丫頭，妳跟本王去看看！」

村子裡斷腿的不只張嶸一個，還有好幾個，若是能夠給他們安裝假肢行走，哪怕姿勢不正常，那也是極好的。

於是秦汐便陪著晉王走訪整條村子的退伍傷兵，順便給這些傷兵送上一些吃食和銀子。

探視完所有士兵，回去的路上，秦汐對他們的情況有了一定的瞭解，在心裡琢磨著給誰誰誰安排什麼活計。

秦家有做藥材批發的生意，也就是藥材批發商，秦家還有自己的藥田，因此秦汐打算開一個煉藥作坊，這樣燒火、搗藥都需要不少人。

還有護膚品作坊和織造作坊也缺人。手腳都不方便的人可以坐在那裡燒火；手方便，腳不方便的，可以搗藥；腳不方便，手不靈活的，可以翻曬藥材，或者做一些監工的工作。

離開了村子，晉王才問道：「汐丫頭，那些假肢不好弄吧？」

秦汐因為心裡想著事，一時沒反應過來晉王是和自己說話，慢了半拍才點頭。「嗯，需要一些時間。」

的確不好弄，不過她爹認識許多奇人異士，唐爺爺精密的暗器都能做出來，假肢沒有暗器複雜，一定能做出來。

晉王世子方才沒聽見什麼是假肢，便問道：「假肢是什麼？」

晉王便給自己兒子解釋了一下，說完還不忘感嘆。「若是假肢真的能讓張副將他們站起來，汐丫頭，妳可是立了大功。老四，你這媳婦了不起啊！」

晉王言下之意是，還不快點感謝他幫他娶了一個這麼厲害的媳婦。

蕭暻煜得意地道：「我早就知道了，四哥都沒我早知道。」

蕭暻玹看他那表情，不是很愉快。最近長平沒空洗馬廄，老五回去後，去洗馬廄吧！

世子爺、二爺和三爺聽了晉王的解釋後，三人心裡五味雜陳。

世子爺是心慌，老四媳婦有銀子便算了，還懂醫術？她要是真的能給那些傷殘兵弄一個假肢，以後老四在軍中豈不是更多將士支持？畢竟戰場上刀劍無眼，誰都不知道下一個被砍斷腿的人會不會是自己。

二爺心思比較簡單，他心中想的是，以前他還同情老四娶個商戶女做王妃，真的是太慘了，原來慘的是自己。何氏要容貌沒容貌，要錢沒錢，要才華沒才華，一天到晚就知道管著自己。原來他才是幾兄弟中最慘的，娶了個母夜叉。

蕭暻桓心裡則是懊悔不已，他恨不得時光倒流。他心裡總覺得秦汐就該是他的妾才對！秦家的銀子，還有秦汐的本事，都該是幫他更上一層樓，他不明白在什麼地方出錯了。

世子爺三兄弟不管是妒忌、羨慕，或是懊悔，秦汐都不知道，就算知道也不會在乎他們的感受，甚至會讓他們繼續妒忌、羨慕、懊悔，就像現在這樣。

「父王，我爹和我說過打算請那些傷兵到秦家和我的作坊做工。」

秦汐這話一出，世子爺一勒馬韁，馬兒高高地揚起前腿，差點將他甩下馬，蕭暻玹淡淡地回頭看了一眼。

晉王因為有話和秦汐說，兩人是並騎在最前面，蕭暻玹和世子跟著後面，二爺、三爺和五爺三人落在最後。

晉王也回頭看了一眼晉王世子。

晉王世子忙道：「聽見四弟妹的話，兒臣太激動了！這對那些士兵來說絕對是好消息，四弟妹大善，真的是樂善好施。那些傷兵手腳不便，能做的事屬實有限，四弟妹這是變相幫助他們啊！秦家不愧為仁善之家。只是，給那些傷兵找工，他們曾經是守家衛國的將士，一身錚錚鐵骨，只怕不願意只拿工錢不做事。」

這話暗含的意思就是秦汐同情可憐他們，打算請他們去作坊坐著，給他們發工錢，這是侮辱他們。

晉王聽了倒沒覺得秦汐是侮辱那些傷兵，只是覺得秦汐是想幫他們。他也希望那些傷兵能夠有活計做，如此他們的日子才能好起來，可是世子也說得對，他們手腳不便，能做什麼？

那麼多傷兵，秦家就算想幫，也難幫啊！

晉王問道：「汐丫頭，他們能到作坊做什麼工，不會耽誤秦家的生意吧？若是請他們回去，不用他們做事，他們也做不下去的。」

「父王放心，不會，那些活計都是他們正好能做的，譬如燒火、搗藥、分揀、晾曬、包裝、打掃、看守、監工等等，秦家的作坊需要很多人做這些活計，而這些都是一些簡單的活計，他們都能做，父王要是不信，到時候您去秦家的作坊看看便知道了。只是這些活計簡單，工錢自然沒有那些幹重體力活的人高，父王別說我苛待您的士兵才好。」

晉王聽了很高興。「哈哈……怎麼會？妳能給他們提供一份活計，就是對父王最大的幫助了。明日本王約上秦老弟，去看看他的作坊。」

像是燒火、搗藥這樣的活計，只要還有一隻手都可以做。

自己麾下的傷兵有了謀生的活計，晉王特別高興。「汐丫頭，咱們回城後直接去找妳爹。」

他等不及明天了，他想到只要有戰事，就會有致殘的傷兵，秦家就算家大業大，未必能夠安置全部傷兵，可是這世上又不是只有秦家家裡有作坊。

晉王可以動員其他商戶請那些傷兵做事，只要給一些好處和便利，那些商戶定然樂意的。至於什麼便利，晉王打算和秦庭韞商量一下，畢竟秦庭韞和商人打的交道比較多，他定然比自己懂。

晉王世子的臉色有些難看。

秦家要是真的將那些傷殘兵都安置了，老四在軍中的威望就更加大了。他看了秦汐的背影一眼，以前他怎麼不知道娶一個商戶女好處竟如此之多？

他可以娶兩個側妃，現在已經娶了一個，另一個，世子覺得他也得往商戶裡挑，甚至妾室也可以往商戶裡挑一、兩個。

還有，他不想在工部做事了，對於一個皇子來說，文官可以拉攏，他是世子，是父王的嫡長子，名正言順的王位或者說皇位繼承人，以後多得是文官投靠他，所以自己手握兵權才是最實在的。

打鐵趁熱，晉王世子便道：「還是四弟妹想得周到，今天我看見張副將他們心裡也是難受得不行，可是我除了想到定時接濟他們，也想不到更好的法子改善他們的生活。他們都是為了保家衛國才會落下傷殘啊！他們都是頂天立地的男子漢，都是英雄，不該過得如此淒慘，幸好四弟妹這次也來了。」

蕭暻桓靜靜地聽著幾人說話，心裡想的是林如玉說的想拉上世子妃她們和秦汐合夥做生意的事。

他覺得秦汐不會答應。但是，這事若是在父王面前提呢？秦汐還好意思不答應嗎？

正好想到這裡，秦汐回話了。「世子爺謬讚了，我只不過是正好準備開一間煉藥作坊，需要請人做工，才想到的。」

真是瞌睡了有人送上枕頭，蕭暻桓怎麼可能錯失這樣的機會，他立刻道：「四弟妹打算開作坊，正好我聽如玉說大嫂打算叫上她、二嫂和四弟妹一起合作做買賣，這不正好趕上了嗎？要不妳們一起開煉藥作坊吧！這樣一來除了能夠讓傷兵們有活計做，煉出來的傷藥還可以供給軍營。我們可以請何太醫研製一些金瘡藥，到時候由作坊做出來。」

晉王世子本來不高興老二插話，打亂了他的計劃的，他還沒說出要去軍營歷練的話呢！不過世子妃打算和幾位弟妹合夥做買賣？這事他怎麼不知道？

不過知不知道不重要，老三這提議極好，對他有好處，晉王世子立刻道：「這個提議好！」

二爺也點頭。「沒錯，這個主意不錯。」

如此一來，他也算是幫到那些傷兵，父王就不會總是教訓他了。

秦汐心中冷笑。

想得真美啊！這兩夫妻是在自己身上再也撈不到好處，打算和自己合夥做生意賺銀子嗎？而且估計乘機在晉王面前提起，又說是世子妃牽頭的，打量著自己不好拒絕吧！

秦汐正想拒絕，蕭暻玹便開口了。「此事不妥。」

二爺聽了不高興了，他立刻嚷嚷起來。「老四，哪裡不妥了？你該不會是嫌棄你二嫂她們占四弟妹的便宜吧？你放心，四弟妹出多少銀子，我們跟著出多少分子錢。」

晉王世子點頭。「人多力量大，我也支持，將作坊辦得更大，如此便有更多的活計提供給士兵們做了。」

蕭暻桓聰明得沒有出聲，他就知道只要他提出來合夥做生意，老大和老二就會跟上，甚至也會摻一腳。畢竟這個主意，對他們來說也是受益的。

晉王世子三人想得好，可惜晉王否決了。「老四說得對，此事確實不妥。你們就不要想了，你們的媳婦想做買賣，叫她們幾個自己合夥做，別打擾汐丫頭。」

晉王知道合夥的買賣不好做，多少親兄弟因為合夥做買賣，最後反而反目成仇。

而且不是他看不起其他幾個兒媳。做買賣，她們哪可能有汐丫頭厲害啊？人家是家學淵源，一家海鮮酒樓就開出了世間沒有的高度，別人想仿效追隨都不行。

無他，魚養不活！還合夥？世子妃她們幾個都是長嫂，要是在汐丫頭面前指手畫腳，汐丫頭是聽還是不聽？

不聽，她們心裡定然不舒服，一次、兩次還好，次數多了定然會心生芥蒂和怨懟，久而久之不就反目成仇？聽，她們幾個內宅婦人打理內宅，勾心鬥角，斤斤計較還行，做生意懂什麼啊？別搞壞了汐丫頭的作坊。

汐丫頭開的是煉藥作坊，以後軍營需要金瘡藥，就可以從她的作坊裡進貨了。

晉王是流慣了血，見慣了金瘡藥的止血效果，他一眼就看出了秦汐今天幫張嶸止血的金瘡藥效果比太醫院太醫研製的都要好，所以一聽秦汐打算開煉藥作坊，心裡便打定主意以後軍需藥品的供應都找秦汐的煉藥作坊。

秦家仁善，藥材無論什麼時候都不會亂抬價的，因此在晉王眼裡，秦汐的煉藥作坊簡直就是利國利民的存在。

更何況還能給傷兵們提供一份活計，因此於公於私，晉王絕對不會讓其他幾個兒媳婦，甚至兒子插手秦汐的生意。

秦汐笑道：「謝父王體恤，我爹教過我做生意有多大本錢就做多大生意，可以將經驗分享，但絕不和人合夥。再說煉藥作坊已經籌備好了，馬上就開張了，現在合夥太遲了。不過大嫂她們想做買賣有不懂的地方可以問我，我定知無不言，言無不盡。」

第六十七章

秦汐這話是將以後他們想找她合夥的路都用石頭堵死，晉王聽了連忙在石頭縫上抹上水泥沙，這回真是堵得密不透風，完全斷了蕭暻桓和林如玉的算計。

晉王笑道：「秦老弟說得對，生意妳自己做，不要和人合夥。老大、老二、老三，你們的媳婦想做生意，她們幾個自己合夥便是，汐丫頭是做大事的人，她沒有那麼多時間瞎折騰，你們別打擾她。」

人家汐丫頭開作坊是利國利民，和她們想賺點胭脂水粉錢，完全不是一個層次的。

晉王世子幾人委屈了。

父王這是有多看不上他們的媳婦啊？這可都是父王、母妃幫他們娶的啊！看不上，還給他們娶，委屈！

秦汐勾唇。

這話就戳心了，估計林如玉聽了能氣死。不過有了晉王這話，以後就連晉王妃也拉不下面子煩她，真好！

晉王這話一出，蕭暻桓心一寒，他沒想到竟然連父王都不同意。

蕭暻桓看了秦汐一眼，突然有些後悔，早知道他就不提，讓如玉先和母妃等人打好招呼，到時候由母妃出聲，秦汐定然不好拒絕，待到秦汐都答應了，父王知道後也不能反對吧？

蕭暻桓越想越後悔。世子聽了心裡再不滿也不敢有異議。一時，幾兄弟心裡難免都覺得晉王偏心老四。

晉王世子心裡下定主意要去軍營裡歷練，再不努力，以後皇位就沒他什麼事啦！正好現在徵兵，他可以乘機培養自己的私兵。

「父王，看見這麼多將士們為了保家衛國而傷殘，兒臣深感慚愧，兒臣也想去軍營歷練一番，不求像父王和四弟一樣能夠成為一代名將，但求有敵人入侵我朝時，兒臣能夠扛起長槍殺上一、兩個敵人。」

晉王聽了倒是驚訝了。老大小的時候，他就想帶他去軍營歷練，可是晉王妃心疼不捨，老大自己也不喜練武，反而喜歡讀書。

晉王是武將，他不是看不起文臣。

文臣治國，武將安邦。一個能讓國家繁榮昌盛，百姓豐衣足食，一個能讓國家和平安定，百姓安居樂業，兩者都非常重要。

因此晉王覺得晉王妃說得有道理，文官和武將都是為朝廷效力，為何一定要孩子走武將的路子？而且老大實在沒有什麼練武天賦，略有文人的風骨，卻少了許多武將的血性，他才作罷。

沒想到老大年紀大了，反而有一點點……血性了？

兒子要上進，做爹娘沒有不支持的，晉王高興地道：「行！最近都在徵兵，你先負責徵兵，然後跟著一起訓練新兵吧！」

晉王想說的是讓他和新兵一起訓練，可是想到要在幾個兒子面前給老大留一點面子，才會如此說。

蕭暻桓一聽就知道世子的打算了，他動了動嘴唇，想說他也想到軍營歷練一番，沒想到他還沒開口，晉王就問道：「老二、老三，你們呢？你們要不要到軍營歷練一番？」

晉王不強求的，他在孩子小的時候，就給過他們選擇，孩子喜歡從文便從文，喜歡從武便從武。他也不認為從文就比從武輕鬆，只不過是辛苦的地方不一樣。

從文耗的是腦子，從武耗的是體力，練武看著很苦，是因為練武身體會很累，可是讀書就容易嗎？沒個十年寒窗苦讀，別想考個秀才；十年寒窗苦讀，也未必能考到秀才。這可比走武將的路子更難。

蕭暻桓心中一喜，沒想到不用自己說，父王就主動提了，他立刻道：「兒臣一定不負父王所望！努力練武，保家衛國！」

二爺遲疑了一下，進了軍營，一年半個月不能回府是一定的，如此他不就不能抱著美妾睡了？不過若是幾兄弟都進了，自己不進軍營，不就被比下去了？

想到這兒，二爺跟著道：「兒臣一定不負父王所望！努力練武，保家衛國！」

晉王也不管他們是什麼心思，雖然覺得他們堅持不了多久，但還是高興地點頭。「你們有這個覺悟不錯，新兵徵兵一事老四比較熟悉，你們便跟著他一起去率濱縣徵兵吧！」

「是！」幾兄弟齊聲應下。

秦汐聽見率濱縣下意識地脫口而出。「率濱縣？哪個率濱縣？」

蕭暻玹抬眸看了她的背影一眼，她是想去率濱縣嗎？

晉王也轉頭看向秦汐。「怎麼了？汐丫頭聽說過率濱縣？秦家有生意在率濱縣？」

率濱縣是一個非常窮困的小縣，在山裡面，秦家還有生意在那裡？

秦汐搖頭。「不是，兒媳聽說率濱縣有許多山地，兒媳只是想去買些山地種藥材。」

秦汐當然聽過率濱縣。上上輩子，如果她沒記錯的話上輩子率濱縣可是發生了地震，傷亡慘重。那時候哪怕她一心想著如何給爹娘平反和殺了太子為爹娘報仇，也聽說了這事。

林如玉還藉此事來試探秦家還有沒有藏有銀子，只是那時候秦家都被抄家了，她也將秦家所有藏銀子的地方都告訴了她，哪裡還有銀子。

重新穿越回來，她一心保護家人，一直沒想起這事，現在晉王說起率濱縣，秦汐才想起，率濱縣會發生地震。

時間……確切是哪天前世她也不知道，但是約莫就是這段時間。

晉王一聽，便想到了率濱縣附近確實有挺多大大小小的山頭的，那裡的百姓都窮困，要是汐丫頭在那裡買地種藥材，那總要請人打理藥田，如此對那裡的百姓來說可是大好事。

「汐丫頭要是想去率濱縣看看，那妳便跟著老四去。」

晉王不是一個迂腐的人，覺得女子就該留在家裡相夫教子。晉王向來任人以才，有本事的人就該放在正確的地方，發揚光大，不拘男女。

秦汐沒有推辭，直接道：「謝父王！」

秦汐覺得她和晉王簡直是心有靈犀，她沒說，他就幫她說了，省了她不少事。她還沒想到如何提醒蕭暻玹率濱縣有地震一事，畢竟地震發生在哪一天也不知道。

若是能夠一起去，那她可以見機行事，畢竟地震發生之前，有時候會有異象出現。若是沒有的話，她也可以製造一些，讓百姓們警惕。

地震的破壞力真的很強，而且她記得好像是在半夜發生的，因此傷亡很嚴重。在自然災害面前，人真的太渺小了，她不知道便算了，知道了定然要想辦法儘量避免太多的傷亡。

蕭暻玹看著秦汐的背影，總覺得她整個人的氣息凝重了一些。

若是去率濱縣買地種藥材，她的心情不該凝重啊……

蕭暻玹想不通，但是想到他到時候也在率濱縣招兵，她有什麼事，他也能幫上忙，便沒有糾結了，見機行事便是。

晉王想到各縣徵兵的安排，秦汐要去率濱縣，老四這個當人家相公的自然要在身邊保護她。

明日他要去秦家的作坊看看，晉王想了想便道：「後天吧！老四，後日你和汐丫頭一起去率濱縣。」

「好。」蕭暻玹淡聲應下。

然後晉王又對其他幾個兒子做出安排。「老大、老二、老三，明日你們跟著老五和邱將軍一起去率江縣徵兵，有什麼不懂的地方，你們就問邱將軍。」

率江縣和率濱縣比鄰，很近。這兩個縣都是山比較多的縣，正所謂靠山吃山、靠水吃水，因此這兩個縣的獵戶比較多。獵戶有底子，都是徵兵的好苗子。

徵兵也是有講究的，不是什麼人都招，晉王希望這次能招一些好的苗子，培養出一隊精銳的隊伍和一些良將。因此，他對這次的徵兵非常重視，新兵的訓練，也比以往更加重視。他老了，他帶出來的一群優秀的良將也大部分都老了，未來是年輕人的天下。天元國未來能不能夠長治久安，就看年輕一代的將士和兵器的厲害程度。

晉王的目標是在十年內，讓天元國的兵力，精銳隊伍的實力，兵器的厲害程度都提高一個層次。

現在西戎國幾個小國元氣大傷，近幾年是沒有能力再戰的，也就是說天元國這幾年會比較安定和平，和平就是發展的最好時機。

晉王將這些話都說給了幾個兒子聽，世子幾人聽得熱血沸騰。

世子激動地道：「父王放心，兒臣一定好好的辦好徵兵這事，給天元國培養一批所向披靡的將士們！」

二爺、三爺也紛紛附和。
蕭暻玹沒有出聲，畢竟父王的目標就是他的目標，甚至他的目標更加大。
秦汐也沒出聲，她認為作為一名將軍，晉王是優秀的，運籌帷幄，決勝千里。未來，作為帝王，想必也是一代明君。
一行人回城後，晉王直接打發其他幾個兒子回府，他則帶著秦汐和蕭暻玹一起去了秦家。
一直到夜深，過了宵禁一個時辰，他們才回府。
回到府中，晉王本想歇在前院的書房，只是聽管事說晉王妃派人來過幾次，他以為有什麼重要的事，便回後院了。
晉王妃沒等到晉王，本已經準備歇下了，沒想到晉王這個時辰回來，而且春風滿面。
「王爺回來了？是有什麼好事？」
晉王笑道：「解決了一件心頭大事。王妃有事找本王？」
傷兵們下半輩子如何生活，一直是他掛懷的事，現在和秦老弟、汐丫頭商議過後，他覺得抬高商戶的地位，給商戶提供一點便利的辦法不錯。
天元國律法規定，商戶的身分不能參加科舉，想參加科舉就必須棄商從農，但若是商戶只要招收傷殘兵做工，商戶的孩子就可以參加科舉，絕對會有許多商戶願意招收。

當然為了保護那些傷兵，朝廷還得仔細研究一下律法如何規定，免得等商戶之子高中後，就將傷殘兵踢開。

晉王妃笑道：「是這樣的，老三媳婦提議幾個妯娌一起做點買賣，賺點體己銀子，臣妾覺得挺好的，想著大家一起參與，不好少了老四媳婦，而且老四媳婦家裡就是經商的，家學淵源，臣妾想著……」

晉王妃還沒說完，晉王便打斷了她。「這事不妥，本王已經和老大他們說過了，妳們婆媳幾人想做買賣，自己做便是，不用算上老四媳婦，老四媳婦本王有事找她幫忙，她忙不過來。」

晉王世子回來後就忙著準備前去軍營，因此晉王世子和晉王妃、世子妃都還沒來得及溝通，因此晉王妃不知道這事早就提過，並且晉王也拒絕了。

晉王妃心中一沈，王爺對老四兩夫妻是不是太過看重了？

「王爺有何事找秦氏幫忙？」晉王妃不著痕跡地問道。

老四就算了，老四文韜武略，從小就特別聰明，有本事，這一點晉王妃都不能否認。可是晉王連老四媳婦都重用，她就是一個商戶女，能和國公府出身的世子妃比嗎？

「她打算開作坊，我找她幫忙給傷殘兵安排活計。」晉王簡單地解釋了一句。

晉王妃一聽，就不再說和秦汐一起合作做買賣的事了。

開作坊還得給傷殘兵安排活計，那不是花銀子養一群不能幹活的殘廢？如此的話開作坊還如何賺銀子？不賠就算好了。

她為何要賺銀子？就是因為這些年晉王一直拿自己的銀子接濟那些傷殘兵，晉王府都快入不敷出了。

她沒有一個首富爹，折騰不起。

這事還真的只有老四媳婦能幫忙，晉王去找老四媳婦吧！

晉王妃不是不樂意幫那些傷殘兵，她也知道幫他們是好的，甚至能夠提升世子在軍中的聲望。

可是，她是真的幫不起，長貧難顧。

籠絡軍心，還是從不要銀子開始吧！

世子是晉王的嫡長子，就憑這身分，有遠見的人都會投靠。

第二天，秦汐又陪著晉王去看了護膚品的作坊，作坊裡面大家正熱火朝天的做事，晉王便道：「妳這裡已經請了那麼多人了，還需要請人嗎？」

秦汐點頭。「需要，作坊馬上就要擴大了，單是燒火和監管的人都需要不少，現在根本不夠人手。現在幹著燒火活計的人，我可以安排去做其他活計。父王放心，兒媳會合理安排，量力而為。」

秦汐會幫人，但她不是救世主，她幫人都是量力而為，幫到點上的，如此大家都好。

晉王點了點頭，他雖然想讓傷兵們有活計做，但是他也不想連累自己的兒媳，所以他才會提出來。

「再去其他作坊看看。」

秦汐道：「煉藥作坊還沒修繕好，但是父王可以去看看我爹存放藥材的藥倉，還有織造作坊也可以去看看。」

應了聲好，接下來晉王去看了藥倉，又去織造作坊裡看了一眼，確認了有些活計的確是就算手腳不便，士兵們都做得來。

待到晉王參觀完幾間作坊後，秦汐拿出了一疊紙給他。「這是聘用文書，父王看看有沒有不妥的地方。如果沒有的話，父王可以派人拿去給士兵們看看，願意來秦家和我的作坊做工的人，都需要簽這一份聘請文書。現在在作坊裡幹活的人都簽了，一模一樣。」

聘用文書？晉王聞所未聞，他接了過來，一頁一頁的翻看，越看越覺得這文書好。晉王花了小半刻鐘才看完，他覺得秦汐簡直比秦庭韞還要厲害，這份文書寫得真好，保障了雙方的利益、公平，也不失道義、仁厚。

包吃包住，不吃的每頓有兩文錢補貼；每個月可以帶工錢休息八天，不休息的可以補工錢；每年會請大夫給他們免費把平安脈一次，生病了到秦家的藥鋪抓藥半價。

他轉頭看向蕭暻玹。「你這媳婦真心不錯，老實說，本王覺得讓她當你的王妃實在是大材小用了。」汐丫頭就該在朝堂上為天下百姓謀福祉啊！

蕭暻玹覺得父王這話他不愛聽。

晉王說完立刻就將聘用文書給了身邊的隨從。「將這份文書送去給張副將他們看，和他們說明一下情況。」

秦汐補充道：「若是他們有意願做工的，可以讓他們後天到秦家的作坊試工，他們可以試過後，再確定做不做，然後簽文書，簽文書後會有入職訓練。工錢每天十文，包吃包住，每隔一年升一次工錢，做得好的平時還會有打賞。還有工錢視個人能力調整，最低不會低於十文一天。」

第六十八章

晉王對工錢很滿意，每天十文的工錢，一個月就是三百文，還包吃包住，這工錢不低了。雖然他今天瞭解到秦家作坊裡的人工錢最低的燒火工都有二十文，但是那些人平時要幫忙搬重物之類的，不僅僅只做燒火之類的簡單活計。

傷兵們做不了重活，每天十文工錢真心不低，更何況汐丫頭說的還有其他的福利，福利這個詞真好，這麼好福利的活計放眼天元國也找不到第二家了。

而且有了秦家這個先例，以後其他作坊請人，也不能太差。

只是晉王有點詫異。「入職訓練？什麼是入職訓練？」

秦汐回道：「就是在正式做工之前，先學習一下，哪怕是燒火也需要，有時候也是需要控制火候的，尤其是煉藥，因此需要訓練。」

晉王點頭。確實，哪怕再簡單的活計，若是不動腦子，盲目去做，也會出錯的。有時候戰事的勝敗，也經常會出現在一件看似簡單，讓人容易忽略的小事或者一個小小的士兵身上。

在戰場上出生入死多年，晉王見過太多了，因此更注重細節。

秦家能成為首富，當之無愧啊！

晉王對隨從道：「就按郡王妃說的和大家說，去吧！」

「是！」隨從應了一聲便立刻離開了。

晉王心頭的大石終於放下了，然後問道：「老四，你和汐丫頭是明日一早前往率濱縣嗎？」

他暫時還不能回軍營，他得將提高商人的地位這一事落實再去處理軍務。

讓士兵沒有後顧之憂，比訓練士兵更加重要。因為只有沒有後顧之憂的士兵，在戰場上才會勇往直前。勇往直前的士兵，除了能打勝仗，活命的機會也更大，因為敵人見了也會怕，會下意識地躲避。

蕭暻玹看了秦汐一眼。「今天便出發。」這是她提出來的，他有點詫異她的著急。

晉王聞言皺眉。「現在時辰也不早了，今天出發不就要趕夜路？你一個大男人可以趕夜路，汐丫頭怎麼能行？明日一早再出發，不差這半天。」

秦汐忙道：「父王，是我想今天就出發。現在天氣熱，白天趕路太悶，晚上趕路涼快一些。」

晉王聽了這話便沒說話了。白天的確太熱了，而且走官道也沒有什麼危險。

於是秦汐和蕭暻玹送晉王回城後，二人立刻便上了等候在城門外的馬車，出發了。

率濱縣距離京城快馬加鞭需要兩、三天的路程。

秦汐說得也沒錯，白天趕路太熱了，晚上趕路要涼快一些。

可是黑夜趕路也比較危險一些，幸好，在進入率濱縣之前，走的都是官道，路過的都是村莊或者田野，路還算平坦。

長安和長風騎馬在前面輪流帶路，一人負責半夜；長平和長河則負責趕馬車，也是一人負責半夜。如此四人便可以輪流回到後面的馬車休息。

秦汐直接躺在馬車裡面睡覺。

夜晚的涼風從馬車的窗子吹進來，馬車輕輕的搖晃著，還點著帶驅蚊效果的安神香，別提多好睡。

蕭暻玹坐在她的身邊，看著對面睡得香的人兒，這才有點相信她是真的怕熱才會提議馬上出發。

第二天，隨著正午將近，氣溫節節攀升，馬車裡悶熱得就像蒸籠，熱得有點反常。

秦汐急了。

該不會在地震之前趕不到率濱縣吧？她想不起上輩子地震來臨前天氣是否特別熱了，因為那時候秦家已經出事，她的世界天崩地裂，簡直就如掉入地獄深淵的冰窟窿般，哪裡會感受到天氣熱不熱。雖然天氣悶熱和地震沒有關係，但是天氣特別悶熱，很多時候就預示著會下大雨。

「你有沒有覺得今年夏天比往年要熱一些？」秦汐一邊搖扇子、一邊問道。

蕭暻玹也給她搧了一個早上的摺扇了，他看了一眼她熱得撩起衣袖露出來的那一雙雪白如凝脂的玉臂，移開了視線，知道她從小沒吃過什麼苦，便道：「確實比往年熱了一些。前面有一個小鎮，我們在小鎮歇一個下午，避開暑熱，傍晚吃過晚膳，等涼快一些再趕路。」

秦汐搖頭。「不，吃完東西馬上趕路吧！」

秦汐想買點乾糧在路上吃，可是就算人不休息，馬兒也需要休息，她才作罷。

蕭暻玹以為她怕耽誤自己的正事便道：「我不急。」

秦汐卻道：「我急。」

蕭暻玹再次確定，她心裡藏有事。只是什麼事呢？

他按捺住心底的好奇沒問。「好。」

很快，他們便到了小鎮，找了鎮上一家最大的酒樓用膳。

一行人走進了酒樓，掌櫃熱情地迎上來，長平道：「要最好的雅間。」

掌櫃笑著對秦汐幾人道：「好的，幾位客官請隨小的上二樓。」

秦汐正好聽見大堂一張桌子的客人的對話。「這兩天快熱死了。本來天氣悶熱就難睡，晚上蟲子還叫得特別響，簡直不讓人睡！」

「我也沒睡好，這兩晚老鼠特別多，嚇得我都不敢睡。」

秦汐聽了兩人的話，心中一動，立刻扯住了蕭暻玹的衣袖。「我們就坐大堂吧！早點吃完，早點趕路。」

蕭暻玹看了秦汐一眼，點了點頭。

長平立刻道：「我們坐大堂就好了，有什麼招牌菜都給我們上一份，要快！我們要趕路！」

掌櫃笑道：「好的，小的馬上安排。」

秦汐特意挑了說話的那一桌旁邊的空桌坐了下來，蕭暻玹幾人跟著落坐。

長平他們幾人在另一張桌子落坐。

兩人的對話依然繼續。「你一個大男人，還怕老鼠。」

「不是我怕，是我娘子怕。再說，不是一、兩隻，這兩天大白天也看見好幾隻老鼠在大街四處亂竄。」

「街上有老鼠不是很正常嗎？不然過街老鼠人人喊打，怎麼來的？」

秦汐對蕭暻玹道：「昨晚我作了一個夢。」

蕭暻玹抬眸看向她，覺得她要告訴自己了。「什麼夢？」

「我夢見許多老鼠之類的動物四處亂跑，許多動物在叫，還夢見了地動，許多房子都倒了，那是在夜裡發生的，許多人被掩埋在房子底下。許多人……」秦汐故意往大、往慘裡說。

隔壁桌子的兩人一臉驚恐地看著秦汐，酒樓裡的其他人也都聽著。

長平忙道：「少夫人，夢裡的事和現實都是相反的。」

郡王妃這是怎麼了？別人正說看見許多老鼠四處亂竄，她就說夢見老鼠，夢見地動，這不是危言聳聽，故意嚇人嗎？難道這兩人郡王妃認識？

秦汐委婉解釋。「我家之前的事，我也是作夢夢見的。」

長平細思，瞪大了眼。

她家之前的事？太子嫁禍秦家通敵叛國一事？郡王妃說的是真的，還是在開玩笑？別嚇他！地動可不是開玩笑的，那是天災，會死人的。

蕭暻玹一臉凝重。他向來不信夢境這些的，可是她的話，他信。

「哪個地方有地動？」

「峚濱縣。」秦汐說完，看了一眼隔壁桌的兩人。

蕭暻玹臉上沒有意外，雖然聽著像是無稽之談，但是她從來不是無稽之人。

聽到地動不在這裡，隔壁桌的兩人明顯鬆了一口氣。

古人迷信，他們多多少少被嚇到了。當然也有人不信的，作夢而已，哪能當真！而且說不定，她就是故意嚇人的。

秦汐又道：「一個地方有地動，鄰近的縣也會感覺到的。」

隔壁桌的兩人又慌了。所以還是躲不過？

秦汐一臉輕鬆地道：「當然作夢的事算不得真，不過寧可信其有，不可信其無，我們這些日子都在峚濱縣附近，這些日子我們晚上睡覺警醒一些不就行了？或者輪流守夜，有動靜就大聲呼喊，通知大家趕緊跑出去，找一個空曠的地方……」

秦汐順便科普了一下發現地震，如何自救才安全。她也不管大家信不信，反正她說出來，總會有人信的，到時候，她再讓人放些老鼠，將這事鬧得人盡皆知，總會有人信的，能救到一人是一人。

長平幾人越聽越心慌。

暻郡王妃這麼一本正經的胡說八道，該不會不是胡說八道吧？

蕭暻玹點頭。「妳說得對，夫人的夢向來靈驗。你們從今晚開始，輪流守夜，飛鴿傳信回去通知府裡的人這幾天都注意一下。」

「是！」長平幾人立刻齊聲應是。

秦汐真心覺得和一個合拍的人共事，真的太舒心。

他信了，一切就好辦了。

酒樓裡的人有人信了，也有人不信。有人飯都吃不香了，打定主意回家告訴親戚朋友；也有人聽過就算，根本不當一回事。

秦汐他們幾人吃完午膳，蕭暻玹提議找一間客棧休息一個時辰再繼續趕路。藉此其間，他讓長平拿著他的權杖去一趟衙門，又讓長安、長河、長風等人快馬加鞭的趕去率濱縣附近的幾個縣城。

秦汐見此便知道他有何打算。「你不怕我的夢是假的？」

通知到衙門，讓衙門通知下去會有地震，這就是一件牽連甚廣的大事。若是到時候地震沒有發生，那可是會被彈劾，說他危言聳聽，甚至會被百姓埋怨，影響他的聲望。

這事要是發生在京城，估計他剛做，彈劾的奏摺立刻就會堆滿御書房。

蕭暻玹看向她，清俊的臉上閃過詫異。「怕什麼？妳不也不怕？」

人命關天，在生命面前，什麼都不重要。就算是假的，他也只是被人說說而已，但若是真的呢？那就可以救下許多百姓。

是假的，只是他一己之失，哦，其實肉都不會掉一塊，血也不流一滴，也沒有什麼損失。是真的，卻能救下成千上萬的百姓，他怕什麼？

在他的生命裡，對於任何事，他從來不會想怕不怕，只有值不值得去做。

秦汐笑了，她忘了，這人有一顆胸懷天下，心繫蒼生的赤子之心。

她是會想幫人，想著能救一個是一個，聽見的人信不信，那就是各人有各人的緣法，她管不了。

但是他動用官府的力量，那就是盡全力去救所有人。這就是他啊！自己三輩子唯一心動過的人，哪怕上上輩子，秦家遭如此大難，她也從來沒有懷疑過他和晉王。

他們披著冷漠的外衣，卻有一顆赤誠的心。

半個時辰後，長平從衙門回來覆命。「主子，屬下已通知了縣令大人。」

蕭暻玹點了點頭。「出發。」

得快馬加鞭趕去率濱縣。

畢竟若是有地動，山邊的路就不能走了，免得有落石或者山崩。

這一夜開始，連秦汐也是騎馬趕路，只有在中午，太陽最猛烈的時候，她才會進馬車裡睡一睡，補補眠。

大概是騎馬趕路太累，哪怕馬車裡悶熱，秦汐也睡得香。

一天兩夜後，他們總算在第三天中午的時候，趕到了率濱縣。

一到率濱縣，蕭暻玹勒令秦汐在驛站裡休息，他則出去忙活了。

蕭暻玹安排了長平去衙門一趟，他則去了城門外徵兵的地方。

徵兵處有各個村子來的人，告訴他們可能會有地動，讓他們回去通知村民，會比衙門通知下去更快。

蕭暻玹到了城門外，看見長長的隊伍正在排隊。和平時代，願意當兵的人會比較多。

晉王世子幾人是昨晚到的，他們為了表示他們的用心，也是快馬加鞭趕來的。因為比蕭暻玹早出發一個白天的時間，他們昨晚便抵達，今天一早就來城外徵兵了。

剛開始還好，只是站了一個時辰後，太陽越來越烈，天氣越來越熱，他們又穿著厚重的盔甲，密不透風的。

幾兄弟實在受不了，站不住了，熱得躲在大樹下面躲懶，什麼物色一些好的士兵培養成自己士兵的心思完全沒有了。尤其是略微發福的二爺，熱得滿臉通紅，就像一隻煮熟的大蝦，只想回屋裡抱著冰塊過日子。

二爺看見蕭暻玹來了，激動得臉更紅了，他使勁地對蕭暻玹招手。「老四你來得正好，你幫二哥看著，我有事，去去就回。」

晉王世子也想這樣說，可是他到底是大哥，又是世子，沒有老二臉皮厚，不好意思。

蕭暻玹一眼就看出了他想躲懶，冷漠著臉道：「二哥有何事，派屬下去辦吧！武將是千軍萬馬的表率，絕不可臨陣脫逃！哪怕是徵兵，從出現那一刻起，就得站到結束那一刻，除非是死，不然不可離開。」

邱將軍聽了暗暗點頭。

他都快急死了！這三兄弟來徵兵，如此姿態可是給了新兵最不好的示範啊！他只能藉口他們換班，讓他們趕緊退下去休息，免得做不好的示範。

二爺有些心虛。這話邱將軍說過了，可是他覺得再待下去真的會死！

蕭暻玹又看了一眼坐在樹下的晉王世子和蕭暻桓，冷聲道：「大哥、二哥、三哥，國有國法，軍有軍規，作為武將就算天上下大刀，也要堅守崗位，直到被大刀劈成兩半才可倒下。」

晉王世子聽了有些惱怒。老四可真是半點面子都不給，到底誰是兄長？

可是晉王世子知道父王治軍甚嚴，不好發作，他笑道：「我們就換班歇一歇。」

蕭暻玹道：「負責徵兵而已，總共就忙碌幾個時辰，何來換班一說？請大哥、二哥、三哥回到自己的位置。」

幾位爺心裡更加惱怒了。

這麼多人看著呢，老四一定是故意的！以後他們的軍威何在？

只是他們心裡再氣，也只能走出樹蔭，一走出樹蔭，皮膚就被火熱的太陽曬得灼痛，可是也不能縮回去。沒辦法，他們從小就被晉王教導過軍令如山，要是老四回去在父王面前說什麼，他們以後就沒有機會去軍營了。

三人都想乘機發展自己的勢力，只能忍了。

邱將軍在心裡嘆氣，沒想到晉王一生威武不能屈，躺在雪地裡，眼睫毛結冰了都能一動不動，竟然生了幾個如此無能的兒子，還好有暻郡王。

蕭暻玹沒有再理會他們，他對邱將軍道：「邱將軍，這幾天天氣熱得反常，欽天監夜觀天象說有天災，只是不知這天災是什麼。我一路過來，聽見一些百姓說最近有許多老鼠亂竄、田裡的青蛙……我曾在書中看過一些記載地動之前動物會出現反常。」

為了讓百姓們相信，他連欽天監都搬出來了。

邱將軍瞭解蕭暻玹，從來不說廢話，也不說沒把握的話，只是欽天監什麼時候連地動都能算出來了？他還以為他只會選黃道吉日。

他心中有點慌。「郡王是說……」

「最近恐防有地動！」

哪怕面對千軍萬馬都面不改色的邱將軍，此刻臉色都白了。

千軍萬馬他不怕，殺就破了！可是地動啊！山崩地裂，天搖地動，他要怎麼破？他就算帶著千軍萬馬使勁地摁著大地，也不能讓它不動啊！

第六十九章

排隊報名當兵的村民聽了，臉色也白了，大家你一言、我一語地道：「將軍說的是真的嗎？真的有地動，什麼時候？」

「欽天監真的說有地動嗎？欽天監有沒有算出什麼時候啊？」

「地動？這位將軍，您說的是真的嗎？什麼時候啊？」

「對啊！到底是什麼時候，快告訴我們，我們好躲出去啊！我家的房子年久失修，有地動待在裡面可是會死人的。」

晉王世子一聽就知道蕭暻玹說謊了。

欽天監的能力他清楚，夜觀星象預測近期天災？欽天監絕對沒有這個能力。他要是有這個能力，朝廷每年賑災的銀子就能省下一大半了。哪裡有天災，就讓那裡的百姓躲避一陣子就行了啊！

欽天監要是有這個能力，他都要去找他預測一下自己是不是未來的帝星了，或者誰是未來的帝星。

晉王世子皺眉，不知道蕭暻玹這次想鬧哪齣。

這散布假的地動謠言，對徵兵有好處嗎？難道故意散布謠言，然後許一些好處，像是地震發生前，可以安置他們的親人，讓這些人都投入他的麾下。
晉王世子覺得自己發現真相了。
果然，蕭暻玹接下來的話，印證了他的想法。
蕭暻玹舉起手，示意大家安靜。
眾人立刻安靜下來。
「是真是假，都只是預測，但是我在書中也見過有人記錄地動發生時見過的異象，因此猜測這次的天災是地動。寧可信其有，不可信其無，大家注意就好。」接著蕭暻玹說了一下地動發生時的自救辦法，還建議眾人這幾天晚上都睡在曬穀場，他會派士兵幫忙搭建一些草棚，末了，他道：「地動一事雖然只是預測，不發生更好；可是寧可信其有，不可信其無，避免發生時鬧出人命，大家快點登記名字，然後回去告訴親戚朋友和村裡的人警覺一些，尤其是在夜裡。」
眾人一聽恨不得立刻登記好名字，趕快跑回家。
大家不一定相信蕭暻玹說的話，但是他說是欽天監算出來的，他們就信了。
畢竟地動這種事是一個將軍能預測的嗎？不是！欽天監可是國師，比廟裡的和尚和法師還厲害，自然有卜問吉凶，預測災難的能力。
蕭暻玹見大家信了之後又對晉王世子三人道：「大哥、二哥、三哥，這幾晚恐怕有地動，你們警醒一些。」

晉王世子三人紛紛笑道：「四弟有心了！」
蕭暻玹交代完後便離開了，他還要調動部分兵力下去各個村子幫忙搭建草棚。

這幾天天氣悶熱得厲害，有暴雨的跡象，別到時候有地動又有暴雨，百姓們連個遮雨的棚子都沒有。

而晉王世子聽見蕭暻玹反覆說「地動之事，只是預測，未必是真的」，就更加確信是假的。

待到蕭暻玹離開後，晉王世子給二爺和三爺使了個眼色，然後道：「邱將軍，這裡交給你，本世子四處看看是否有異象，畢竟人命關天。」

邱將軍管不住這幾尊大神，只想趕緊送走他們，別留在這裡礙眼，便點了點頭。「世子爺、二爺、三爺有心了！」

晉王世子拉著二爺和三爺走遠後。

二爺忙道：「大哥，這太陽太猛了，地面都能烤地瓜了，別說老鼠，蒼蠅都不想出來。我們等晚點涼快一點再四處看看吧！」

蕭暻桓接收到晉王世子的眼色，覺得他有什麼話要和他們說，問道：「大哥有何吩咐？」

晉王世子心想，還是老三聰明。

可惜太聰明的兄弟也代表麻煩。

不過比起老四，老三還算好了。

手握兵權的老四才是他最大的勁敵，必須削弱他的力量，擴大自己的勢力。

晉王世子見有村民登記完名字，往這邊走，便道：「二弟，三弟，你們聽說過欽天監還會夜觀星象，預測天災嗎？」

二爺聞言搖了搖頭。「沒聽說過，欽天監的本事如此大嗎？那以前他為什麼不預測？」

蕭暻桓心中一動，想到了什麼，也跟著道：「欽天監從來沒有預測過天災，只是擅長挑選黃道吉日和祭祀罷了。天元國每年都有地方出現天災，不是旱災便是水患，或是地動，欽天監要是懂得預測，皇祖父就不用擔心國庫空虛了，畢竟預防比賑災要省銀子多了。」

晉王世子附和。「沒錯，別說欽天監了，這些天災，國佛寺的司空大師都無法預測啊！不然這世上哪還有天災一說？而且這一路過來我都沒有看見老鼠亂竄的異象，至於天氣，現在都進入六月天了，天氣熱不是正常的嗎？」

二爺沒多想，只是點頭附和。「我看四弟是熱傻了，夏天熱是正常，而且老鼠出來覓食，都是四處亂竄的，這算什麼異象？」

剛報完名的幾個村民聽了，有點傻眼，欽天監不會預測天災？

有大膽的村民忍不住問道：「幾位將軍，欽天監不會預測天災嗎？那剛才那位將軍為何如此說？」

閒著沒事幹，拿他們來玩弄嗎？

晉王世子笑道：「這麼多年，本世子在京城從未見過欽天監預測過天災，剛才我四弟這麼說，想來是見天氣熱，又看見老鼠過街，覺得是異象，好意提醒大家吧！大家注意一下就好，畢竟這麼悶熱的天氣，就算沒有地動，應該也是會下一場大雨的。」

在沒有衛星，沒有天氣預報的古代，大家都有點看雲識天氣的本事，有時候在夜裡看天空的顏色，也會知道第二天會不會下雨。如果夜晚的天空是有點紅色的，那第二天十有八九會下雨。如果夜晚繁星閃爍，第二天絕對是大晴天。

後面跟上來的人聽了這話都忍不住咕噥。「這不是糊弄人嗎？過街老鼠，我每天晚上都能看見，算屁異象啊！沒有地動，說什麼可能有地動啊！真是嚇死人了。下雨不怕，這麼熱，下場大雨散散暑氣正好。」

「走吧！真的太熱了，估計那位將軍是看了書，覺得天氣異常，便猜測有地動，也是好心提醒，大家信就信，不就不信，也不虧。」

「不懂裝懂吧！大戶人家，家裡老鼠都沒一隻，看見老鼠過街自然覺得奇怪。」

大家議論著紛紛離開了，太熱了。

夜裡下起了狂風暴雨，天氣一下子涼快了不少，只是沒有發生地動。

接下來一連幾天都下大雨，徵兵都無法繼續進行下去。

秦汐說的地動一直沒有發生，蕭暻玹卻依然帶著他麾下的長鷹軍和一些普通士兵們冒雨搭草棚，為了方便幹活，蓑衣都不能穿。

不過幸好是夏日，天氣熱，淋雨也沒太大的關係，而且士兵們冒雨出征是常事。

只是根本沒有地震，冒雨搭草棚就是瞎搞，難免有普通士兵心裡會有怨言，覺得這麼大的雨，只要百姓不傻都不會有家不待，來草棚躲避地震，但是誰也不敢在蕭暻玹面前表現出來。

一是因為那些長鷹軍實在太勤快厲害，二是士兵們都聽說過，暻郡王這位小戰神說一不二，年少時第一次獨自帶兵就斬殺過不聽他命令的士兵。

但是背地裡不知道多少話語，有怨他的、有笑他的、有詛咒辱罵的……

蕭暻玹依然故我，每日乾乾爽爽的出門，濕漉漉的回去，雙手都被雨水刷洗，浸泡得白皺白皺的，有傷口的地方更是起皮，泛白。

秦汐被蕭暻玹勒令不許出去跟著士兵冒雨搭草棚，便在村子裡招了幾個手腳伶俐的婦人，和石榴一起給搭草棚的士兵們做吃食。

怕士兵們冒雨搭草棚，會受涼生病，所有食材都是秦汐從小島裡拿出來的。

這一天傍晚，趁著雨勢小的時候，秦汐帶著人冒雨前來送飯，只是走到一半雨勢又變大了，又是風、又是雨的。

蕭暻玹沒有穿蓑衣，穿了幹活不方便，此刻他蹲在草棚的架子上鋪草墊子，看見大雨中一個嬌小的身影，帶著一條隊伍，緩慢的走過來，他直接從草棚上躍了下去，拿起掛在木柱上的蓑衣，施展輕功來到她跟前。

秦汐頂著一頂大斗笠，抬頭看了一眼大大的草棚，已經快完工了，她笑道：「快搭好了？先吃飯。」

蕭暻玹看見她額前濕漉漉的髮絲和濕透的鞋襪、裙角不禁皺眉，但到底沒有說什麼。他說了也沒有用，她是第一個不聽自己的話，他卻捨不得罰的人。別說罰了，說一句重話，小丫頭就拿那雙好看得不行的眼睛看著他，倔得不行。他就拿她沒轍……

他板著臉直接將手中的蓑衣撐起，為她撐起一片無雨的小天地。

秦汐臉上都是雨水，回了他一個濕漉漉的，明媚的笑容。

明明天地間一片煙雨朦朧，遠方的天空還陰沈沈的，烏雲壓頂，蕭暻玹卻感覺自己置身於一處陽光明媚，鳥語花香的地方。

遼闊的草地上，有花、有草、有兔子、有茅草屋、有牛羊……還有她和他。

天空很藍，陽光很溫暖。

這一生甭管刀光劍影，風霜雨雪，有她在，他的四季就陽光明媚。

兩人帶著隊伍來到了搭好的草棚子底下。

長平吆喝一聲。「兄弟們快來吃飯啦！吃飯啦！」

士兵們忙丟下手中的活計，有從草棚上跳下來的，有從梯子上躍下去的，一窩蜂的湧進了草棚子。

吃飯大概是他們一天中最幸福的事了，大概是因為這一天三頓的美味海鮮大餐外加薑湯點心做宵夜，他們才能堅持下去。

二十幾輛板車，每輛板車上放著兩個大木桶，木桶上面蓋著蓋子，又鋪了一層油紙和草墊子，以防雨水進入。

運送糧食的士兵們將草墊子和油紙拿開，揭開木蓋子，一大桶、一大桶的吃食便露了出來。大米飯、魚丸子、肉丸子、青椒炒魷魚、香酥油炸小魚乾、紅燒肉、辣子雞和蓮藕花生墨魚湯。

秦汐聽見了嘶口水的聲音，笑了笑。「開動吧！米飯管飽，大家吃飽一點，這幾天都辛苦了，晚上還有薑湯和灰水糍。」

灰水糍是一個來自南方的婦人做的，灰水加糯米搓成麵團，煮熟後蘸著白砂糖吃，別有一番風味。

一連下了五天雨，地動都沒有出現，連秦汐都懷疑自己是不是記錯了。無奈她知道地動一定會有，只是很懊惱不知道是什麼時候，得讓士兵們這麼冒雨搭草棚。

她只能在吃食上盡最大的心來報答他們，讓他們吃好吃飽，儘量讓他們不生病。

一群長鷹軍高興地道：「謝謝暻郡王妃！」就連那些普通士兵的臉上都是喜色。

然後眾人自覺地排隊取飯，那些長鷹軍都會讓普通士兵排在前面。

蕭暻玹捧了兩個大碗公回來，裡面裝滿了飯菜。

秦汐已經將身上的蓑衣和斗笠解了下來。她拿出一方乾淨的帕子正想擦擦臉上的水，看見蕭暻玹過來，頭髮都在滴水，她抬手便幫他擦拭臉上的水。

蕭暻玹屈膝，半蹲了下來，方便她擦拭。

這幾天都是這樣，四周的士兵都見怪不怪了。

在長鷹軍心中，他們的將軍尊貴無比，膝下有黃金，到死都不會屈膝，能讓他屈膝的，只有他們的暻郡王妃了。而且長鷹軍還發現，他們的將軍特別怕媳婦，暻郡王妃一個眼神，他們的將軍就屁都不敢放一個了，暻郡王妃說什麼就是什麼，太沒用了！

要是蕭暻玹知道他麾下的士兵是怎麼想的，一定會解釋，他們是不知道這小丫頭有多記仇，他不敢了！

秦汐幫蕭暻玹擦乾臉上的水，蕭暻玹又用內力幫秦汐烘乾頭髮上的水和衣服，然後兩人便坐在一個角落裡吃飯。

蕭暻玹覺得這樣的日子也不錯，他心中的草原更遼闊了，天也更藍、更深邃，陽光也更溫柔了。

吃完飯後，天色還亮，最後草棚也快搭好了，蕭暻玹便帶著士兵們繼續爬上去搭草棚。雨還在下，秦汐便沒有離開，索性留下來，等大家搭好草棚再和蕭暻玹一起回去。

一直到天色黑透，所有的草棚都完工了，並且掛上了草簾子，如此也能擋掉大部分的雨水。

正好這時雨停了，兩夫妻並肩走回驛站，正好遇到準備出門的二爺。

蕭暻玹皺眉。「這麼晚，二哥要去哪兒？」

二爺目光躲閃。「大哥出去了，正好屋裡悶得慌，我四處走走，去找大哥。」

蕭暻玹也不管他去哪兒，只提醒道：「二哥，晚上可能有地動，警醒一些。」

二爺強忍著翻白眼的衝動，胡亂應了一聲就出去了。

老四就是想騙別人不成，將自己也騙了，天天說地動，都過五天了，也不見有地動。

秦汐一眼就看出二爺並沒有將蕭暻玹的話放在心裡，也沒有在意，即便她想管也管不了。

五天的時間太長了，一如打仗一樣，一鼓作氣，再而衰，三而竭，這麼多天了，大家都會懷疑事情的真實性，就算有天災也覺得是洪澇而不是地動。

「現在恐怕就只有你相信真的會有地動了，要是再沒地動，我都懷疑我這次的夢並沒有預測作用。」秦汐道。

「沒關係，盡人事，聽天命。」

秦汐點了點頭，兩人一起走進了一間屋子。

出門在外，又是在眾目睽睽之下，兩人這些日子都是睡同一間屋子的。

蕭暻玹已經實現了「搬回正房」的願望，雖然是一個睡床，一個睡軟榻，但是他已經很滿意了。

果然，以後還是得多帶她四處走，如此感情才有機會進展。

蕭暻玹甚至在想給她在軍營弄個職務，以後他們就可以天天在一起了。

蕭暻玹被自己的想法嚇到了，他從來就反對女眷出現在軍營，沒想到他自己竟然有一天也會如此想……

另一頭，二爺上了馬車，離開了驛站，並沒有去找晉王世子，而是直接往驛站附近的楊子村而去。

來率濱縣的路上，他救了一個熱得差點暈倒在官道上，膚白貌美的年輕寡婦，並且將對方送回了家。沒想到前兩天又遇到了對方去城裡買東西，這一次小寡婦出門沒有帶油紙傘，渾身都被雨水淋濕了。

他又善心爆發，讓她上了馬車，送了她回家。這一來二去，兩人便好上了，正是火熱的時候。

下雨天，待在驛站什麼都不能幹，實在太悶了，正好找點樂子，而且刺激。

下雨天，沒有什麼人出門，雨水聲又大聲，有什麼動靜都能掩蓋，實在是方便行事啊！

馬車來到一個農戶前，他撐著油紙傘下了馬車，對自己的侍衛道：「你回去吧！明日天亮前再過來。」

「是！」

這個院子停不下馬車，而且馬車停在外面太惹眼了，主子這是偷情，不能被別人發現，因此侍衛立刻便駕著馬車離開，回去驛站幫二爺打掩護。

不能讓人發現二爺沒有在驛站住下啊！要是讓晉王發現二爺在徵兵的時候還和一個寡婦搞在一起，估計會打斷二爺的腿，也會打斷他的腿！

第七十章

侍衛駕著馬車回到驛站的時候，正好看見世子爺的侍衛也駕著馬車回來。

兩人相互看了對方一眼，心照不宣的沒有出聲向對方的主子行禮打招呼，而是一同卸下馬車。

二樓，蕭暻桓正坐在窗前看書，他看見兩輛馬車一前一後的駛向馬廄，挑眉。「世子爺和二爺都出去了？」

「回三爺，世子爺是晚膳時候出去的，他去率濱縣首富的府邸赴宴了。二爺是半個時辰前出去的，他去了楊子村。」

蕭暻桓邪笑。「真是一個不嫌自降身分，一個不嫌髒！」

大哥也是饑不擇食了，一個小小的率濱縣首富，能有多富有？估計連秦家的萬分之一都比不上，秦氏的嫁妝都比他富有。

不過大哥就算了，看上一個小地方的首富之女，到底人家還有點用處，而且是清白之身。二哥真的是管不住自己的下半身，竟然和一個寡婦勾搭在一起，也不嫌髒的！他是半點也看不上二人的所作所為。

就算是娶一個商戶女做妾，也要像秦氏那樣有個富可敵國的爹，長得又美才勉強配得上他們皇孫的身分。至於寡婦，他是半個手指頭都不願碰！

不過兩人這樣行事，他是不會提醒他們的，父王派他們出來徵兵，他們卻在這個時候亂搞，父王知道後，定然會大失所望，皇祖父也是。

無論是父王和皇祖父，兩人都不喜歡沈迷女色之人。只要他們讓父王和皇祖父留下沈迷女色的印象，皇位定然無緣了，如今他最大的敵人就是蕭暻玹。

「四爺回來沒？」

「回主子，四爺和郡王妃半個時辰前已經回來了。」

蕭暻桓看了一眼外面，外面漆黑一片，看不見雨，但是嘩啦啦的聲音，也知道雨勢很大。

會有地動嗎？他寧願有洪澇，也不希望有地動，如此蕭暻玹就犯下大錯了。

「主子天色不早了，您要歇息嗎？」

「嗯，歇吧！」

夜已深，天地間只有淅淅瀝瀝的雨聲，沒有蛙聲，沒有蟲鳴，只有不知何時畫下休止符的雨聲。

秦汐睡得正熟的時候，突然識海一陣搖晃。

她嚇得迅速睜開眼，坐了起來，拉開帳子。「地動了！」

軟榻上蕭暻玹也迅速坐了起來，非常確定地道：「沒有，地沒有動。」

秦汐感受了一下，確實沒有，只是海島裡的海浪太大了，鋪天蓋地，像被什麼劇烈搖晃一樣，她有預感地動將至，這是海島給她的提醒。

「出去，快去通知大家，地動要來了！」秦汐迅速穿上鞋子站起來跑出去。

蕭暻玹已經拿起旁邊擱置的一件蓑衣和斗笠跟在她身後跑出去。

兩人這些日子都是穿著外衣睡覺的，因此並不需要穿衣服。

長平就在外面守夜，見兩人出來，嚇了一跳，他還沒來得及出聲，秦汐已經開口。「快通知大家，有地動！」

長平立刻拿起放在邊上的銅鑼一邊敲、一邊跑出去。「地動！有地動！大家快跑啊！」

與此同時睡在旁邊房間的長安幾人也拿著銅鑼出來了，不用蕭暻玹和秦汐說什麼，幾人便從二樓躍了下去，上馬，冒著大雨離開了驛站，去通知附近的村民了。

這時蕭暻桓聽見了動靜，跑了出來。「四弟怎麼回事？有地動嗎？我沒感覺啊！」

「馬上就有了！你去通知大哥和二哥他們！」

蕭暻玹說完抱著秦汐也跳了下去，他還要去軍營通知五弟。

蕭暻桓嘴角抽了抽，大哥、二哥？也不知道在哪個溫柔鄉，他對二人的侍衛道：「還不快去通知你們的主子！」

然後也跟著跳下了二樓。

整個驛站的士兵都被吵醒了，大家都跑出了屋，滂沱的雨勢瞬間便將眾人淋成了落湯雞。

大家找了個空曠的地方待著，只是一刻鐘過去了，地動都沒有發生。

雨太大了，有人淋了一刻鐘就受不了了。「放屁，哪來的地動？暻郡王魔怔了吧！」

「這大半夜的不睡覺，讓大家出來淋雨，暻郡王這是鍛鍊大家的應對襲擊的能力嗎？」

「暻郡王呢？不會躺回屋裡睡覺，讓我們淋雨吧？」

「不管了，我已經出來淋了一刻鐘了，冷死了，我回屋了，有地動便有地動吧！」

說著他便走回屋裡。雨下得太大，又是大半夜，大家見此也跟著走回屋裡。

蕭暻桓也受不了了，他也覺得不會有地動，也跟著走了進去。偏就在這時，一陣地動山搖，整座房子瞬間便塌了。

蕭暻桓剛剛跨過門檻，身形一晃，一條橫梁和無數的瓦礫掉下，他迅速抬手揮開橫梁，施展輕功轉身便跑了出去。饒是他反應快，也被一片瓦礫劃破了左臉，血流瞬間如注。

走得快，已經走進屋的人就沒有那麼幸運了，全都被壓在房子底下。

大地還在震動，這時有人才反應過來，迅速跑開，一臉驚恐地大喊：「地動啊！真的有地動！」

其他人也紛紛大喊：「快跑！地龍翻身啦！」

眾人高喊著，一窩蜂地跑去更開闊的地方。

這一瞬間，在他們看不見的地方，附近的村子有人騎著馬拿著銅鑼使勁地敲打，一聲一聲的大聲呼喊。「地動啦！快跑啦！」

「地龍翻身啦！快跑！到空曠的地方躲一躲！」

他們的聲音很大，銅鑼震天，穿透滂沱的雨勢，驚醒睡夢中的人兒，大家紛紛跑了出去。馬兒跑得很快，大家也跑得很快，可是更快的是房子倒下的速度。

黑夜中，一座座房子轟隆隆的倒下。

有婦人聽見動靜抱著孩子剛剛跑出來，身後的房子便倒了，後面的男人被埋在屋裡。有人聽見動靜，剛從床上爬起，便被房梁砸中。有人還在睡夢中，什麼都不知道，以後也什麼都不知道了。

天崩地裂，地動山搖，屋子瞬間成為廢墟。

蕭暻玹騎著馬在大雨中疾跑，他只想跑得更快，通知更多的人。

他和秦汐兩人共騎一匹馬，秦汐坐在前面，使勁地敲著銅鑼，嘶聲吶喊，只想聲音傳得更遠，讓更多的人聽見。

看著一座座房子倒下，聽著一聲聲轟隆，兩人的內心就像被這滂沱的雨水刷洗過一樣涼透了。

這一刻他們覺得時間太長，為什麼災難不稍縱即逝？這一刻他們又覺得時間太短了，為什麼不給他們更多的時間，通知更多的人？

這一片天地彷彿無窮盡，大概一刻鐘的時間，能跑多遠，能跑多少個村子呢？

天亮了，雨停了，大地似乎也安靜了，可是哭聲此起彼伏，淒厲得聞者落淚，聽者傷心。

蕭暻玹已經帶著長鷹軍開始在村子裡倒塌的房子下救人。

秦汐和一些懂醫術的大夫在草棚裡救人。

秦汐剛剛給一個被瓦礫砸破腦袋的人包紮好傷口，蕭暻玹便抱著一個昏迷不醒，渾身是泥土和血的老人匆匆地跑進來。

「還有氣！」

「好！」秦汐應了一聲。

蕭暻玹看了一眼秦汐，她渾身濕透，身上滿是血和泥土，他心驀地一疼，但這刻也做不了什麼，只道：「照顧好自己！」

「好！你也是！」秦汐頭也不抬地應了一聲，開始給老人檢查。

誰也不知道會不會有餘震。

秦汐忙得頭暈眼花，還有許多人等著救，而且藥也快不夠了。

蕭暻玹迅速掉頭繼續去救人。

只是他剛走出幾步遠，二爺的侍衛便一身是血的跑過來了，他剛剛才被人從廢墟裡救出來，然後立刻去村子裡看自家主子，發現寡婦那個小院倒塌了，他懷疑自家主子被壓在房子下面了。

他又匆匆跑回來向暻郡王求救。「郡王，請您派幾個長鷹軍去救救我家主子，他被壓在房子下面了！」

晉王世子的小廝這時也一身狼狽地騎著馬跑過來。「暻郡王！世子爺被壓在房子下面了！求暻郡王快派人去救救世子爺！」

蕭暻玹心中非常不悅，他昨晚已經提醒過二哥，而且半夜他離開的時候，也通知了驛站的人，沒想到竟然還會有人被壓在驛站的房子底下。

用小丫頭的話來說就是不作死就不會死，自己作死就算了，還要連累別人！可是那是自己的兄長，又不能不救。

他冷聲道：「他們在驛站嗎？驛站那邊有長鷹軍在救人，你去通知他們就行！」

說完他抬腳便要走。

兩人快哭了。「不是，主子（世子爺）不是在驛站。」

「世子爺在鎮上。」

「主子在楊子村。」

兩人的目光都有些閃躲，低著頭，不敢看蕭暻玹的臉色。這一刻兩人內心神同步，一是擔心主子的安危，二是擔心主子被救出來時身邊還躺著一個女人。

這樣的話，主子的名聲就毀了。

這時晉王騎著馬，後面跟著一大隊車隊，原來是秦庭韞也來了，帶了許多傷藥和物資，還有家丁和長工來幫忙救人。

秦汐看見車隊，鬆了一口氣。

來了，傷藥來了，有了這麼多藥材，她再偷偷從海島裡拿出藥材也沒那麼顯眼。

晉王看見蕭暻玹一馬當先的跑到了他面前，他已經聽見了晉王世子的侍衛和二爺的侍衛的話了，他以為世子和二爺是因為救人被壓在房子下，立刻對身後的兩個心腹道：「長勇，長勝，你們跟著他們二人去救出世子和二爺。」

「是！」兩人異口同聲地道。

晉王世子的侍衛和二爺的侍衛兩人內心再次神同步。

世子爺完了！世子爺被救出來，會不會被晉王打死？

二爺完了！二爺被救出來，會不會被晉王打死？

此刻兩人都不知道該不該救自己的主子好。

「愣著幹麼，趕緊帶路救人啊！」晉王見二人如喪考妣，以為他們是擔心主子出事會被連累，厲喝一聲。

「是！」兩人趕緊翻身上馬，帶著晉王的心腹去救人。

晉王四周看了一眼，沒有看見蕭暻桓的身影，便道：「你三哥呢？」

蕭暻玹搖頭。「不知道，兒臣沒看見他，驛站那邊的房子也塌了，但是兒臣離開驛站的時候已經通知大家有地動，許多人都跑出去了，當時三哥也跑出去了。」

蕭暻桓在哪兒？蕭暻桓的左臉被瓦片劃了一個大口子，那傷口劃過左眉，傷口非常深，大夫說會破相。

破相就沒有資格坐上那位置了，所以他立刻決定連夜回京城找太醫醫治，只是在鄰縣驛站聽說晉王來了，他又立刻掉頭回去了。

晉王點頭，以為老三也去救人了。「這次幸好有你和汐丫頭，父王帶了五萬士兵過來，你比較瞭解各個村子的情況，這些士兵便由你來安排，力求盡快將受難的百姓救出來。你皇祖父還讓我帶了一百隻獵犬過來，幫著尋人。」

率濱縣有地動的消息傳了那麼多天，身在京城的晉王也聽說了，並且飛鴿傳信問過蕭暻玹，蕭暻玹添油加醋的如實說了。

晉王也選擇寧可信其有，不可信其無，利用這幾天的時間，調動了兵馬，和秦庭韞一起籌集了許多物資送過來。昨晚他們落腳在率濱縣旁邊的小縣，睡到半夜，他感覺到床在搖，便知道地動真的發生了，他立刻連夜帶著士兵們趕路過來救人。

為了一個謠言，隨意調動五萬大軍，晉王都快被京城言官們的口水淹沒了，京城彈劾的奏摺此刻還在滿天飛舞。

但晉王不管，他直接立下了軍令狀，要是沒有地動，便歸還兵權，並且降為郡王，如此那些大臣才勉強沒有那麼多話說，有些人甚至等著看他的笑話。

不過在這世上，能夠因為一個謠言便調動五萬兵馬，也就只有晉王和蕭暻玹了。蕭暻玹也調了地方駐軍三萬兵力，再加上數千長鷹軍，現在有八萬多兵力齊集在率濱縣。

說真的，晉王和蕭暻玹兩父子此刻要造反，簡直是易如反掌。

如今京城一些廢太子黨和楚王那一派的官員，在瑟瑟發抖的同時又隱隱有些莫名的期待，期待能乘機打壓一下晉王，又擔心晉王真造反，而且還成功。

「是！」蕭暻玹也不含糊，應了一聲，便安排五萬士兵由長鷹軍帶著下去各個村子救人。

晉王還帶了幾名太醫和京城的一些大夫過來，他看見秦汐在草棚子給受傷的百姓包紮傷口，便對身邊的秦庭韞道：「秦老弟，你帶著太醫和大夫他們去幫汐丫頭一起救人。」

「是，王爺！」秦庭韞何曾看見自己的寶貝女兒如此狼狽的樣子？他心疼極了，卻又無比驕傲。為他的女婿和女兒驕傲，一個合格的龍子鳳孫就該這樣，一個合格的皇家媳婦也該這樣。

「村尾的房子下面有人！誰有空過來幫忙！我聽見這下面有人喊救命！」

這時有一群村民氣喘吁吁地跑過來，一邊跑、一邊大聲喊，他們都是附近村子的。

「將軍，救救我爹，我家房子塌了，我爹還在裡面！」

「將軍，救救我娘子，房子塌的時候我抱著孩子先跑一步，她還沒出來！」

「哪裡？帶路！」晉王立刻應了一聲，點了一隊士兵跑過去。

救人是爭分奪秒的事，客氣寒暄的話等著以後再說，晉王立刻加入了救人的隊伍中。

這個鎮子是重災區，尤其是此處，幾條村的房子全都倒塌，沒有一間屋子是完好的。

幸好秦汐提前一刻鐘從海島裡的海浪中，預感到地動馬上要發生，蕭暻玹立刻派出長鷹軍和放出早就準備好的信鴿飛鴿傳書通知駐守在各村的長鷹軍，救了無數人。

不過一刻鐘的時間到底有些短，又下著雨，有些地方太遠，信鴿剛到，長鷹軍立刻敲鑼打鼓去通知村民，仍有些遲。

對於近距離的村民，一刻鐘又太長，淋了一會兒雨，有不信的人就不管不顧地偷偷跑回屋，也有人是相信的、是怕的，只想回屋裡拿蓑衣、斗笠，誰知地動就在那一瞬間發生。

幸運的是，還是有許多百姓是相信的，願意忍一忍，不然大半夜的，只會有更多的人被壓在房子下。

各村的村長正在統計逃出生天的村民的人數，並計算哪個房子下壓了人。現在他們是發現呼喊求救的倖存者先救，有家人逃出來求救的先救。小白狐不知哪時也來了，牠則是發現有活人的位置先喚人救。

蕭暻玹讓長平和長安排四萬大軍在這個鎮子救人，剩餘一萬大軍到附近的鎮救人，並且派了一名太醫和兩名大夫跟過去。

如何救，怎麼救，救上來後怎麼做這些秦汐和蕭暻玹早就想好了，並且全數教給了長鷹軍，由一名長鷹軍帶領著一百名士兵和一些主動加入的百姓救人。

雨勢已經減弱，但還下著小雨，在這片廢墟中，除了老弱病殘留在草棚裡，有力氣的人不論男女都去幫忙救人了。

秦庭韞走到了秦汐身邊。「汐兒，晉王請了幾位太醫和十幾名大夫來幫忙。」

秦汐已經注意到晉王和秦庭韞來了，只是她要處理傷者的傷口，走不開。

太醫和大夫們忙向秦汐行禮。「下官（草民）見過暻郡王妃！」

秦汐忙道：「諸位免禮！謝謝大家能夠冒險前來，我就不客氣了。因為實在是太多百姓需要救了，那邊有不少百姓還等著包紮傷口，麻煩諸位先去救手腕綁著黑色布條的百姓，他們的傷勢比較重。」

「是！」大家應了一聲，立刻揹著藥箱去給受傷的百姓包紮治療了。

都是大夫，如何做不需要別人教。

秦庭韞站在秦汐身邊，看著渾身濕透，狼狽不堪的女兒，將她從頭到腳打量了一遍，就擔心她受傷了。「汐兒有沒有受傷？」

他的女兒哪裡吃過這些苦？平時衣服沾了滴水都要換的。

「爹，放心，我沒事，您怎麼來了？」秦汐一邊給一位老人處理傷口、一邊問。娘有身孕在身，她還以為她爹不敢離開她娘身邊。

「妳娘不放心妳，爹也不放心，而且這裡需要爹幫忙，爹來看看有什麼能幫上的。」

第七十一章

秦汐隨即說明狀況。「爹和父王送了那麼多物資和帶了那麼多人過來，便是幫了大忙了。現在可能還會有二次地動，爹您可別到處亂跑，今晚您在草棚歇一晚，明日早點回京，再調一批物資過來吧！衣服、糧食、藥材、油燈樣樣都需要，將我的那些存貨也送些過來，給傷者熬粥。」

讓秦庭韞直接離開他不會同意，秦汐索性給他安排點活計，而且有秦庭韞在，她拿出海島裡的東西更容易。

「好！妳放心，爹會安排好。」秦庭韞一聽便明白了，一口應下。

秦庭韞也懂得一點兒醫術，至少幫傷勢較輕的百姓包紮傷口是沒有問題的，他和秦汐說了一聲，便去幫忙了。

這一忙，便是沒日沒夜，一直到第二天中午，秦汐才將所有危重傷的百姓包紮好，這些人的傷勢太重，能不能醒過來，依著現在的醫療條件秦汐已經盡力，剩下的只能聽天由命。

秦庭韞眼見藥材消耗的速度有些快，帶來的糧食消耗得更快，他便回去籌備藥材和糧食了。

趁著現在還沒有傷勢特別嚴重的人救出來，又是午膳大家吃飯的時間，秦汐打算睡一睡，她已經兩日兩夜沒怎麼合眼了。

秦汐剛走回自己的小帳篷，這時一人騎馬匆匆跑近。

「郡王妃，世子請您過去幫他治腿。」

蕭暻玹和晉王兩人正好救完人，暫時沒有聽見有人求救，又累又餓的兩人打算回來填飽肚子再繼續搜救。

晉王聽了便道：「世子的腿怎麼了？他在哪裡？為何不送回來這邊醫治？這裡這麼多傷者，郡王妃如何能走開？」

「世子被房梁砸中了雙腿，現在還沒救出來，要是強行移開那條房梁，何將軍擔心剩下的半座房子會塌，世子會沒命。可是不移開房梁，想要救出世子，只能將世子的腿砍斷。」

蕭暻玹和晉王同時皺眉。

蕭暻玹率先開口。「父王，我去救大哥。」

到底是自己的長子，晉王也擔心，便道：「這裡離不開你，本王去。」

晉王世子的侍衛看了一眼秦汐。「王爺，世子說暻郡王妃醫術了得，想請她去治腿。」

晉王吹鬍子瞪眼。「汐丫頭是懂醫術，可她不懂救人，想讓她治腿，也得把人救出來再說！走吧！救出來再送過來一樣。」

什麼樣的傷勢晉王在戰場上沒有見過，聽情況就知道只是腿受傷了，腿受傷一時又要不了性命，晉王根本不當一回事。

侍衛沒有辦法，只能和晉王一起離開。

兩個時辰後，晉王世子被快馬加鞭的送回來了。

晉王世子的侍衛抱著半截腿，哭著對秦汐道：「暻郡王妃，太醫，求你們救救世子！」世子的腿被王爺砍下來了。

晉王世子紅著眼看著秦汐。「四弟妹，救我！大哥不想變瘸子！妳不是能接肢嗎？妳能幫我將腿接回去嗎？」

天元國律法規定，身有殘疾的皇子是不能繼承皇位的，他不能斷腿啊！

秦汐和太醫聞言只能將手中的傷者交給旁人，趕緊走過去。

秦汐看了一眼一身血污的晉王世子，他的其中一條腿被砍了下來，已經包紮過了，只是傷口還在滲血。剩下的半截腿血肉模糊，骨頭碎裂，被侍衛帶回來了。

這半截腿傷成這樣，就算放在現代，也接不回去，她又不是神仙。

「世子爺，我先幫你的腿止血吧！」

晉王世子不樂意。「四弟妹，我不要止血，我要接回我那半截腿，當日探視退伍傷兵的時候妳曾說過，手腳被砍下來，也有可能接回去，妳一定要幫我接回去啊！」

秦汐搖頭道：「世子爺，情況不一樣，你這半截腿骨頭都碎裂了，而接肢傷口要平整，再說那事我也只是聽說過，我卻不會。」

如今沒有器械，什麼都沒有，這腿骨都碎了，她又沒有透視眼，怎麼接？

唯一的希望破滅，斷腿的晉王世子失去了理智，他忍不住口不擇言。「妳是不是不想幫我接肢？妳是不是想我斷腿？妳存的什麼心思？」

晉王聽不下去了，而且他對世子極度失望，忍不住罵道：「你說什麼胡話？汐丫頭當日也說過，接肢一事她只是聽一位神醫說過，她什麼年紀，醫術才學了多少年，怎麼可能會？你要治不治？還有許多人等著汐丫頭去救呢！何太醫，你來幫世子治腿。」

晉王世子聞言，一臉灰敗。完了，他的皇位沒有了……

何太醫忙應了一聲。「是！」

晉王是真失望，他以為老大是救人的時候被壓在房子下面，誰想到，他匆匆趕去救人看見的是什麼，他氣得當場就想掉頭走人。如果世子不是自己的嫡子，晉王妃又只有他這麼一個兒子，他就不救了。

連他知道有可能會有地動發生，都在京城籌備物資連夜送過來，自己的兒子竟然還有心思睡女人？沈迷美色，不知輕重！

所以，晉王看了一眼當時的情況，知道若是移開房梁救他出來，房子便會發生二次坍塌，直接不顧他的苦苦哀求，二話不說就將他的腿砍了，將人救出來。

這也是因為生氣，不然晉王當時還會好好的解釋安撫兒子，這骨頭碎成這樣，就算移房梁屋不塌，腿還是得砍。

其實晉王世子比較倒楣，那位率濱縣首富府中的院子修建得還挺好的，沒有一座在地震中倒塌，只有他歇下的那個院子塌了一半。倒楣的他剛剛辦完事，舒舒服服地摟著美人睡得香甜，地動就發生了。房子塌了一半，塌下來的房梁正好砸在他的腳上。

晉王沒眼看，想到自己的二兒子，他心生不妙。「老二救出來沒？老二在哪裡？怎麼還沒救出來？」

孩子的品性，當爹的多多少少有點瞭解，他這麼多個兒子中，二兒子是最重美色的，如今世子是這模樣，老二呢？

正好，此時二爺被人送回來了，他雖然有點兒狼狽，但是身上的傷勢倒是不嚴重。看見晉王，二爺眼神閃躲。「父王您來了！嗚嗚，能看見父王真是太好了，兒臣以為再也看不見父王了！」

晉王見此心中一沈，看向自己的心腹。「二爺不是被壓在房子下，為何沒有受傷？」

二爺聽了晉王的問話，心尖狠狠的顫抖了一下，他求救地看向晉王的心腹長勇。

長勇是晉王的心腹，只聽命晉王一個人，對晉王的話是言聽計從，知無不言、言無不盡，絕不會隱瞞。別說是二爺的求救眼神了，就算是蕭暻玹看過來，他也會照實說。

「回王爺，是因為二爺抓了一名婦人擋在自己身上，擋住了砸下來的……」

二爺急了，大聲嚷嚷。「長勇，你不要胡說八道！什麼叫我抓了一名婦人擋在自己身上？是她自願幫我擋災的！」

「卑職救出二爺的時候確實是看見二爺死死抓住她，而且她的遺容一臉震驚。」

二爺惱羞成怒，堅決不承認。「房子都塌了，我不死死抓住她我不也得死？她那不是震驚，是痛苦！」

晉王冷冷地看了他一眼。「那婦人為何會救你？你為何和她一起被埋在房子下？」

二爺想說，他是去救她才會被埋在房子下，可是長勇救他出來的時候，當時他和那小寡婦都沒有穿衣服，許多士兵都看見了。他下意識地看了一眼長勇，長勇一定不會隱瞞父王的。

晉王冷哼，還有什麼不懂的，看向長勇。「你說！」

長勇一針見血。「屬下救出二爺和那位婦人時，兩人都沒穿衣服。」

晉王氣得一腳便踹在二爺身上。「混帳東西！」

二爺整個人飛出了幾丈遠。

婦人！這個混帳竟然和一名婦人勾搭在一起？

世子和一名女子有染，他已經火冒三丈，覺得長子品行不行，定性不夠，堂堂王府世子竟然也被美色迷惑。可那女子好歹還是人家商戶為了攀附權貴故意送上門，也算是你情我願。

老二這個混帳，竟然和婦人勾搭？也不知道那婦人是被迫的，還是自願的？

而且老二竟然在危難關頭還抓了人做擋箭牌，人肉墊子。這已經不是品行不行，這簡直就是道德淪喪，和禽獸有何區別？

秦汐聽了也是傻眼。

上上輩子沒有這事，畢竟就算是幾位爺前來救災也是在地動發生之後。有那麼多士兵護著，怎麼可能會讓他們被壓在房子下。

但是她知道二爺好色，因為上上輩子她就無意中撞見過二爺在花園的假山裡和丫鬟那啥。

沒想到他竟然如此好色！

「那婦人的家人呢？」晉王覺得必須要給別人一個交代。

晉王這一腳毫不留情，二爺吐了一口血急急道：「父王，那婦人是寡婦。」

不然他也不會和一個有夫之婦搞在一起啊！

他還是要臉的，他又不缺女人。

晉王看也沒看二爺一眼，對長勇道：「派人找到那婦人的婆家人和娘家人，好好的補償一番，將人安葬了。」

「是！」長勇應下。

晉王失望至極，孩子小的時候雖然他常年出征在外，可是只要在京城，在府中，他都親自教導幾個兒子的，沒想到一個、二個如此不中用。

庶子就算了，他知道自己的王妃雖然明理大方，不會做出欺壓妾室，虐待庶子的行徑，但也不會多用心教導庶子，任由他們自行發育。

但是世子是嫡子，是嫡長子！

晉王妃可是非常用心教導的，沒想到竟然也養歪了。

嫡長子啊，那是要繼承爵位的。

怎可如此！

晉王向來堅信，品行不正之人，位置越高，禍害越大。

晉王這一刻廢世子的心都有了。

可是老四已經有了自己的爵位，廢掉世子，王府的爵位誰來繼承？

老二比世子還不如！

老三……

「三爺呢？」

這時正好有當晚待在驛站的士兵，聞言便道：「三爺受傷了，他回京找大夫醫治。」

受傷？回京城醫治？晉王皺眉。「三爺傷勢很嚴重？他是如何受傷的？」

那士兵怕晉王擔心，如實道：「只是臉上被劃了一道口子，不嚴重。地動發生前一刻鐘，暻郡王通知了大家都出了屋，只是因為當時大雨滂沱又是大半夜的，大家等了一刻鐘地動也沒有發生，大家就不耐煩了，以為根本沒有地動，許多人都受不了了走回屋，三爺當時也走回屋，沒想到地動就在那一刻發生了。三爺算是幸運了，走得慢，才走到門口地動就發生了，他躲得又快，只是被瓦片劃傷了臉，好幾個人直接被埋在房子下面。」

晉王無言。

只是傷了臉就回京城？放著那麼多受災受難的百姓不救？

這是擔心被毀容吧？可是一個大男人容貌有何重要？這麼多個兒子中，晉王其實最不喜歡三兒子的性格。

老三這人，怎麼說呢，他不好色，人前也是進退有度，彬彬有禮，無論是讀書還是練武都挺上進，可是心機太重了。

有點唯利是圖的感覺，對他有利的事他才會去做。

每一件事情定然會在他心裡計算過得失，然後挑受益比較大，或者得失比較少的來做。

晉王是武將，一個胸懷天下的武將，最不喜歡心機深沈的人。

他在戰場上和士兵們講的是忠義，是肝膽相照的義氣，個個講心機，如何將後背交給兄弟們？心機是那些玩弄權術的權臣最愛的玩意兒。

算了，老三也不行。幸好他還有一個耿直的憨憨，只知道埋頭苦幹的老五。

老五就不必問在哪裡了，昨天下午他在隔壁村看見他從一片廢墟中揹著一個老人走出來。

蕭暻桓這時候抱著一個一臉是血的孩子跑過來。「太醫！太醫快救人！」

這孩子是他趕回來的時候，正好看見五弟將人從廢墟裡救出來，並且讓士兵將孩子送過來給秦汐和這邊的太醫醫治，他還要接著去救孩子的母親。他便乘機將人接了過來，特意問了父王的下落，將人抱過來。

晉王看了他一眼，才看向他懷裡的孩子。「汐丫頭，妳來救這孩子。」

說完，他便去吃飯了，吃完還要繼續救人。

「好！」秦汐應了一聲。

蕭暻桓總覺得父王這眼神有點深意。莫非他已經知道自己離開一事了？他心中有點慌，強自鎮定地將孩子遞給秦汐。

蕭暻玹搶先一步接過孩子，對秦汐道：「我抱他過去。」別以為他不知道，這人覬覦過他的王妃。

秦汐跟在蕭暻玹身邊一起去草棚給孩子療傷，兩人眼神也沒有給蕭暻桓一個。

蕭暻桓看了一眼兩人冷漠的身影，又看了一眼已經捧著一個大碗公開始大口吃飯的晉王，感到心氣不順。

一定是老四在父王面前說了什麼，父王才對他如此冷淡。

蕭暻桓已經收到消息大哥腿廢了，那位置絕不可能輪到他；二哥和一個寡婦搞在一起，看他這樣子，父王應該是知道了。二哥又蠢又好色，騎射不行，讀書不行，文不成，武不就，父王是腦子進水才會讓他繼位。

所以現在他的對手剩下老四，或者說一直只有老四。他一定要治好自己的臉。長幼有序，他是兄長，又不是廢材，品性端正，文韜武略，這皇位，他更有資格繼承才對。

二爺被晉王冷落，有點不知所措，看見同樣被冷落，不知所措的三爺，立刻走了過去，找個同伴就不顯孤單了。「老三，咱們也去吃飯吧！」

他被埋在房子下面，已經兩天兩夜沒吃東西，快餓死了！

「二哥你去吃吧！我不餓，我去救人。」知道這個時候，他只有努力救人才能讓父王改觀，他犯的又不是原則上的錯，只要他表現得好，父王就不會計較其他。

然後蕭暻桓便走開。他心裡另有打算，聽說父王帶了幾個太醫過來，分散到各處，他去其他地方救人，順便找太醫看看臉上的傷。

宮裡的冰肌雪顏藥膏能祛疤，他得問問太醫院還有沒有。

二爺氣惱。這老三最會在父王面前做表面工夫了，吃飯的時候還救什麼人？

他左看看，右看看，趁晉王不注意，趕緊溜去打飯吃。

秦汐回到草棚便看見斷腿的晉王世子在角落裡睡著了。

她覺得這次地動，因為她的干預，可能改變了幾位爺的命運。

只是蕭暻桓怎麼就只是傷了臉？果然禍害遺千年，老天爺不開眼。不過，傷了臉，也不知道傷口深不深，要是毀容了，那便是與皇位無緣，以他野心勃勃的性子，恐怕比死更讓他難受吧？

秦汐這麼一想的時間，蕭暻玹已經將孩子放在簡易搭建的「手術床」上，她立刻回神開始救人，也沒時間多想了。

一連忙碌了十幾天，搜救的活計正在收尾，大部分人已經救了出來，後面幾天救出來的人不多了，每天只有四、五個人，而且救出來的人大多不需要醫治了，還需要治療的生存者，都是奇跡。

在天災面前，生命太渺小了。

幸好，這次傷亡與上上輩子她聽說的，好太多了。上上輩子她聽說整個率濱縣的百姓九成都被埋了，而這次只有一成不到。

今日是搜救的最後一日，現在只剩幾個村子沒有進行第三次搜救，今日就可以搜救完畢，接下來是後續的重建工作了。

因為是最後一日搜救，受傷的百姓都包紮好了，各處草棚都有大夫和太醫看著，秦汐便打算四處走走，看看還有沒有奇跡出現。

第七十二章

秦汐走在一片斷垣殘壁當中。

這個鎮因為離震源比較遠，受災不算嚴重，房子倒塌得不算太多。但是因為鎮上的人員來往比較多，比較複雜，不像在村子，找出村長，家家戶戶有幾個人基本都可以統計出來，因此鎮上的救援更加麻煩。特別是像客棧、賭坊、花樓、書院這種地方，房子塌了，下面壓了多少人，根本沒人說得清楚。

那天又是集日，有些人去鎮上趕集會留宿在親戚朋友家，經常出現左鄰右里也不確定自己鄰居家裡有多少人的情況。

因此這個鎮士兵們搜查過好幾遍，每次搜都能救出人，直到昨晚還搜了一次，沒有再搜到什麼，才結束搜救。

秦汐擔心這麼大的鎮子會有被忽略的奇跡，反正現在閒著無事，她便四處走走。走著，走著，越走越遠，遠處只剩下一座塌了一半的院子，院子只塌了一半，想必裡面的人已經都救了出來。

秦汐正打算掉頭，沒想到，她隱約聽見了有人喊了一聲救命。

聲音很小，只喊了一聲就沒有了動靜，但秦汐確信自己沒有聽錯。

她立刻往那個院子跑過去大聲道：「是有人喊救命嗎？你在哪裡？你再喊一聲，或者身邊有沒有什麼東西，敲一敲，設法弄出一點動靜也行。」

那人大概是聽見了秦汐的聲音，做出了回應。「救命！我……在下面。」只是太虛弱了，聲音很小，但聽得出來是個女子。

但是秦汐還是聽見了，鎖定了一處廢墟之下，小心翼翼地走了過去，趴下大聲道：「妳再說說話！或者發出一點聲音！」

「我在……下面，地窖下面。」

地窖？這房子塌了一半，地窖入口應該是被房子壓住了，秦汐四周打量了一眼，再根據這一帶建築的特點，推測地窖的位置，同時吹響隨身攜帶的哨子，通知士兵過來幫忙，只是她已經走出比較遠，也不知道能不能聽見。

「妳等等，我去喊人過來救妳！」

秦汐想跑回去找人，這時那女子又說話了。「姑娘救命，我有身孕，地窖口被壓住了，裡面快沒氣了，我感覺要窒息了！我肚子很疼，妳能先挖開一點空間讓我呼吸一下嗎？」

「好！妳堅持住，馬上就得救了！妳有沒有被東西砸到？我要挖了！妳小心點，我擔心有東西掉落。」

大概是剛才那段話很長，用盡婦人的力氣，或者她已經昏迷，這次秦汐沒有聽見回應。

秦汐找了一塊木板當工具便開始挖了起來。因為不知道下面的情況，她動作也不敢太大，怕引起二次坍方，將裡面的人直接埋了。她想著先挖開一個口子，讓空氣透進去，然後再去尋人過來。

不然跑回去，再帶人過來最快也得一刻鐘，那就太遲了。

而且秦汐想著現在已經是傍晚，蕭暻玹這個時辰應該差不多回來了，他在草棚沒有看見自己，一定會尋過來。

秦汐想得沒錯，她這想法剛出現不久，便聽見了一陣馬蹄聲。

確實是蕭暻玹騎著馬過來了，而且他的身後還跟著長平。

蕭暻玹回到草棚聽士兵說她四處走走，看看還有沒有奇跡，他便問清了方向，尋了過來。

秦汐看見他眼睛一亮，大聲道：「這裡！這下面還有人活著！」

二人聞言一夾馬腹，加快了速度跑了過來。

長平躍下馬。「真的有活人？」

這一帶士兵們檢查過好幾次了，怎麼沒有發現？

「真的，是一個雙身子的婦人，我還和她說過話，她被埋在地窖裡，說快要呼吸不了了，讓我先挖開一個口子，讓空氣進去。大概在這個位置。」秦汐指了指腳下。

蕭暻玹走到了秦汐身邊。「妳去邊上等著，我們來！」

這地窖也不知道會不會引起二次坍塌，蕭暻玹擔心秦汐會受傷。三個人一起挖就有點礙事，兩個人正好，秦汐便聽話地走到一邊，交給他們。

蕭暻玹和長平這些日子對如何挖開廢墟，救出被壓在廢墟之下的人已經有了經驗了，很快兩人便挖開了一個口子。

長平探頭往下看，地窖昏暗，可是他早就鍛鍊出一雙在黑暗中也能夜視的能力，因此能隱約看見一個大腹便便的婦人躺在地窖裡面的角落裡，地窖裡面並沒有全部坍塌，她應該沒有受傷，他激動地道：「真的有人！」

「夫人！夫人，妳醒醒！」長平大聲喊道。

婦人因為缺氧已經昏迷過去了。

秦汐著急地道：「估計是缺氧了，快點挖大一點，我進去救人！」

蕭暻玹和長平立刻繼續挖，很快就挖開了一個大口子，足夠一個人進去。

秦汐見此便道：「夠了，先讓我進去！」

只是蕭暻玹不放心秦汐進去，雖然裡面還完好，但是誰知道秦汐進去後會不會坍塌？他不放心，也賭不起。

蕭暻玹阻止道：「再挖大一點，我進去將人抱出來，妳別進去！」

現在挖開的這個口子不夠大，一個人進去可以，抱著一個大腹便便的婦人出來，絕對不行。

「來不及了！我先進去將她救醒，再等下去，她就沒命了！沒事，這地窖經歷過餘震都沒有坍塌，現在應該不會再塌了。」

蕭暻玹聞言便不再堅持了。「行，那我跟著進去。」

有他在下面，就算塌了，他也可以護著她。

長平立刻道：「主子我下去。」

「不必！」蕭暻玹拒絕。他自己的王妃，他自己護著。

「行，我先下去。長平，你往地窖裡面搧風，讓空氣進去。」秦汐沒有和他們爭辯，再說下去，就耽誤救人了。

「是！」長平應了一聲。

秦汐小心翼翼地跳了下去，蕭暻玹緊跟其後。

長平在上面使勁地往地窖裡面搧風，讓更多的新鮮空氣盡快吹進去。

秦汐對蕭暻玹道：「先將人抬到洞口下面，那裡空氣多一些。」

蕭暻玹直接走過去，將人抱到了洞口下方。他雖然對異性過敏，但是這個時候也顧不了這麼多，總不能讓秦汐去抱人。

「你將她平放在地上，然後讓開。」

蕭暻玹照做。

「長平，你不要停，繼續搧風。」

秦汐待他將人平放在地上後，解開她的腰帶，檢查她的心跳，確認還有心跳後，便讓蕭暻玹拿東西墊高她的雙腳，接著她開始給婦人做人工呼吸。

蕭暻玹和長平看了都驚了。

蕭暻玹抬頭看了長平一眼，早知道讓他下來救人。

長平察覺到主子的眼神，嚇了一跳。他低下頭，使勁地搧風，佯裝沒有看見他的暗示。開什麼玩笑，男女授受不親，他怎麼可以毀了清白，他媳婦都還未娶呢！況且王妃和那婦人都是女子，沒關係啦！

主子屬實不該，醫者沒有性別，他到底懂不懂？

秦汐沒有察覺兩人的眉眼官司，她一番操作下來，總算將人救醒了。

秦汐高興地道：「夫人，妳醒了！有沒有什麼不舒服？」

婦人剛醒，有些懵，半晌才反應過來自己被救了。

「夫人，妳還有沒有什麼地方不舒服？我懂點岐黃之術，有什麼地方不舒服妳可以告訴我。」秦汐一邊把脈，一邊又問了一次。

「謝謝幾位相救，我現在肚子有點痛，渴。」婦人虛弱地道。她剛剛感覺自己要死了，沒想到竟然遇到了人回應，而且還是一個大夫，將自己從鬼門關拉了回來。

長平聞言立刻解下腰間的水壺，遞了下去。「我這裡有水。」

秦汐把完脈後，從懷裡掏出一個玉瓶，裡面裝的是安胎藥，她倒了一粒出來。「這是安胎藥，妳吃一粒。」

長平驚訝。「王妃妳還隨身攜帶安胎藥？」

蕭暻玹也驚訝。

秦汐淡定地餵婦人喝了水，吃下安胎藥。「以備不時之需。」

長平聞言視線忍不住在蕭暻玹和秦汐身上來回。這些日子主子和王妃都是睡在一間屋子，難道兩人已經生米煮成熟飯了？說不定小主子都有了？那真的太好了！

秦汐餵完藥對兩人道：「天快黑了，快點將那口子挖大一點，將人救出去，我怕有二次坍塌。」

這婦人的身體虛脫，嚴重脫水，而且秦汐覺得海島的海浪有點大，不像平時那般平靜如鏡。

蕭暻玹和長平聞言，立刻繼續開挖。

秦汐又從懷裡掏出一瓷瓶葡萄糖，餵婦人喝。這是她這幾天抽空在海島裡提煉的，葡萄糖比其他食物能更快、更直接補充能量和水。

喝過葡萄糖不久後，婦人恢復了一點元氣，便說起了話。秦汐這才知道她是如何在這地窖裡生存下來，又為何士兵們巡邏了這麼多次都沒發現。

原來這些日子婦人被困在地窖裡，第一天吃的是存放在地窖裡的瓜果，因為是夏日，瓜果存放不久，她根本就沒有多準備，地窖裡的還是她相公出發去走鏢之前買回來，放在地窖裡她吃剩的，一天就吃完了。

幸好地窖裡有稻穀，她餓了，便生啃稻穀，渴了就喝酒，地窖裡存了幾罈烈酒，有幾罈砸破了，還有一罈完好的，這些酒是她相公平日愛喝的，非常烈。她酒量淺，平時的果子酒也是一杯就倒，而且是醉得不省人事那種。應該是每次有士兵來巡邏她都醉得不省人事，所以錯過了救援。

一刻鐘過後，洞口挖得足夠大了，可以出去了。

蕭暻玹和長平合力將婦人救出了地窖，長平馬上將人抱到安全的路邊。這時候天已經黑下來了，四周昏暗，只能勉強視物。

蕭暻玹對秦汐道：「我抱妳上去。」

秦汐想到剛才他救婦人時滑下的衣袖露出半截手臂上的紅疹，正想說她自己可以爬上去，蕭暻玹雙手便握住她的腰身，將她整個人舉高。

秦汐半個身體直接探出了洞口，她見此便順勢想爬出去。

長平見此放下婦人後，匆匆跑回來，打算接應秦汐。或許是他跑得快震動了地面，或者是他們剛才就挖鬆了看似穩固，實質已經被地動破壞的結構。

就在這時，地面突然凹陷，長平掉了下去，秦汐也跟著掉了下去。

無數的碎瓦和泥土之類的東西掉落。

這一切發生得太突然，太快。

蕭暻玹被碎瓦泥土砸了一臉，他依然反應極快地將秦汐撈到自己的懷裡，然後一個轉身將她護在自己的身下，躲到了一個角落，弓著身體，用自己寬厚的後背擋住了砸落下來的一切。

秦汐感覺到無數的泥土和瓦礫落下，聽到了蕭暻玹被砸得悶哼了一聲，聞到了他身上清冽的氣息。

她被他護得密不透風。這一刻的感覺就是，哪怕山崩地裂她也很安全。

秦汐有些怔忡。

很快，動靜便趨緩。

秦汐和蕭暻玹待的這個角落有東西撐住，沒有再坍塌。

秦汐的雙腳被泥土埋沒，一陣濕潤冰涼，與此形成強烈對比感覺的是蕭暻玹熾熱的胸膛。他一隻大手包住她的後腦杓，一隻大掌摟住她的身體，將她整個人緊緊地摟在懷裡。

四周還有一些泥土掉下來，漸漸趨於平靜。

「沒事了。」蕭暻玹站直身體，放開她。

秦汐抬頭，張口。「你……」有沒有受傷？

後面的話還沒問出口，一滴液體滴入她的嘴裡，腥甜中帶點鹹。

緊接著又有幾滴血滴落她的臉上，嘴上。

秦汐臉色一變，心一慌。「你受傷了？砸到腦袋了？」

蕭暻玹趕緊偏開了頭，聲音低沈壓抑。「沒事，小傷。」正好能轉移注意力。

天知道，為了救那位婦人，他身上紅疹越來越癢，難受得緊！他忍得多痛苦，都恨不得割皮了，正好額頭上傳來的痛感，能轉移一下癢意。

蕭暻玹打量了一眼四周。幸運的是，他們只埋了半截身體，並不是被埋得密不透風。他隱約感覺到有些地方有風吹進來，如此就不用擔心窒息。

砸到頭部可大可小，血都不停流了，還沒事？秦汐不信他。「傷到哪個部位，額頭？」因為被埋在地窖下面，四周一片昏暗，沒有光，根本看不清。

秦汐伸手在他的頭上亂摸，先前她的手指也不知道被什麼東西割破了出血，當她的手指上的傷口碰到蕭暻玹頭上的傷口，摸了一手血的時候秦汐似乎看見黑暗中有一點紅光一閃即逝。

她感覺似有一股電流從傷口處進入，劃過她身體，只是那感覺太快了，快到似乎是錯覺。那紅光也太微弱，消失得太快了，她甚至懷疑自己看錯了。

「你有沒有看見紅光？或者什麼感覺？」

「什麼紅光？」蕭暻玹一下感覺通體舒暢，身體不癢了，彷彿那些紅疹都消失了一般。他心中還在詫異，便聽見了秦汐的問話。

「沒有，大概是我眼花了。」

秦汐想到他的眼睛又不是長在額頭上，那光又微弱，他怎麼可能看見。

秦汐看了一眼自己的手，只是四周太黑了，看不見什麼。「我幫你上藥。」

蕭暻玹卻覺得自己的紅疹突然好了，應該是秦汐說的那紅光的關係。

「剛剛我身上的紅疹突然就不癢了，妳說的紅光是怎麼回事？」

秦汐傻眼。突然不癢了？這是有什麼神奇的事發生在他們身上？

秦汐解釋道：「我手指有個小傷口，那傷口剛剛碰到你的血，突然就出現紅光了。」

蕭暻玹想到司空大師說的話，呢喃道：「竟是如此。」

「什麼竟是如此？」

「我想我這怪病應是好了。」

雖然有些不可思議，不過穿越這種更不可思議的事都發生了，就沒有什麼不可接受的，秦汐也替他高興。「那是好事，這算是因禍得福了！」

「是好事，沒有禍，只有福，幸福的福。」

從她來到他身邊，他就只感覺到滿滿的幸福，一種他從來沒有體會過的幸福感。

蕭暻玹試著將她抱在懷裡，乘機道：「丫頭，我們出去好好的過日子。新婚夜……包括之前都是我的錯，為夫給妳賠不是，妳原諒為夫如何？」

額頭上的血一滴滴的滴落在秦汐的頭頂。彷彿在說，他都這麼慘了，她還不答應。

「……先上藥。」秦汐掙扎了一下從懷裡掏出一個玉瓶。

「妳先答應我。」

秦汐氣笑。「若是我不答應呢！」

蕭暻玹沒有說話，任由額頭的血直流，甚至調動內力，逼得那傷口的血流得更快更多。血如雨般不要錢的灑落在秦汐的頭頂，她的頭髮瞬間濕了，甚至有血水往下流。

這下真的嚇到秦汐了。四周太黑，又看不見他的傷口到底如何。

「你不上藥我就不答應。」

「好。」蕭暻玹笑了。他就知道她心軟。

可惜秦汐沒有看見，她又從懷裡掏出一個瓷瓶，揭開塞子。「你蹲下，頭低一點，我幫你清洗一下傷口，上點金瘡藥，可惜沒有光，看不清。」

海島裡有海水，她之前處理了一些，可以當成生理食鹽水使用，她也試過了，用來清洗傷口，可以消炎而且傷口癒合得更快，降低感染的風險。

蕭暻玹從懷裡掏出一個火摺子，吹了吹，便冒出了一束小火苗。

火苗很小，但勉強能視物。

秦汐便就著這微弱的光，迅速幫他清洗乾淨傷口，然後發現傷口也不算很深。這下還有什麼不明白的，剛剛血流如注，一定是他暗中搞鬼。

秦汐將金瘡藥撒在上面，拿出乾淨的繃帶幫他包紮好。只是包紮的時候，故意用了一點力道和技巧，扯住了他下巴的嫩肉，扯得他的下頷有點痛。

「丫頭，妳想謀殺親夫嗎？」

第七十三章

「死不了！」秦汐冷冰冰的回了一句，拿著帕子幫他擦拭臉上的血跡和泥土，語氣極差，動作卻很輕柔。

蕭暻玹見好就收，不敢再裝可憐，這小丫頭記仇著呢，真惹惱了她，又和他約法三章，怎麼辦？

蕭暻玹低頭看著懷中的人兒一臉認真地擦拭著自己的臉。昏暗的光線裡，她的小臉也沾滿了泥土和血跡，就像一隻小花貓。他勾唇，也拿出帕子幫她擦拭。

秦汐動作一頓，看了他一眼，沒有阻止。

兩人靜靜地給對方清潔面部，彼此都沒有說話，兩顆心卻第一次如此之近。四周昏暗狹窄，凌亂危險。在這片廢墟裡，有一顆名喚情愫的種子在生根，發芽……

秦汐已經幫蕭暻玹擦乾淨了。

蕭暻玹擦拭完秦汐下巴上的污跡，輕輕抬起她的下巴，低下了頭。性感的薄唇與嬌豔欲滴的櫻桃小口眼看就要相遇，兩人不自覺地閉上眼睛。

「主子，郡王妃莫急，屬下馬上救你們出去。」長平急吼吼的聲音響起。

秦汐迅速推開他，小臉熾熱，羞得她下意識地將臉埋在他的胸膛裡，躲起來。

蕭暻玹擁著她，輕輕地摸了摸她的腦袋。

長平回去後，還是去洗馬廄吧，就洗一輩子！

兩刻鐘過後，蕭暻玹抱著秦汐走出了廢墟，他冷冷地瞥了長平一眼，把長平看得心裡發寒。

完了！確認過眼神，是要去洗馬廄的眼神。可是，他又做錯了什麼？

救援的工作已經完成，接著是災後重建。災後重建需要許多銀子，這次雖然傷亡不多，但是因為地動倒塌的房子卻很多，許多人都失去了家園。

秦庭轀和傅家第一時間便各自捐了五十萬兩白銀給朝廷用於率濱縣受災百姓的家園重建，秦汐和蕭暻玹也捐了二十萬兩，這都是他們目前能拿出最多的現銀了，還是最近半年賺到，原本打算用來多打造幾艘大船出海的。

兩家本來就樂善好施，再加上秦汐嫁給了蕭暻玹，為了給兩人支持，兩家可以說是再次掏空除了給工人工錢和生意正常運作的現銀來支持。

除了現銀，秦家和傅家還捐了無數藥材、衣物和糧食。

不僅僅是秦、傅兩家，發生如此的大天災，京城的富貴人家也紛紛出銀子、出物資、出人力，只是有了秦、傅兩家做參照，以往有天災捐一萬兩就覺得非常闊氣的人家，現在一萬兩都有點拿不出手。

大家聽說秦、傅兩家將家裡壓箱底的銀子都拿了出來，心中暗恨，雖然心疼，但是誠意也要有，尤其是其他幾位王爺，他們還想坐上皇位呢！

因此那些王妃、世子妃紛紛回娘家尋求支持。百年世家底蘊之豐厚，是難以想像的，朝廷這次收到了上千萬兩的賑災銀子，簡直是前所未有。

皇上甚是高興，將災後重建一事交給了蕭暻玹，還派了楚王世子來幫忙。

畢竟蕭暻玹還要負責徵兵和新兵培訓一事。

率濱縣現在太亂了，雖然兩人的關係剛剛確定，但是蕭暻玹捨不得秦汐留在這裡吃苦，因此晉王、晉王世子、二爺和三爺回京的時候，秦汐也跟著回京了。

秦汐想留也不能留下，銀子都花光了，還不得努力賺銀子？

酒樓的海鮮快斷貨了，還有作坊的事她要管，傷兵做工一事也要安排，都拖了這麼久了。因此兩夫妻就此分開了，這一別又是一個多月。

明日就是中秋節了。

每年的中秋節，宮裡都會舉辦宮宴，皇上會帶著滿朝文武百官一起賞月。可是今年宮裡不舉辦宮宴，皇上改帶百官遊畫舫。

在畫舫上賞月？京城的夫人和小姐聽到這個消息都興奮了。於是秦汐的美容院和成衣作坊生意又迎來了一波熱潮。美容院裡的護膚品和化妝品作坊雖然每天送三次貨，每次還是都被哄搶完畢。

誰都想在中秋節那天美美的。更何況入秋後，皮膚便一天比一天乾燥，在江上吹一天，第二天的皮膚估計會皸裂。

就算是秦汐天生麗質，中秋節這天早上，她也敷了一片補水面膜，再用化妝水、乳液、面霜、防曬做足了全套護膚，還化了淡妝。

因為是皇上帶著大家去遊畫舫，因此所有人都必須前往宮門處等候皇上聖駕，然後再前往碼頭。

秦汐本該是先去晉王府請安，然後再和晉王、晉王妃等人一起去宮門，只是晉王體恤她，早早就派人告訴她讓她直接去宮門等候，因此她直接坐馬車前往宮門。

來到宮門外時，正好遇到楚王府的馬車。

楚王和楚王妃的馬車過去後，許陌言乘坐的馬車慢了下來。

秦汐的品階比較高，許陌言的馬車只能避讓，而且她還得趕緊下馬車等候在一邊給秦汐見禮。

「真是晦氣。」許陌言身邊的丫鬟扶著許陌言下馬車，忍不住低聲嘟囔。

可不是晦氣？不過人多口雜，許陌言立刻板著臉低聲道：「注意言行！」

「是，世子妃。一會兒世子妃的戰船就要亮相，這次世子救災也立了大功，世子妃也懷上了皇上的曾皇孫，誰不說世子妃是個有福的？她就是一個不下蛋的，以後誰讓誰還不知道！」

許陌言摸了摸自己的腹部，忍不住勾唇。她成親一個多月就發現有喜了，而秦汐成親快一年肚子都沒有動靜，誰不說她是個福薄的？

皇家不同普通人家，正室成親一年沒有動靜，就可以娶側妃了。

而且她知道這次中秋宮宴皇上之所以改成遊畫舫，是因為皇上打算帶大家去看她和秦汐設計的戰船。她已經得到消息，造船司的人都稱讚她設計的戰船威風凜凜，在海上定然所向披靡，讓敵人望而生畏，許多將士看過之後都對她設計的戰船讚不絕口。

而今日將會讓造船司做出來的幾艘戰船進行軍演，讓大臣們選出哪艘船作為天元國將來的主力戰船。無論是造船的工匠，工部的大臣，還是朝中的將領，都覺得她的船定然會成為天元國未來的主力戰船，國之重器。

不知道秦汐一會兒看見自己設計的戰船，比她的要威風百倍，她是什麼表情？還有暻郡王，他看見自己設計的戰船，是否後悔當初的有眼無珠？

秦汐不過是有銀子罷了，可是她有得是才學，學富五車。

天下的富商不只秦家一家，天下的絕色美女也不只秦汐一個，可是天下的才女卻不多。雖然秦家給朝廷捐了很多銀子，可是這次京城的富貴人家捐的銀子加起來可是有上千萬兩，不就比秦家多出無數倍？

許陌言扶著腰，挺直胸膛，緩步向秦汐走去。這次許家這個大家族加起來一共捐的銀子就比秦家多，所以現在她自認沒有半點比秦汐差。

她的丫鬟扶著她大聲道：「世子妃，小心地滑。」

說完又看了秦汐一眼。知道她家世子妃有喜了，識趣的人都會免了她的禮，畢竟連皇后娘娘都免了世子妃的禮。她一個商籍出身的，不配自家小姐給她行禮。

「沒事。」許陌言來到秦汐面前，作勢要行禮。

秦汐低頭看了一眼地上的青石板，乾乾淨淨的，沒被潑油，沒有斷線的珠子，而且這才中秋，霜都還沒上，更不要說下雪地面結冰了，摩擦係數高高的，絕對不滑。

秦汐便就這麼靜靜地看著她，等她見禮。早就聽說她有喜了，也知道外面許多人拿她和自己比。

秦汐只覺得京城這些貴婦閒得沒事幹。不過，要是她們知道她和蕭暻玹到現在依然是有名無實的夫妻，大家會不會覺得他不舉？

秦汐沒有說話，許陌言便看了一眼楚王妃。楚王妃也不能說什麼啊，總不能對秦汐說她有喜了，這禮就免了吧？這麼多人看著呢！

許陌言低頭，心頭湧上一抹委屈，到底是福了下去。「暻郡王妃吉祥！」

秦汐淡淡地道：「免禮。」

許陌言站了起來，故意打量了一眼四周。「晉王妃，還有世子妃她們呢？我去給晉王妃請安。」

她當然知道晉王妃她們還沒來，她從楚王府出發的時候，看見晉王府好幾輛馬車還停在府門外。

剛才她也看見秦汐自己坐了一輛馬車來，她這麼問是想告訴大家她是如此的不懂禮數，竟然自己獨自前來而已。

大家看著兩人暗潮洶湧，均沒有說話。畢竟楚王世子突然被皇上重用派去負責監督災後重建的事，足以讓他們隔岸觀火。

秦汐聽見了馬蹄聲，看向前方，一隊車馬由遠而近。「來了，世子妃有心了，那便隨本郡王妃一起去見禮吧！」

許陌言憋著氣。秦汐是晉王府的兒媳婦，她去迎一迎是應該的，可是自己是楚王府的世子妃，上趕著去見禮，豈不貽笑大方？偏偏她剛剛說要請安，現在不去又有點太虛偽，只能硬著頭皮看向楚王妃。

楚王妃皺起了眉頭，不明白翰林世家出身的許陌言今天行事為何如此荒唐，但她們對外是同一家，只好笑著道：「自從皇嫂前陣子身體抱恙以來，本王妃都有些日子沒見皇嫂了，正好我有事和皇嫂說，陌言妳陪我過去吧！」

許陌言鬆了口氣。於是幾人一起過去等晉王妃下馬車，隨後行禮的行禮，寒暄的寒暄。

一番見禮後，楚王妃特意問起世子的情況。「世子這次受苦了，皇嫂妳看開點。」

晉王妃心中不悅，她因為晉王世子沒了半條腿，心情不好，大病了一場。這次遊畫舫，她本也不想來的，可是不行，她的嫡子已經廢了，她還要替她的孫子打算。

晉王妃笑道：「這算什麼受苦？世子是為了救百姓才斷了腿，就像戰場上的士兵一樣，為了保家衛國，哪怕丟掉性命，也是榮耀，我以世子為榮。」

楚王妃差點失笑。「皇嫂說得是，我家世子是比不上了。」

誰不知道晉王世子斷腿是因為和率濱縣一個商戶之女搞在一起？晉王府這次雖然救災有功，可是也損失慘重，至少三個兒子廢了。一個斷腿，一個和寡婦搞在一起，一個毀了容，現在就只剩下一個蕭暻玹。

想到蕭暻玹，楚王妃皺眉。這是一個頂十個的角色，不過，路還長著呢！現在世子有災後重建的功勞在身，再加上這次戰船的功勞，而且皇上已經開始重用她的世子了，以後還有許多立功的機會，誰比誰更強還不知道。

楚王妃看了一眼秦汐，暻郡王不近女色，只將這位商戶女如珠如寶的護著、寵著，府中下人除了她的丫鬟其他全部都是護衛和太監。

如此獨寵，成親一年也不見她有喜。聽說這位暻郡王妃的母親就是一個難生養的，女子的體質多遺傳母親，低下出身之人，果然福氣有限。

希望暻郡王也像他岳父大人一樣癡情，專寵一人，若是未來十幾二十年都沒嫡子出現，呵呵……那暻郡王就只是暻郡王了。

就在楚王妃胡思亂想之際，皇上的御駕在晉王和楚王，還有百官的簇擁下出了宮門。大家紛紛行禮。「皇上吉祥！萬歲，萬歲，萬萬歲！」

皇上高興地道：「平身！」

然後皇上邀了晉王上了御駕，便示意大家出發了。

晉王妃對楚王妃笑了笑，也上了馬車。

楚王妃笑著上了馬車，便沈下臉。

眾人紛紛上馬的上馬，上馬車的上馬車。

來到城門外，御駕停了一下，皇上親熱地對等在城門的秦庭韞道：「秦首富，來！你和朕坐一起。」

這話讓所有人都變了臉色。

晉王就算了，秦庭韞他一個商人和皇上平起平坐，他也配？皇上對這個商人是不是太過寵信？

秦庭韞恭敬地行禮後，從容不迫地上了御駕。

秦汐早就知道了，倒是不意外。她還知道自己爹不想有此榮寵，只想留在府中陪自己的娘親，畢竟娘親這胎的月分也大了，他不放心。

秦汐也擔心，所以將石榴留在秦府照顧秦氏。

不管眾人怎麼想，御駕繼續前行。

皇家碼頭不算遠，出了城走了半個時辰就到了。這個碼頭以前只有皇家人員可以使用，皇上覺得太浪費了，將來會將它改成軍事碼頭。

碼頭邊上停靠著幾艘華麗的畫舫。其中最豪華，最高大的那艘自然是御用畫舫，只有皇家成員和一品以上的臣子和命婦才能乘坐，但秦庭韞連御駕都上了，自然也上了皇上的畫舫。

其餘眾人按著品階的高低有序地排隊上了屬於自己品階的畫舫。四艘畫舫同時在江上航行，引來了兩岸無數百姓的圍觀，一直走到了兩岸都是青山才不見了百姓的蹤影。

此時，畫舫上的人也才放鬆了下來，開始欣賞沿途的兩岸風光。到了正午，畫舫出海，大家才察覺有點不對。

怎麼就出海了？

寬闊的海面上，眾人看見了四艘威風凜凜的巨型戰船。

其中有兩艘軍船款式一樣，比較殘舊，另外兩艘軍船一看就是嶄新的。

眾人都被其中一艘威風凜凜，氣勢非凡的戰艦吸引了目光。

此船，船身極大，中間的設計外觀似樓，高有五層，士兵在樓內放箭，可以起到很好的保護作用。其底尖，其上闊，兩頭尖銳，帶鐵鈎，四周船身有一圈鐵角，威風凜凜，讓人望而生畏，不敢靠近。

另外一艘看著就簡單多了，簡直可以說得上樸實無華，此船同樣高大如城，船的艏艉建設有平臺，中間看著開闊，桅杆上搭建了一個可以容納二十人的瞭望平臺，讓人一目了然。士兵們就這麼暴露在敵人的眼皮底下，敵人遠遠的放箭，就能將人射殺了。

至於另外兩艘舊的戰船，就是用來測試今天這兩艘新的戰船，哪艘更加優良。這兩艘舊戰船已經非常破舊，這次修補了一下，用完就可以淘汰了。

畫舫上的大臣和夫人看見這一幕，知道皇上安排大家遊畫舫的目的，就是要看看新的兩艘戰船的戰鬥力。

蕭暻玹和晉王一個身穿銀色的鎧甲，一個身穿黑色的鎧甲，分別站在兩艘新的戰船船頭。

蕭暻玹所在的戰船是秦汐設計的，晉王所在的戰船自然是許陌言設計的，兩人的對面都是一艘舊船，分別站著邱將軍和鎮遠大將軍。

這兩位將軍都是天元國赫赫有名的將軍，威震四方，一個個身穿鎧甲的士兵整齊劃一的站在船板上，威風凜凜，蓄勢待發。

見紅黃兩色的軍旗在四艘船上獵獵生風，船上的夫人和小姐們此刻議論紛紛。

「這就是朝廷新造的戰船啊！一看就威風凜凜，比以前的戰船威武霸氣。」

「可不是，尤其是那艘樓船，四周那些長長的鐵角，可以將敵人的大船瞬間刺穿吧？」

「我也覺得那艘樓船合一的戰船實在是妙極，四周都設有鐵角，敵船就不敢靠近。一靠近就能將敵船撞沈，如此士兵們就能躲在屋裡放箭，敵人放箭也傷不到他們，簡直所向披靡。」

「另一艘也不錯，竟然想到了在桅杆上建一個瞭望臺，如此既能遠遠就發現敵船的蹤影，又能從高處射殺敵軍。」

「這個瞭望臺確實不錯，可是士兵們都暴露在外面，容易被敵軍射殺，而另一艘樓船足足有五層高，也能從高處射殺敵軍吧！」

不管懂不懂，大家都各自評價著兩艘戰船，許多人都覺得許陌言設計的戰船要好上很多。

許陌言聽見大家的話，努力壓著止不住想要上揚的嘴角，偷偷打量了一眼身邊的秦汐，見她一臉平靜，看不出喜怒。

許陌言抿了抿嘴。

她就會裝！這兩艘戰船，孰優孰劣一目了然。

第七十四章

林如玉看見蕭暻玹站在那艘平平無奇的戰船上，就知道那艘船是秦汐設計的了。她一直都沒有打探出秦家的造船工匠，如今看見這艘戰船，她心裡總算舒服了一些。

秦家的造船工匠也不過如此，桓哥哥也不會再因為這事怪她了吧？設計出這麼一艘平平無奇的戰船，這不是貽笑大方嗎？

現在蕭暻桓毀了容，臉上的傷疤非常明顯，秦汐又不願意讓出冰肌雪顏膏，林如玉已經被蕭暻桓嫌棄沒有用了，回來就抬了她身邊一個丫鬟做通房，現在天天睡在通房那裡，氣死她了！

林如玉恨上了秦汐，聽見大家都在讚美許陌言設計的船，她故意問道：「表姊，那艘威風凜凜的戰船一定是妳設計的吧？妳實在太厲害了！妳是怎麼想到將樓船改造成戰船的？」

許陌言的丫鬟聽了這話不樂意了，大聲道：「林夫人您錯了，那艘船是我家世子妃設計的。」

林如玉聞言一面驚訝，然後一臉抱歉地道：「是嗎？原來是世子妃設計的啊！世子妃，抱歉，我以為是我表姊設計的，不知道妳也設計了戰船。」說完她又看了秦汐一眼。「表姊，妳設計的船也很好，一看就很沈穩大氣。」

秦汐眼神都懶得給她一個。

有人知道許陌言設計了戰船，但大家都不知道秦汐也設計了戰船，以為兩艘船都是許陌言設計的，此刻聽見了許陌言丫鬟的話，便忍不住紛紛讚美許陌言。

「世子妃真是博學多才，竟然能設計出如此威風凜凜的戰船。」

「世子妃琴棋書畫樣樣精通便算了，連戰船都會設計，不愧為翰林世家出身，家學淵源，我等望塵莫及。」

許陌言謙虛地應對著眾人的讚美。

當然大家也不忘讚美秦汐，只是這讚美可以說是昧著良心了。沒辦法，人家嫁了個厲害的相公，將來很有可能貴不可言，大家都不敢得罪啊！

所以，他們絞盡腦汁地去讚美秦汐的戰船。

「暻郡王妃設計的戰船也極好，沈穩大氣，那瞭望臺妙極妙極！」

「暻郡王妃這戰船一定是特意為暻郡王設計的，這艘一看就是衝在前面的前鋒戰船。暻郡王英勇無敵，暻郡王麾下的長鷹軍個個驍勇善戰，說句以一敵百也不為過，個個是神箭手，何須躲藏？有他們在，敵人都近不了身。」

「沒錯，沒錯，給長鷹軍一個瞭望臺，就足夠讓他們將敵軍一網打盡了，暻郡王妃設計的戰船簡直是為長鷹軍量身訂做的。」

最後說著說著全都讚美蕭暻玹和長鷹軍，許陌言聽得差點失笑。

秦汐聽著大家絞盡腦汁地想一些讚美之詞，臉上沒有什麼表情，只是替他們覺得難受，幸好這時林公公走了過來，對秦汐和許陌言道：「暻郡王妃、世子妃，軍演馬上就開始了，皇上請妳們過去。」

秦汐和許陌言便一起跟著林公公走到皇上的身邊。

眾人鬆了一口氣的同時，又忍不住期待起來。武比和軍演他們都看過，可是海上的軍演，大家都是第一次見。

秦汐和許陌言來到皇上身邊行了一禮，皇上高興地道：「汐丫頭啊，妳們好好看看，看看有沒有需要改進的地方。」

「是！」兩人恭敬地應下。

然後皇上便揮了揮手中錦旗，轟隆隆的鼓聲響起，軍演開始，兩艘舊的戰船立刻動起來，迅速向最新的那兩艘戰船靠近。

晉王指揮著他帶領的戰船迅速前進，迎頭攻擊。

而蕭暻玹率領的戰船卻是沒有動，等待著敵方的船隻靠近。

皇上氣定神閒地站在畫舫之上，拿著西洋望遠鏡看著。

其他大臣們也是靜靜地看著，沒有發表意見，畢竟才剛開始，看不出什麼。

可是那些夫人和小姐們就不是了，大家紛紛道：「楚王世子妃設計的那艘戰船果真勇猛，看這速度和架勢，這是想去撞沈對面的敵船。」

「對面的敵船慌了，他們開始調整風帆，要變向了。」

「遇到這麼一艘渾身帶刺的戰船，誰都不敢迎面撞上吧？這可是在大海，萬一船身被撞出一個窟窿，整艘船都要沈了。」

「暻郡王那邊的戰船沒有動，他們是在等敵軍的船過來嗎？」

「那戰船一看就是比較保守的戰船，而且主要以箭攻為主，等進入了射程範圍內才會動吧！」

「說得也是！哎，大家快看，晉王下令放箭了，兩艘船對上了。」

如此被動地等著敵軍上門，自然沒有主動出擊好看，而另一邊兩艘戰船已經對上了，大家的目光瞬間便全部都被吸引過去了。

一時間，兩艘船之間無數箭雨橫飛。

晉王一邊下令士兵們放箭，一邊指揮著戰船去撞擊敵人的船隻，他們所在的船隻特意占了個順風的位置，看著便是勢如破竹。

箭不是真的箭，箭頭是裹了染了紅墨汁的布包，射中了對面船上的士兵，只要是要害位置的，那士兵便需要立刻退出戰鬥。

晉王麾下的弓箭手，箭術自然不錯，只是兵來將擋，箭來盾擋。鎮遠大將軍立刻指揮著士兵們搭建了盾牌牆，任箭術再高超，難道能將盾牌射穿？

這麼一看，楚王世子妃設計的那艘戰船，真的不太實用，許多人心裡忍不住冒出了這個想法。

眼看著兩艘戰船越來越近，大家的心都提著了，有人甚至忍不住大喊出聲。「撞上去！使勁地撞上去！將它撞沈！」

「快點，再快一點！撞它！撞它！」

「撞！撞！撞！」

在眾人的吶喊聲中，另一邊兩艘船也越來越近了，眼看著進入射程範圍時，蕭暻玹率領的戰船揮了揮黑色的令旗朗聲道：「放箭！」

瞭望臺上，弓箭手立刻開始放箭，一時上演了剛剛晉王和鎮遠大將軍兩艘戰船對戰那一幕。

大臣和命婦們看了一眼，便迅速收回視線，看向晉王那邊，畢竟都已經看過了，實在沒什麼看頭。

許陌言見大家如此熱情高漲，激動異常，心裡分外高興。

但是她也分心一直都留意著秦汐設計的那艘戰船有何特別，現在看見也只是放箭，沒什麼特別的，她的心是放下一半了，雖然有了瞭望臺，射中的機會大很多，甚至有機會直接射殺敵軍的將領。

可是海上風大浪大，實際不是那麼容易射中的。而且你射敵軍，敵軍也射你，誰的傷亡更多，不好說。她的樓船設計，就能很好的保護士兵們防止被利箭所傷。

許陌言看了一眼便收回視線，畢竟她設計的戰船馬上就要撞上敵軍的船隻了。此時，所有人的視線都落在許陌言設計的戰船這一邊。

就在這時候，海面上突然出現一聲巨大的轟隆聲。

眾人一愣。

撞上了嗎？好像還沒有啊！沒有撞上，那何來的聲響？

眾人迅速扭頭看向蕭暻玹那邊。

只見船頭上，一根長長的黑鐵管噴出一個東西，落在敵軍船隻面前不遠處的水面，發出「轟隆」一聲，炸起了無數水花。

對面邱將軍立刻大聲道：「撤退！撤退！」船隻開始調整風帆撤退。

眾人的臉色變了變，一臉震撼。

那黑色的東西是落在海面上，若是落在敵船上呢？那敵軍的船隻是不是瞬間開花？這就真的不是被捅上幾個窟窿的問題了。

皇上激動得大掌一拍船欄。「好！哈哈……」

大臣們紛紛高喊。「好！」

因為只是軍事預演，不是真正的對戰，避免造成士兵傷亡，蕭暻玹自然是給足時間讓對面的船撤退。

但是眾人都覺得結束了。畢竟那麼一個威力巨大的東西砸過去，炸開，整艘船都可以炸沈吧？孰優孰劣，誰更勝一籌，已經很明顯了。

大家便再次轉移了視線。

這時，晉王指揮的戰船和鎮遠將軍的船撞上了。

確實捅出了窟窿，可是這是大海，對戰的工具是船隻，不是陸地上的車馬，想後退便後退，想掉頭便掉頭，在水裡，想前進容易，想拐彎、後退可就麻煩了。

按照慣性推測，本來兩艘船撞上後，因為衝力彼此會分開，可是那些鐵角勾住了敵船的船身，兩艘戰船竟然緊緊地靠在一起，分不開。

這時敵人迅速登上戰船，若是真的遇上敵人的話，就可以熱火朝天的打起來，可是這只是軍事演習，自然就沒有打起來。

晉王立刻下令士兵們設法將兩艘船分開，不然另一艘船沈沒的時候，他們這艘也定會被拖沈。

此刻，士兵們紛紛想著法子將兩艘船分開。

有士兵試圖調整風帆，想借助風力將兩艘船分開；有士兵拿武器，試圖用暴力將兩艘船分開。

可是兩艘船都是巨型之物，卡住容易，想分開又談何容易？而且海浪翻湧，在大海上根本不好動作，根本找不到施力的點。

饒是身經百戰的晉王都急了，這是陰溝裡翻船啊！他征戰一生，殺敵無數，沒有死在戰場上，卻死在軍演上，這不是貽笑大方嗎？

畫舫上的人看不見船上士兵們的動作，也聽不見晉王和士兵的話語。但是依舊能看見兩艘船卡在一起，沒有分開，而那艘被捅了滿身窟窿的舊船正在沈沒，甚至連累到那艘威風凜凜的新戰船船身都開始歪斜，如此下去，兩艘戰船定然一起沈沒。

搞什麼？這是想同歸於盡嗎？

眼看著一艘船漸漸沈下去，一艘船也跟著越來越傾斜。

晉王帶著士兵們切掉船身上的鐵角，可是當初為了讓這些鐵角能夠撞穿敵軍的船，都鑄造得非常堅硬厚實，現在想切斷它們也不容易。

有士兵提議跳到海裡去看看是否能掰開卡住的地方，晉王拒絕了。跳到海裡太危險，那些鐵角可是很鋒利的，不到萬不得已，他不會讓士兵冒這個險。

晉王看向蕭暻玹所在的船，那邊的船應該可以趕過來。

而畫舫上大臣和夫人們看著都急了，紛紛喊道：「分開！趕緊將兩艘船分開啊！」

「快將兩艘船分開！都要沈下去了！」

「這是怎麼啦？兩艘船怎麼成連體嬰了？為何分不開？」

「一定是那些鐵角勾住了，兩艘船分不開。天啊！真是急死人了，再不分開，都要沈了！」

戰船上有不少將士的家眷都來了，此刻她們心裡急得不行，便忍不住問許陌言。「世子妃，這戰船是妳設計的，有什麼辦法讓它們分開啊！」

「這都快沈了，世子妃妳設計打造的，妳一定有辦法讓它們分開的對吧？」

「世子妃，妳快想想辦法，那麼多將士們在船上，這可是會掉性命的！」

許陌言臉色都白了，她白著臉慌亂地道：「只要將卡住的地方分開就行了，或者將那些鐵角拆了。」

她怎麼也想不到那些鐵角會讓兩艘船卡住，連在一起。為了能夠撞穿敵軍的戰船，那些鐵角她設計得比較長，尤其是接近船底的部分。為了省點鐵，那些鐵她是設計了箭頭那般形狀的。

如此確實是能夠順利將敵軍的船捅出許多窟窿，可是她忽略了那些鐵角插進去後，有可能會被船內的龍骨卡住。她也忘記了船不是在平路行駛的，是在大海，鐵角插入敵軍的船，海浪會讓船身晃動，自然會出現錯位，容易發生勾連。

是她大意了！

許陌言心中慌張，下意識轉頭看向秦汐設計的那艘戰船。

就在這時，那艘看上去樸實無華的戰船兩側突然露出一排洞口，有幾十根船槳伸了出來，那些船槳整齊劃一地向後划，而船帆也被人輕鬆地轉動了一下，眨眼間，整個船帆的方向就變了。

體型龐大的戰船瞬間乘風破浪，以一種極快的速度往那兩艘船駛過去，就像一條巨型的蜈蚣在海面上爬行。

許陌言一臉難以置信。

那船帆怎麼可以調整得如此之快？還有在海上划船，她是怎麼想的？

這時，在一旁以備不時之需的小船也迅速駛過去，準備救人。

大家看見秦汐設計的那艘船迅速靠過去，心都提起來了。「嘐郡王過去救人了！」

「可是這艘船靠過去不會也被捅出滿身窟窿吧？」那真的是全軍覆沒了。

「可是如果不靠近，兩艘船相距那麼寬，大家怎麼跳過去？」

「可以從舊的戰船上過去，希望那艘船沈慢一點，大家就可以從舊的戰船上過去。」

「距離還有好遠，能夠趕得及在舊的船沈沒之前靠過去嗎？」

這還真是個問題，大家提著的心都不敢放下去。

能不能在船完全沈沒之前靠過去？

蕭嘐玹給出的答案是，直接下令往船後海面上投一個炸彈。

「轟隆」一聲，砸出滔天海浪，海水的推力瞬間便讓船前進了一大段距離，接著又投放了一個，然後兩艘船的距離便只剩下幾丈遠了。

「近了！靠近了！嘐郡王果然厲害，就這樣讓兩艘船一下子就靠近了！」船上的士兵興奮地道。

晉王立刻示意士兵們排隊一個個去舊船那邊，準備跳到對面的船。

「輕功好的先跳過去，抓緊時間！」

於是一個個輕功好的士兵施展輕功開始跳船，足尖輕輕一點，便躍上了船。直到兩艘船隻剩下一尺距離的時候，已經有一大半士兵躍到船上了。

這時，那艘舊的船才沈沒了一半。

因為只是軍演，船上的士兵並不多，剩下的這一小半，同樣是輕功還行的。

為了避免許陌言設計的那艘船的鐵角側翻，撞上大船，蕭暻玹下令士兵將船駛開，讓剩下的士兵再次依靠輕功跳上船，而晉王是最後一個施展輕功躍上船的。

至此，不到一刻鐘左右，所有的士兵都得救了。

類似蜈蚣的大船迅速駛離，至於許陌言那艘威風凜凜，讓人望而生畏的戰船，在這個時候終於被沈沒了一半以上的舊船拖累，側翻了。

長長的船帆一端眼看就要打在蜈蚣船船尾上，一聲「轟隆」，大浪瞬間便將船推送開，有驚無險。

見狀，眾人提到半天高的心總算放了下來。大家看著大船「凱旋」歸來，海上的兩艘船以更快的速度沈沒，總算又有說話的心情。

「暻郡王厲害！」

「是郡王妃厲害，這艘船是她設計的。」

「沒錯，暻郡王妃太厲害了！」

「這船最厲害之處是能夠迅速的控制方向，想前進便前進，想後退便後退，靈活得就像一條蜈蚣。」

秦汐聞言便道：「這條船就叫蜈蚣船。」

她是結合了蜈蚣船、烏鴉式戰船和湯瑪斯號等有名的戰船改造的。

「暻郡王妃，那風帆是不是設有機關，不然不會調整得如此之快。」

「暻郡王妃，那些威力巨大的武器叫什麼？」

第七十五章

秦汐一一回答了大家的疑問，博得眾人的佩服。

「那些炸彈威力巨大，難怪這艘船設計得如此之簡單，這才是赤裸裸的戰船，專為戰鬥而生的戰船。只要能夠控制好速度，一個炸彈扔到敵軍的船上，定然全軍覆沒！」

「擁有所向披靡的實力，才能如此無所畏懼，無所隱藏，何須建一座房子來遮擋箭雨？」

「另一艘船雖然設計得威風凜凜，無人敢靠近，可是一旦靠近，就是同歸於盡啊！」

「而且那艘樓船遇到大風浪，定然容易側翻。」

眾人看向遠處的海面，已經沒有了那兩艘船的蹤影，可不是容易側翻？

許陌言聽著捧高踩低的話，蒼白著臉，握著拳頭的手指甲都陷入肉裡了。

這些人太過分了！有必要說得那麼難聽嗎？他們會設計嗎？

晉王和蕭暻玹登上畫舫。

蕭暻玹目光灼熱地看了秦汐一眼，然後才恭敬地上前給皇上覆命。

皇上非常高興地道：「暻玹這次應對得不錯！包括救災也是立了大功，回宮後，朕定會論功行賞，重重有賞！」

蕭暻玹看了秦汐一眼，眸光流轉中皆是讚賞與驕傲。「皇祖父謬讚，是孫兒的郡王妃戰船設計得好，與孫兒無關，皇祖父有什麼賞賜都給她便好。」

秦汐聞言明顯愣了一下，從沒想過蕭暻玹如此清冷的人會說出這一番話。

大臣們都覺得暻郡王不像暻郡王了，以前他立下赫赫戰功，皇上重賞，他只是乾巴巴、冷冰冰的說一句「謝皇祖父」。這次竟然直接為郡王妃討賞？給郡王妃的賞賜和給他的能一樣嗎？

「哈哈哈！你放心，少不了汐丫頭的！」皇上忍不住哈哈大笑。

自己指婚的孫子和孫媳婦感情好，他怎麼可能不高興？這可是他最喜歡的一對孫輩。

然後皇上又笑著對秦汐道：「汐丫頭，妳想要什麼賞賜？」

秦汐設計的戰船其實遠遠不僅是大家看見的樣子，還有更多的功能和機關，威力更大的武器，射程更遠的武器就不便展現，這是機密。

砲彈這個威力巨大的武器會展現出來，主要也是想傳開去震懾那些海匪、海盜，以及鄰國敵艦。

秦汐福了一福。「謝皇祖父賞賜。臣媳沒有做什麼，所做之事都是本分，不過皇祖父實在要是想賞賜，就賜我半尺軟金紗吧！」

軟金紗是用特殊金線織的布料，柔軟細膩，輕薄透氣，還透著絲絲涼意，最適合夏日穿著。因為材料特殊，再加之工藝已經失傳，這天下就只剩下天元國的皇宮還有一疋。

可說是傳世之寶也不為過，價值萬金！

不過秦汐只要半尺，大家聽了都覺得不過分。

「好。」在皇上眼裡軟金紗就是一疋布，在皇上眼裡又怎麼比得上家國？反正放著也沒用，半尺太少了，他打算全賞賜給秦汐。

「謝皇祖父。」

皇上看著這對金童玉女，心中甚是滿意。

最近他有立太子的打算。本來該讓老大晉王來繼承這皇位的，將老祖宗留下來的萬里錦繡江山和千千萬萬的子民交給老大，他也很放心。

只不過老大不願意坐這皇位。

說什麼縱橫天下，馳騁沙場多年，屁股坐不住，皇位之於他是漂亮的牢籠，皇城之於他是華麗的天牢，餘生只想雲遊四疆，守好萬里江山。

呸，就是想玩！

朕是老子，年長他十幾二十歲都未致仕，還在兢兢業業，勤勤懇懇地打理這萬里江山，他現在就想過閒雲野鶴般的生活，是不是太過分？太過精明？

兒子太過分，太過精明，身為老子的皇上頓時覺得自己蠢了。

本來這皇位就不是他樂意坐的，無奈之下才坐上罷了，他為何如此有責任心，一坐幾十年？現在他兒子也老了，孫子也大了。

子孫後代也不是全都是混帳，餘生為何不繼續年輕時候的愛好，四處遊走，釣遍萬里江河湖泊的魚？

天元國現在邊疆有猛將守護，百姓也安居樂業，連糧食……

皇上看了一眼秦庭韞。

秦家夏收糧食出奇地高產，只是這事他先讓秦家隱瞞下來了。所有糧食都秘密收入了國庫作為糧種，眼看便到秋收，大豐收已經看見希望，天元國的百姓以後估計是不用餓肚子了。

皇上看看蕭暻玹又看看秦汐，他作為帝王的目標已經實現，無憾了！

皇上心裡下定了一個決心，臉上不顯，對眾人道：「以後暻郡王妃設計的蜈蚣船就是咱們天元國的第一戰船，今天大家都見識過了，眾卿家覺得那艘船還有沒有需要改進的地方？」

至於許陌言那艘軍船，皇上沒有提。

雖然那艘軍船也還有其他功能沒有展示出來，但是弊大於利，皇上是不考慮了。畢竟第一次出師就不利，直接沈沒，寓意實在是不好。

許陌言的眸光暗了暗。她輸了！

「皇上英明，暻郡王妃設計的蜈蚣船乍看平平無奇，實則讓人驚豔！微臣沒有意見。」

「這麼一艘樸實無華卻暗含玄機，殺傷力巨大的戰船，誰對上誰吃虧！微臣覺得甚好！」

眾人又紛紛讚美那艘戰船好。至於意見？在這艘畫舫上的臣子都是人精，不會不懂裝懂，亂提意見。

倒是秦汐看完演習，心中又有了想法，但是不適合在這麼多人面前提出來，她只低聲和蕭暻玹說。蕭暻玹比秦汐高一個頭，他彎腰低頭，兩顆腦袋貼得很近，一個認真地說，一個認真地聽，甚是親密。

許陌言的心這一刻只覺萬念俱灰。她所有的驕傲，她所有的堅持都被擊得潰不成軍，什麼都沒有了。

接下來的宴席和賞月，許陌言都提不起半點精神。

不僅是許陌言，楚王世子和楚王，還有楚王妃都不高興。

他們都將許陌言設計的戰船當成立下大功的機會，再加上楚王世子災後重建的功勞，這功績可說卓越了。結果這戰船不要說立功，還差點闖下大禍，不成為千古罪人就算好了！他們能高興嗎？

楚王世子頓時懷疑他娶的世子妃是徒有虛名，什麼百年書香的翰林世家出身？什麼才女？都是假的！

遊完畫舫，在畫舫上賞完月，蕭暻玹和秦汐回到暻郡王府的時候已經亥時了。

蕭暻玹直接跟在秦汐身後，一副她去哪裡，他就去哪裡的樣子。

反正，今晚他是絕對不會再獨守空房了！

秦汐往正院走去，回頭看了一眼跟屁蟲。

蕭暻玹立刻道：「妳答應好的，可不許反悔，我今晚要回正房裡睡。」

秦汐笑了笑。「行！」

蕭暻玹愣了一下，沒想到如此容易，總覺得有點不對。

秦汐說完，便繼續往前走，回到正院，立刻便讓玉桃伺候自己沐浴了。

蕭暻玹叮囑了長平將他要的東西拿出來，然後匆匆地去偏房沖洗了一下。

秦汐從淨房裡出來，便看見了南窗下，一對大紅喜燭在熊熊燃燒。屋裡的窗花貼著囍字，帷幔也都換成了大紅色，甚至連大床也換上了大紅色的龍鳳錦被。

蕭暻玹穿上了一身新郎喜服走到了秦汐身邊，將她打橫抱起，放在床上，壓著她，聲音低沈醇厚。「今晚花好月圓，如此良辰美景，正適合洞房花燭，郡王妃說是不是？」

秦汐伸手勾住他的脖子，點頭，表情卻是難辦。「確實，可是，怎麼辦？臣妾的大姨媽今晚來了。」

蕭暻玹不明所以。「大姨媽是誰？」她還有大姨媽？

被科普什麼叫大姨媽後，蕭暻玹好歹成功地在正房睡下。

至少登堂入室，同床共枕了，他很滿足！

第二天，他意氣風發地對長平道：「再去買一對紅燭回來。」

他要再準備一個洞房花燭夜。

長平一臉震驚。不是吧？主子昨晚去了淨房沐浴好幾次，竟然事情都沒成？虧他之前在率濱縣的時候便以為王妃有喜了。

這段時間他已經跑去買過兩次大紅喜燭，賣紅燭的掌櫃都笑著祝福他家裡人丁興旺，喜事辦完一次又一次了。還問他還有幾個兄弟準備成親，需不需要多買幾對，免得經常跑來買。

長平下意識地低頭，看了一眼蕭暻玹雙腿間。

主子該不會是中看不中用，需要紅燭刺激一下？一定是！那用量還挺大的。

「主子，我給您買幾箱大紅喜燭回來吧！」

蕭暻玹瞬間黑臉，咬牙。「滾！」

一大早的詛咒誰呢？幾箱？這是咒他一輩子都在布置新房卻成不了事嗎？

蕭暻玹丟下這話直接往小廚房走去。待他從小廚房出來，正好秦汐也起來了。

玉桃已經擺好了二人的膳食。

蕭暻玹順理成章地坐了下來，並且將一碗紅糖薑湯放到她面前。「一會兒吃完早膳喝了。」

昨晚玉桃也捧了一碗紅糖薑湯給她喝，他便知道這紅糖薑湯有何作用，剛剛他去小廚房就是親手煮紅糖薑湯。

秦汐正想說不用喝了，她並不喜歡喝。

玉桃笑道：「郡王妃，這是郡王爺親手煮的。」

郡王爺竟然紆尊降貴親自下廚給姑娘煮紅糖薑湯，這簡直嚇壞了她們。不過她們也替姑娘高興，郡王爺果真很愛姑娘。

秦汐見他一臉等待表揚的表情，沈默了一下，只能點頭。「好。」

禮尚往來，她挾了一顆蝦餃放到他碗裡。

蕭暻玹嘴角忍不住微揚。

這時，管事匆匆地跑進來報。「主子、郡王妃，秦府來信，秦夫人要生了！」

秦汐聞言臉色一變，迅速站了起來。

蕭暻玹同樣起身。「備馬車！拿我的帖子去太醫院請院正和章太醫。」

然後夫妻二人便匆匆地趕往了秦府。

兩人趕往秦府的時候，傅氏已經平安地誕下一麟兒。

秦庭韞一臉笑容的從產房裡出來，便看見了女兒和女婿，他高興地行禮。

秦汐和蕭暻玹忙攔住他。

「爹，娘現在如何了？」秦汐難掩焦急。畢竟傅氏本就是高齡產婦，現在突然生產，比預產期提前了大半個月。

秦庭韞道：「別急！母子平安！妳弟弟很乖，很順利，沒怎麼折騰妳娘，剛進產房不到一刻鐘就生了。」

秦庭韞剛剛也是一陣後怕，擔心得不行，他一直在產房陪著，沒想到一下子就生了。可見那小子和自己一樣懂得疼他娘，是個好的！

「我進去看看。」秦汐還是不放心。

裡面血腥味重，秦庭韞還沒來得及阻止，秦汐已經進去了。

「這孩子怎麼如此冒失！」

蕭暻玹知道秦汐的擔心，便道：「汐兒是著急了，來的路上手都抖了。我派人去請了太醫，一會兒給娘和弟弟看看。」

秦庭韞笑道：「好，郡王你先坐坐，我去給你娘端碗雞湯。」

他太激動，又擔心傅氏餓著，就算失禮也顧不上，得去廚房叮囑一下雞湯要去油，還不能放鹽。雖然這些可以吩咐下人做，但他不放心，幸好他知道蕭暻玹不會介意失禮。

蕭暻玹確實不介意。「爹去忙，我等太醫來。」

「好。」秦庭韞匆匆走開。

兩名太醫很快就來了，他們進去給傅氏和孩子把過脈後，均稱母子二人身體都很健康，蕭暻玹便點了點頭讓他們回去。

秦庭韞在裡屋餵傅氏吃東西。

秦汐便抱著孩子出來給蕭暻玹看。「看，這是我弟弟。」

上上輩子未來得及出世的弟弟，這輩子她一家人總算平平安安了。

蕭暻玹從椅子上站了起來，看了一眼這個小舅子，皮膚皺巴巴的，還很紅，依稀可以看出眉眼和秦汐有點像。

「弟弟，這是你姊夫，我是你姊姊哦！來，和你姊夫見個禮。初次見面，請姊夫多多指教！」秦汐調皮地抱著小寶寶給蕭暻玹行了一禮，聲音溫柔至極。

蕭暻玹心中一動，一下子就喜歡上這個小舅子了。決定往後餘生，也會將這孩子當自己兒子般護著、教育著。

蕭暻玹看著秦汐抱孩子熟練的姿勢和眼裡的柔光，忍不住想像他們將來孩子的模樣。

一定要生一個女兒，像她！他要好好的陪著他們的女兒長大，看看是不是如此嬌氣的模樣。

就在兩人心思不一的看著新生兒，感受著新生命誕生的喜悅時，丫鬟走進來，聲音急切地道：「郡王，郡王妃，聖旨到！」

於是一家人，除了剛生完孩子的傅氏和剛出生的小寶寶，都到前院接旨。

林公公高興地宣讀完兩道聖旨。

第一道聖旨，主要內容是立蕭暻玹為皇太孫，秦汐為太孫妃，改太和宮為東宮，二人策封大典後入住東宮。

皇上甚至連策封的日子都定好了，策封大典正好在一個月後舉行。

第二道是封秦庭韞為市舶司，主管朝廷海外貿易，監管、徵稅、緝私，包括朝廷的商貿。這是直接給秦庭韞封了官，而且是油水非常足的官。

當然這是對某些人來說而已，品性清廉之人又豈會去衡量一個官職是否有油水撈？

再說秦庭韞最會的是賺銀子，他也最不缺銀子。皇上是深知這點，知人善任，給他封這官，主要是想讓他幫朝廷賺銀子，擴充國庫。

這兩道聖旨來得意外，再次在京城激起千層浪。

蕭暻玹被封為皇太孫，並且入住東宮，皇上雖然沒有立太子，可是和立了太子沒有區別，是直接跳過了自己的兒子，將來皇位便直接由皇太孫繼承，所有龍子鳳孫不管有何心思都該歇了。

入秋了，天氣涼了，京城許多人都病了。

晉王妃病了，晉王世子妃病了，林如玉病了，楚王世子妃也病了……

這一病，便是一個月，一直到了皇太孫的冊封大典，她們才不得不打起精神進宮。

這一天秋高氣爽，晴空萬里。

蕭暻玹拉著秦汐站在高臺上接受滿朝文武百官的朝拜。

儲君定，大臣定，天下定！

宮宴結束後，秦汐回到東宮的寢室，又看見軒窗前一對熊熊燃燒的大紅喜燭，華麗的寢宮布置得像是新房一樣，隨處可見囍字。

又來了！

她嘴角抽了抽，忍不住問道：「你是不是對這大紅喜燭有特殊癖好？」

蕭暻玹關上門，直接將她抱進懷裡。「這是為夫欠妳的新婚夜。」

上次的花燭夜遇到了大姨媽到訪，索性他就特意留到了今天，趁著冊封大典，再次舉辦一場婚事，再次給她一個新婚夜，彌補當初的不圓滿。

秦汐聞言挑眉，故意推開他。「那這次是不是該輪到我和夫君約法三章？」

蕭暻玹嘆氣，就知道這丫頭記仇，若今夜不答應，他估計真的要長平去買幾箱大紅喜燭了。

「娘子想如何約便如何約。」

秦汐也不客氣，直接走到了書桌旁寫下了新的協議書。

蕭暻玹看了一眼，上面只有一句話：一生一世一雙人，若違此約，和離出宮。

蕭暻玹失笑，沒想到小丫頭竟然如此便宜他，竟然只立下這麼一條根本不需要立的規矩。

一生一世一雙人不正是他所求的？違約是不可能的，他求之不得！他對女子敬謝不敏，除了她！

蕭暻玹毫不猶豫地在上面簽上大名，甚至還蓋上了皇太孫的印章。

「這次的新婚夜娘子可滿意？可覺圓滿？」

秦汐傲嬌地點了點頭。「勉強吧！總覺得差點什麼，虧了！」

蕭暻玹打橫抱起她，走向華麗精美的拔步床。「我知道差了什麼，我們一起讓它更圓滿！」

又是月圓夜，皎潔的月光偷偷溜進軒窗，灑落在一對熊熊燃燒的大紅喜燭上，滿室旖旎。

——全書完

娘子安寧，閨房太平／途圖

小虎妻智求多福

她的婚事是不能輸的賭注，押錯寶都得贏，
且夫妻同船而渡，她絕不允許這條船翻了！
既嫁之則安之，以後請夫君多多指教嘍～～

文創風 1220 1

為讓東宮成為家人的靠山，寧晚晴決定嫁給草包太子趙霄恆，
孰料備嫁時又起風波，前世身為律師的她連上山燒香都能遇到案件，
她當場戳穿神棍騙局，再搬出太子的名號，將犯人送官嚴辦！
這些大快人心的事全傳到趙霄恆耳裡，他挑著眉問她一句──
「還沒入東宮就學會拉孤墊背，以後豈不是要日日為妳善後？」
趙霄恆不呆耶！她幫百姓主持公道，他替她撐腰豈不是剛剛好～～

文創風 1221 2

嫁進東宮後，寧晚晴迎來春日祭典最重要的親蠶節，
她奉命依古禮採桑餵蠶，代表吉兆的蠶王卻被毒死在祭臺上。
幸好趙霄恆及時請來長公主鎮場，助她揪出幕後黑手，才還她清白。
他分明是稀世之才，又穩坐太子之位，為何要偽裝成草包度日？
接下來，因趙霄恆改革會試的提議擋人財路，禮部尚書率眾鬧上東宮，
不過身為賢內助的她沒在怕的，當然要陪著夫君好好收拾這些貪官啦！

文創風 1222 3

「別的人，孤都可以不管。但妳，不一樣。」
趙霄恆的偽裝和隱忍，是想暗暗查清當年毀掉外祖宋家的冤案，
她豈能任他獨自涉險？兩人抽絲剝繭下，真相即將水落石出，
但一道難題又從天而降──皇帝公爹要太子削去當朝太尉的兵權！
寧晚晴滿頭黑線，太尉跟此案亦有牽連，這差事可是燙手山芋，
而且皇帝公公只傳口諭，連聖旨都不肯頒，如何讓太尉乖乖就範呢？

文創風 1223 4 完

朝堂之事塵埃落定，可寧晚晴和趙霄恆的閨房不太平了──
「妳不能一生氣就離宮！妳走了，孤怎麼辦？」
她只是要回娘家探親，忙於政務的他居然以為她是負氣出走，
這誤會大了，可他的在意讓她心中泛甜，他在的地方才是她的家。
但北僚來使又讓大靖陷入不安，還要求長公主和親換取休戰，
北僚狼子野心，這婚約分明是個坑，他倆要怎麼替長公主解圍啊……

2023年12月出版

夫君別作妖

文創風 1217～1219

縱使枕邊人未來會是權傾天下的家宰，
但是作為書中反派就註定沒有好下場。
讀過原著的她知道投奔主角陣營才能改變宿命，
無奈身為短命炮灰妻，光是保住自個兒小命就是個大難題～～

反派要轉正，人生逆轉勝／霧雪燼

在公堂上，面對原主留下「與人私奔、謀殺親夫」的爛攤子，
只能說自己實在不怎麼走運，一朝穿書就成為反派權臣的惡毒正妻，
這人設也是一絕，一來不孝順公婆，二來不服侍丈夫，三來專橫跋扈。
李姝色心中無語問蒼天，只能跪著抱住沈峭的大腿，聲淚俱下地道：
「夫君，我錯了！我以後再也不敢忤逆你了！一定好好伺候你！」
雖說她急中生智從死局中找到出路，但後面還有個大劫正等著她——
按原書劇情發展，秀才沈峭高中狀元後，就要尚公主，殺糟糠妻了！
為了給自己留條活路，她平時努力當賢妻與枕邊人搞好關係，
本想著日後他平步青雲，當上駙馬能高抬貴手給一紙和離書好聚好散，
孰料，這年頭還有公主流落民間的戲碼，而這反派女配角不是別人，
正是在村中與她結怨、覬覦她丈夫許久的鄰女張素素！
如今死對頭當前，她這元配即使想騰位置出來，人家也未必肯放過她啊，
那不如引導夫君走上正道，抱對主角大腿，再怎麼樣下場也不會差了去～～

2023年12月出版

村裡來了女廚神

文創風 1215～1216

只要花點心思，小本經營也能成就大事業！
拿不出一大筆錢做生意根本沒什麼大不了的，
看她展現二十一世紀的思維，在古代餐飲市場引發一場革命……

恬淡暖心描繪專家／予恬

穿越到一個五穀不分、被當成膿包的女人身上，
宋寧真的是不知道該感謝老天仁慈，讓她有機會重活一回，
還是埋怨上蒼實在對她太殘忍，竟要在別人厭惡的眼光中生活。
也罷，既來之則安之，既然回不了現代，
不如老老實實當她的農家媳婦，順便做點吃食買賣補貼家用，
瞧她轉轉腦、動動手，白花花的銀子就飛進口袋啦！
只是生意雖然做得風生水起，宋寧卻始終猜不透丈夫的心，
畢竟他們兩個人不過是奉父母之命成親，
像杜蘅這般外貌、身材跟頭腦皆屬頂尖又知書達禮的男子，
真的願意跟她這平凡無奇的女子廝守一生嗎？

2023年11月出版

國師的愛徒

文創風 1210～1211

她桃曉燕是誰？她可是集團總裁、是商界的女強人！
當初為了成為接班人，她鬥得你死我活，好不容易爬上總裁的位置，
卻沒想到一場意外，讓她一睜眼就來到古代！
這裡啥都沒有，她一個小女子還得想著先保命，
她想念她的房地產、股票和基金，還想念滑手機的日子啊嗚嗚～～

趣中藏情，歡喜解憂／莫顏

司徒青染身分高貴，乃大靖的國師，受世人膜拜景仰。
他氣度如仙，威儀冷傲，連皇帝也要敬他三分。
他法力高強，妖魔避他如神，唯獨一個女妖例外。
這女妖很奇怪，沒有半點法力，卻不受他的法術控制，
別的妖吃人吸血，她獨愛吃美食甜點，
別的妖見到他就繞道走，她是遇到麻煩盡往他身後躲，
還死皮賴臉喊他師父，逢人便稱想巴結的找她，要報仇的找她師父。
如此囂張厚顏，此妖不收還真不行。
「妳從哪裡來？」司徒青染問。
桃曉燕笑嘻嘻地回答。「我那兒跟你們這裡完全不一樣，高級多了。」
「何謂高級？」
「有網路，有飛機，還有各種科技產品。」
司徒青染冰冷地警告。「說人話。」
桃曉燕立即諂媚討好。「有千里傳音，有飛天祥雲，還有各種神通法寶。」
「那是仙界，妳身分低賤，不可能去。」
「……」誰低賤了，你個死宅男，這種跨界的代溝最討厭了！

文創風 1234

夫人請保持距離 3 完

國家圖書館出版品預行編目資料

夫人請保持距離 / 拾全酒美著. --
初版. -- 臺北市 ： 狗屋出版社有限公司, 2024.02
冊 ； 公分. --（文創風；1232-1234）
ISBN 978-986-509-495-9（第3冊：平裝）. --

857.7　　112022664

著作者	拾全酒美
編輯	林俐君
校對	沈毓萍
發行所	狗屋出版社有限公司
地址	台北市104中山區龍江路71巷15號1樓
電話	02-2776-5889～0
發行字號	局版台業字845號
法律顧問	蕭雄淋律師
總經銷	知遠文化事業有限公司
電話	02-2664-8800
初版	2024年2月
國際書碼	ISBN-13　978-986-509-495-9

本著作物由起點中文網（www.qidian.com）授權出版

定價290元

狗屋劃撥帳號：19001626

網址：love.doghouse.com.tw　　E-mail：love@doghouse.com.tw